世界推理短編傑作集4

江戸川乱歩編

創元推理文庫

GREAT SHORT STORIES OF DETECTION

volume 4

edited by

Rampo Edogawa

1961, 2019

目次

世界推理短編傑作集4

オッターモール氏の手

トマス・バーク
中村能三 訳

The Hands of Mr. Ottermole

一九二九年エラリー・クイーン、ディクスン・カー、アントニイ・バウチャー、ハワード・ヘイクラフトなど、一流の推理小説家、評論家たち十二人が世界のベスト短編選出の試みを行なったことがある。その時、第一位に選ばれて、二位のポオの「盗まれた手紙」、ドイルの「赤毛組合」などを大きく引きはなしたのが、**トマス・バーク** Thomas Burke (1886.11.29-1945.9.22) の本編である。謎において構成において、文字どおり珠玉の名編である。エラリー・クイーンいわく―― No finer crime story has ever been written, period.

殺人は（と光老《クオン》は、わたしのパイプをこちらに寄こしながら言った）――人を殺すことはとても簡単だ。アヒルを殺すよりたやすい。危険を伴わないわけではないが、簡単であることはまちがいない。ある方面の才能に恵まれた人ならたやすく、まったく安全なのである。わたしより血色のいい人が、去年起こったあの大量無差別殺人の張本人を突きとめようとして青ざめていた。その男、あるいは女かもしれないが、が本当はだれなのかは、あなた同様、わたしも知らない。だがわたしは、この人がそうではないかというひとつの仮説をもっている。もしあなたがご用とお急ぎでないならば、わたしの考えをお話ししよう。ちょっとした物語のつもりで聞いておくれ。

わたしはその晩はもう用事がなく、明日も一日、自分の象牙の塔にこもって気ままにすごすつもりだったから、ぜひともその話を聞かせてほしいと所望した。そこで彼は、店を看板にし、象牙の門を閉じて、それから夜明けまで、マロン・エンド連続殺人事件の顚末《てんまつ》に関する彼の「仮説」を語ってくれた。それを整理し要約すると、以下のようになる。

一月のある暮れどきの六時、ホワイブラウ氏はロンドンのイースト・エンドの蜘蛛《くも》の巣のような小路をとおって、家へと帰っていた。テムズ河岸の毎日の勤め先から、電車でハイ・ストリートまで来たのだが、今はそのはなやかな騒音をあとにして、横町が将棋盤の目のようにいりくんでいる、マロン・エンドという地域を歩いていた。ハイ・ストリートの雑踏や輝きも、こうした横町までは流れてこなかった。南に数歩のところでは――生活の上げ潮が泡だち打ちよせている。しかも、ここでは――のろのろと足をひきずるように歩く人影と、おしつぶされたような鼓動しかない。彼が今いるところは、ロンドンのどぶ溜《だ》め、ヨーロッパの浮浪者どもの最後の避難所だったのである。

街の気分に調子をあわせるように、彼も、頭をたれ、のろのろと歩いた。なにかさしせまった心配事でも考えこんでいるように見えるが、そうではなかった。彼には心配事などなかったのである。のろのろと歩いているのは、一日じゅう立ちどおしだったからであり、ぼんやりと頭をたれているのは、細君が夕食に出すのはにしんだろうか、たらだろうかと考えていたからだった。そして、きょうのような晩は、どっちがうまいかきめようとしていたのである。しめっぽくて、霧がふかくて、やりきれない夜だった。霧は咽喉《のど》や目にしみこんできた。湿気はペイヴメントや通りにたまって、まばらな灯影がおちているところは、見てもこごえあがるような、あぶらっぽい光をはなっていた。これとひきくらべるので、彼の冥想《めいそう》はこころよいものになり、夕食を心待ちにするようになった――にしんだろうと、たらだろうと。彼の目は、視界をさえぎっている陰気な煉瓦《れんが》の建物からはなれて、半マイルさきに向けられた。ガス灯のついた台所、あかあかと燃えさかる暖炉、支度《したく》のできた食卓が、目の前にうかんだ。炉にはトースト、そのそばにはちんちん鳴る薬缶《やかん》、おいしそうな、ぴりっとしたにしんの香、それともたらかな、いや、ソーセージかもしれない。この幻影は、痛む足に、精力の鼓動をあたえた。彼は肩をゆすぶり、目に見えぬほどの湿気をはらい落とすと、その現実へと足をはやめた。

ところが、ホワイブラウ氏は、その夜、夕食にはありつけないのである――その夜にかぎらず、永遠に。ホワイブラウ氏は、これから死ぬのである。どこか、彼から百ヤードのところを、もうひとりの男が歩いていた。それは、ホワイブラウ氏とよく似ていた。と同時に、ほかのだれとくらべても、よく似ていた。ただちがうのは、人類を浮浪者仲間の狂人としてではなく、相寄って平和に暮らさせる、その資質をもっていないことだけだった。それは死んだ心臓をもった男であった。その心臓はみずからに食いこみ、死と腐敗とから生ずる醜悪な有機体をこの世にもたらすものであった。そして、この人間の皮をかぶったものは、気まぐれからか、一定の考えからか――それはだれにもわからぬ――心の中で言ったものである、ホワイブラウ氏は二度とにしんを食べることはないだろう、と。ホワイブラウ氏が、なにもこの男の気持ちをきずつけたわけではない。この男が、なにもホワイブラウ氏に対して憎悪の念をもっているわけではない。事実、彼はホワイブラウ氏のことは、街でよく見かける人物だという以外、なにも知らないのである。ところが、彼はうつろな脳細胞を占めているある力によって、手当たりしだいにホワイブラウ氏を選んだのである。それは、われわれがレストランで、五つ六つのテーブルの中から、これといって目立つところもないのに、一つのテーブルを選ぶ、あるいは、同じようなりんごが半ダース盛ってある鉢から、一つのりんごを選ぶ、あるいはまた、この地球のどこか一隅《いちぐう》で、自然がたつまきを起こし、その一隅に住んでいた五百人の生命をうばい、しかも、同じ場所で、他の五百人は怪我《けが》ひとつさせなかったといったたぐいのものであった。こうして、その男はホワイブラウ氏を選んだのだが、もし彼の日常の観察のなかにはいっていたら、それはわたしでもあなたでもかまわなかったであろう。そして、いま、彼は白い大きな手をいたわりながら、水底のような色合いの街を、忍ぶがごとく歩き、ホワイブラウ氏の夕食のテーブルへ、ホワイブラウ氏自身へと、だんだん近づいていったのである。

この男はわるい人間ではなかった。事実、多くの社交的な愛すべき性質をもっており、たいていの犯罪成功者がそうであったように、尊敬すべき人物として通っていた。ところが、彼の腐った心に、だれかを殺してみたいという考えが忍びこんだ。そして、神をも人をも恐れなかったので、それを実行し、それから自分の夕食の食卓へと帰ろうとしていたのである。わたしは軽々しく、こんなことを言うのではない、事実を言っているのである。人の情を解するものにはふしぎに思われるかもしれないが、殺人者は人殺しをした後でも食事をしないわけにはいかないし、事実、また、食事をするのである。していけない理由はないし、するべき理由はたくさんある。第一に、彼らは犯行を隠蔽《いんぺい》するために、肉体的精神的活動力を最高の状態にしておかなければならない。第二に、過度の努力のため腹がへるし、また、欲望を遂行したという満足は解放感をもたらし、人間本来の快楽へと向かわせるものだからである。人を殺した経験のない人たちの間では、殺人者はつねにおのれの安全に対する不安、おのれの行為に対する恐怖に身をさいなまれていると思われている。しかし、こうしたタイプは稀《まれ》である。おのれの身の安全は、もちろん、目前の関心事ではあるが、多くの殺人者には、虚栄心という著しい性格があって、これが征服感とあいまち、自分は安全を確保できると確信させ、しかも、食事によって力を回復すると、いよいよ、その安全を確保する仕事に手をつける。それは、若い女主人がはじめての大きな晩餐《ばんさん》会の支度《したく》に手をつけるときの気持ちに似ている——すこしは不安だが、それだけのことである。犯罪学者とか探偵のいうところによると、いかに聡明《そうめい》で、奸智《かんち》にたけていようとも、あらゆる殺人者は、かならず犯行に手抜かりをしているものだそうである——その男の犯行を立証する、ほんの小さな手抜かりを。しかし、これは真理の一半にすぎない。逮捕された殺人犯人に対してのみ真理なのである。多くの殺人犯人は逮捕されていない。したがって、多くの殺人犯人はぜんぜん手抜かりをしていないのである。この男もそうであった。

恐怖や良心の呵責《かしやく》については、刑務所付きの教誨師《きようかいし》、医者、弁護士の語るところによると、刑の宣告をうけ、すでに死の影につきまとわれている、そうした殺人犯人に会見してみても、自分の行為に悔悟《かいご》の念をあらわすもの、あるいは精神的苦悩を示すものは、ごく稀だったということである。大部分は、多くの殺人犯人が発見されないでいるのに、自分だけがつかまったことに憤慨《ふんがい》するか、完全に正当な行為であるのに、刑を宣告されたことをいきどおるだけなのである。人殺しをするまえは、どんなに正常で人の情を解する人間だったかはしらないが、殺人後は良心などみじんもなくなる。なぜならば、そもそも良心とはいかなるものであるか。それはたんに、迷信を体裁よく言いかえたものであり、その迷信とは、恐怖を体裁よくいいかえたものにすぎない。殺人と悔悟とを結びつけて考える人は、疑いもなく、カインの悔悟という世俗的な仮説を考えの基盤においているか、さもなければ、おのれのひよわい精神を、殺人者の精神に投影し、あやまった反応をうけているのである。平和を好む人々は、このような殺人者の精神と相通じようと思うのは、はじめから無理である。なぜならば、彼らは殺人者とは、たんに精神的なタイプが異なるのみならず、他人との相性や人間関係がちがうからである。ある人々は、ひとりならずふたりでも三人でも、殺すことができるし、またじじつ殺し、しかも、平然と日常の仕事をやっている。ところが、どんなにひどい挑発《ちょうはつ》をうけても、相手を傷つけることさえできない人もいる。じつをいうと、夕食の食卓にむかっているのに、殺人者は、さぞかし悔悟の苦しみと、法への恐怖におちいっているだろうと想像するのは、この種の人々である。

白い大きな手をもった男はホワイブラウ氏と同様、夕食の食卓に心はとんでいるのだが、そのまえに片づけなければならないことがあった。その仕事を片づけ、しかも、なんの手抜かりも犯さなかったら、いちだんと心は夕食の食卓へ飛び、彼の両手が血にけがされなかった昨日と同様、心おだやかに、食卓へと帰るのである。

では、ホワイブラウ氏よ、歩きつづけたがいい。そして、歩きながら、夕べごとに見なれてきた景色の見おさめをするがいい。鬼火のような、あなたの夕食の食卓を追うのだ。その暖かみ、色、それにこもっている心づくしをよく心に描き、そのなごやかな家庭的な匂《にお》いに、鼻のあなをなぶらせておくのだ。なぜならば、きみは二度とその食卓にむかうことはないからである。きみから歩いて十分のところに、きみの跡を追う幻の男がいて、すでにそのことを心に誓っている。きみの運命はきまっているのだ、きみたちは行く——きみと幻の男——はかない二つのとるにたらぬ存在は、青い顔料を塗ったようなペイヴメントを、緑色の空気の中を歩いていく。歩きつづけたがいい。だが、あまり急いで痛む足を苦しめるにはあたらない。なぜなら、ゆっくり歩けば歩くほど、それだけながく、きみはこの一月のたそがれの緑色の空気を吸うのだし、夢みるような灯影や、小さな店々を見るのだし、ロンドンの群集のなりわいの心よい音や、街のオルガン弾《ひ》きの身にしみるような哀調を聞くのだ。これらのものは、きみにとっては貴重なのだよ、ホワイブラウ氏。いまのきみには、それがわかっていない。しかし、十五分のうちには、それがこのうえもなく貴重なものだと悟る二秒間があるのだ。

では、歩きつづけたがいい。この狂気じみた将棋盤のなかを、きみは今、レイゴス街、東ヨーロッパの放浪者たちの住家のあいだを通っている。一分もすれば、ロイヤル小路にはいる。ロンドンに寄生している、ごくつぶしの敗残者に雨露をしのぐ屋根をあたえている下宿屋の通りだ。この小路は彼らのにおいを発散し、そのおだやかな闇《やみ》は、落伍者の号泣に満ちているかと思われる。だが、きみは五感に訴えないものは気がつかない。そして、毎日と同じように、なにも見ずにその小路を通りぬけ、ブリーン街に出て、またその街をとぼとぼと歩いて行く。地下室から最上階まで、外国人の集団住宅だ。その窓々は真黒の壁にレモン色の口をあけている。その窓々の背後には、奇妙な生活がいとなまれている。ロンドンとかイギリスとはちがった服装をしているが、それでも、その本質においては、きみが今まで生活し、今夜かぎりでおわろうとしている生活と、同じように楽しいものなのである。はるか上のほうから『カッタの歌』をくちずさむ声がきこえる。一つの窓からは、宗教的儀式をおこなっている家族の姿が見える。またほかの窓からは、良人《おっと》にお茶をついでやっている妻の姿が見える。長靴のつくろいをしている男、赤ん坊にお湯をつかわせている母親の姿も見える。今までも、こうした光景を見てきたのだが、気にとめようとしなかったのだ。今だって気にとめてはいないのだが、もし二度とこうした風景を見ることはないだろうと知ったら、きみだって気にとめたにちがいない。きみは二度とこの風景を見ることはないのだ。それも、自然の寿命がつきたからではなく、きみがしばしば街ですれちがった男が、自分だけのかってで、自然の畏怖《いふ》すべき権力をうばい、きみを殺すことにきめたからである。してみると、そうした風景を気にとめなかったといっても、同じことだったかもしれない。それらの中におけるきみの役割はおわるのだから。われわれのはかない生の苦しみの、うるわしい時々は、もはや、きみにとって存在しないのだ。あるのは、ただ恐怖の一瞬、それから、底しれぬ暗黒だけ。

この虐殺者《ぎやくさつ》の影は、いちだんときみに近づき、いまでは背後二十ヤードのところに迫っている。きみにはその足音が聞こえるのだが、ふりかえろうともしない。足音にはなれっこになっているのだ。ロンドンにいるのだ。毎日歩いている安全な地域にいるのだ。背後の足音は、人間の仲間が歩いていることを伝えるものにほかならないことを、直観によって知っているのだ。

だが、この足音の中に、なにか、きみには聞こえないだろうか——不吉な調子でひびくなにかが。注意、注意、用心、用心といったものが。殺・人・者、殺・人・者という一字一字が、きみには聞こえないだろうか。いや、足音に変わりがあるはずはない。これといって特徴があるものではない。悪人の足も、善人の足も、同じように静かな音をたてるものである。しかし、いまのこの足音は、ホワイブラウ氏よ、二本の手をきみのところへ運んでいくのだ。そして、手というものが曲者《くせもの》なのである。背後にあって、この二本の手は、きみの死を準備するために、いま筋肉をほぐしている。きみは毎日たえず人間の手を見ている。ところで、この手の正真正銘の恐ろしさに、きみは気づいたことがあるだろうか——われわれの信頼と愛情と挨拶《あいさつ》のシンボルである、この手が。五本の触手をもった身体《からだ》の一器官のおよぶところに、いまわしい潜勢力があることに思い至ったことがあるだろうか。いや、きみはそんなことを思ったこともない。なぜならば、きみが見てきた人間の手とは、すべて、愛情か親愛の情をこめてさしだされたものだったからである。目も憎悪し、唇《くちびる》も刺すことができようが、しかもなお、蓄積された悪の精をとり、これを死の電流へと変えることができるのは、肩からぶらさがった、この器官のみである。サタンが人間に忍びこむ入り口にはいくらもあるであろうが、彼の意志にしたがう召使は、手だけなのである。

あと一分したら、ホワイブラウ氏よ、きみは人間の手の恐ろしさを知りつくすのだ。

きみはもう家に着いたも同然である。きみの家のある街——カスパー街へと、すでに回り、将棋盤のまんなかにいる。きみには四部屋の小さな家の表の窓が見える。街は暗く、三つある街灯は光のしみみたいなものを投げるだけで、まっ暗やみよりも、かえって目がとまどいする。

暗い——それに、がらんとしている。人の影もない。家々の表の部屋には灯影も見えない。家族たちは、みんな台所で夕食をしているからだ。ただ、下宿人がいる階上の部屋で、ぽつんぽつんと灯が見えるだけである。あたりには、きみときみの跡をつけている相手しかいないのだが、きみはその男のことに気がつかない。しじゅう見なれているので、目につかないのだ。たとい、ふりかえって、その姿を見たとしても、きみはただ「こんばんは」と言って、歩きつづけるだけだろう。その男は殺人犯人としての可能性をもっているといっても、きみは笑いもしないだろう。あまりばかばかしい話だからである。

さあ、いよいよきみは門まで来た。そして、ドアの鍵をとりだした。家のなかにはいって、帽子と外套をかけた。細君が台所から、お帰んなさいと声をかけた。台所からただよってくる匂いは、細君の声のこだまだ、(にしん!)そして、きみはそれに答えた。そのとき、するどいノックでドアが揺れる。

逃げろ、ホワイブラウ氏。ドアに近寄ってはいけない。手を触れてはいけない。すぐ逃げるのだ。家から出るのだ。細君といっしょに裏庭に出て、垣根を越して、でなければ、近所の人を呼ぶのだ。だが、ドアに手を触れてはいけない。いけない、ホワイブラウ氏、あけては……

ホワイブラウ氏はドアをあけた。

これが『ロンドンの恐怖の絞殺事件』といわれたものの発端であった。『恐怖』と呼ばれたのは、それが殺人事件以上のものだったからである。動機がなく、それには邪悪な魔術めいたところがあった。殺人は、いずれの場合にも、死体が発見された街には、それとわかるような、あるいは、嫌疑をかけ得るような犯人の姿も認められないときにおこなわれた。人っ子ひとり見えない小路がある。その端には警官が立っている。警官はほんのちょっと小路に背をむける。そして、今度ふりかえったとたん、またしても絞殺事件がおこったという報告をもって、夜をつっ走るのである。そして、いずれの方角にも人の姿は見られなかったし、見かけたという人もないのである。あるいはまた、警官がひっそりした、ながい街を警邏《けいら》していたとする。と、とつぜん、殺人がおこなわれた家に呼ばれる。ほんの数秒前、被害者が生きているのを見たばかりだというのに。そして、今度もまた、どこを見ても、人の姿は見あたらない。呼び子の音によって、すぐその地域に非常線がはられ、あらゆる家がシラミつぶしに捜査されたが、犯人らしい人物は発見されないのである。

ホワイブラウ氏夫妻殺害事件の最初の報告は、分署の巡査部長によってもたらされた。彼は勤務のため署へ行く途中、カスパー街を歩いていると、九十八番地の家の玄関のドアが開いているのに気がついた。のぞきこむと、廊下のガス灯の光で、床に人間がじっと横たわっているのが見えた。それが死体であると確認すると彼は、呼び子の笛を吹き、それに応じて警官が集まると、そのうちのひとりをつれて屋内を調べ、ほかのものは付近の街を警戒させ、近所の家の捜査にあたらせた。しかし、家にも街にも、殺人犯人の手がかりになるようなものは発見されなかった。両隣および向いの人々が尋問されたが、人の姿を見た人も、物音を聞いた人もいなかった。ひとりだけ、ホワイブラウ氏が帰ってきた音を聞いたものがあった――ドアに鍵をかける音が、毎日きまった時刻に聞こえるので、その音で六時半に時計を合わせてもいいほどだった、とその人はいった――しかし、その人も、ドアをあける音が聞こえただけで、あとは巡査部長が呼び子を鳴らすまで、なんの音も聞こえなかったといった。表からも裏からも、出入りした人の姿は見うけられなかったし、死体の首には指紋とか、そのほかの証跡はなかった。甥が呼ばれて、家の中を調べたが、紛失したものはなかった。それに、いずれにせよ、伯父は盗むだけの値うちのあるものは持っていなかったのである。家にあったわずかな金も手がつけられてなかったし、家の中をひっかきまわしたり、格闘した気配もなかった。残忍で気まぐれな殺人という以外には、なんの気配もなかった。

ホワイブラウ氏は近所の人や勤め先の同僚には、おとなしい、人好きのする、家庭的な人物としてとおっていた。こんな人物に、敵があるはずはない。だがまた、殺される人間には、敵はあまりないものである。ある人物に害を与えようとまで思いこむ冷酷無残な敵は、相手をめったに殺すものではない。殺してしまうことは、苦しみのない世界へ追いやるようなものだからである。こうして警察は解決不可能な状態に追いこまれた。殺人犯人への手がかりもなく、殺人の動機もない。ただ殺されたという事実があるだけであった。

事件がつたわると、ロンドンじゅうは戦慄《せんりつ》し、マロン・エンドの人々は、はげしい恐怖におそわれた。ここに、欲得ずくでもなければ、復讐《ふくしゅう》でもなく、ふたりの善良な人物が殺されたのである。そして、人殺しなどゆきずりの衝動にすぎないらしい犯人は、野放しのまま闊歩《かっぽ》しているのである。彼はなんの証跡も残していないし、かりに仲間がいないとすれば、縛《ばく》につくべき理由は、必ずしもないようだった。頭脳明晰《めいせき》で、世間から孤立し、神も人も恐れぬ人物ならば、もしその気になれば、一都市、いや一国家でも足下に屈服させることができる。しかし、日常の犯罪者には、頭脳明晰な人間はほとんどいないし、孤独をきらうものである。彼は、共謀者の支持は求めないまでも、すくなくともだれか話し相手を必要とする。彼の虚栄心は、自分がやったことの効果を、直接に認めることを要求する。このため、彼は酒場とか喫茶店とか、そのほか、人の集まる場所に行く。そのうちに、おそかれはやかれ、仲間になった喜びのあまり、たったひとこと口をすべらせ、どこにでもいる警察のイヌに、やすやすと手柄をたてさせるのである。

ところが、安宿や酒場や、そのほかの場所がシラミつぶしに調べられ、監視され、また、情報を提供したものには、多額の金と一身の安全とが、ひそかに約束されたにもかかわらず、ホワイブラウ事件に関しては、なにひとつ発見されなかった。犯人はあきらかに友人もいなければ、つきあいもなかったのだ。こうした手口の前科者は、呼びだされて尋問をうけたが、みんな無罪を証明することができた。日ならずして、警察は袋小路に追いこまれた。事件は警察の鼻の先でおこなわれたようなものだという、世間の嘲笑に対して、警察は躍起になり、四日間というもの、全警官が緊張して、毎日の警戒にあたった。五日目になると、警察はますます躍起になった。

毎年のならわしで、日曜学校の子どもたちがお茶の会や余興《よきょう》をする季節であった。ある霧のふかい夕暮れ、ロンドンじゅうの人が手探りで歩く幻のように見えるころ、よそゆきの服に靴、かがやく顔に、洗いたての髪と、きれいに着かざった小さな女の子が、ローガン小路から聖マイクル教区会堂へと出かけた。彼女は会堂には着かなかった。六時半までは、じっさいには死んでいなかったのだが、母の家の戸口を出た瞬間から、死んだも同然であった。だれか男のような人影が、その小路につづく街を歩いていて、彼女が出てくるのを見た。そして、その瞬間から、彼女は死んでいたのである。霧をとおして、その人影の白い大きな手が、彼女の背後からさしのべられ、十五分後には、その手は彼女をつかんでいた。

六時半に、呼び子の笛が事件を告げて、けたたましく鳴った。それに応じて駆けつけた人々は、ミノウ街のある倉庫の入り口で、小さなネリー・ヴリノフの死体を発見した。ホワイブラウ事件のときの巡査部長も真先に駆けつけ、要所に部下を配置し、憤りをおさえたはげしい調子で、あれやこれやと命令し、この街を受けもっていた警官をどなりつけた。「おれはきみが小路のはずれにいたのを見たぞ、マグソン。あんなところで何をしていたんだ。十分もいて、やっと引き返して来たじゃないか」マグソンは、小路のはずれに、あやしげな人物がいたので、それに注意していたのだといったようなことを弁解しはじめた。しかし、巡査部長はその言葉をさえぎった。「あやしげな人物がなんになる。おれたちはあやしげな人物を捜しているんじゃないぞ。殺人犯人を捜しているんだ。なまけてばかりいて——だから、みろ、こんな事件が、きみの受け持ち区域でおこるんだ。世間がなんというか考えてみろ」

わるい知らせは伝わるのがはやいもので、たちまち、顔色をかえた、不安そうな人々が集まった。そして、またもやえたいの知れない怪物があらわれ、しかもこんどは子どもにむかって、その魔手がのばされたと聞いて、霧のなかに見える彼らの顔は、憎悪と恐怖にみたされていた。しかし、救急車と、さらに多くの警官が到着し、すぐに群集は追いはらわれた。群集が散るとき、巡査部長の懸念が言葉となってあらわれ、四方から「警官の目と鼻の先で」という低いささやきが聞こえた。その後、調査の結果、この界隈《かいわい》に住んでいる四人の人物――これは嫌疑のかけようのない人たちであった――が、殺人のまえ、何秒かの間《ま》をおいて、倉庫の入り口の前を通ったが、なにも見かけなかったし、なんの音も聞かなかったことがわかった。彼らは少女が生きているあいだに会ってもいなければ、死体も見なかった。また、街には自分たち以外、人の姿は見かけなかったというのである。またしても警察は、動機もわからねば、手がかりもないまま、ほうり出されたのである。

そして、今やこの界隈は、ロンドン市民の性格として、恐慌状態におちいることはなかったが、不安と恐怖の底にしずんだ。通りなれた街々で、こんなことがおこるとすれば、どんなことだっておこりかねない。人々が顔をあわせる場所――街、市場、店――で交わされるのは、ただ一つの話題しかなかった。女たちは日が暮れると、そうそうに窓や入り口に閂《かんぬき》をかけた。そして、子どもたちを目のとどくところから離さなかった。買い物は明るいうちにすまし、なにげないようすはよそおっていながらも、良人たちが仕事から帰ってくるのを、気づかわしげに見まもっていた。不幸に対するロンドンっ子特有の、なかばユーモアをまじえた諦《あきら》めで、彼らはつぎつぎとおこる不吉な予感をかくしていた。二本の手を持っている、たったひとりの男の気まぐれによって、彼らの毎日の生活の構造と針路はみだされてしまった。人間性をないがしろにし、法を恐れない人間を相手にした場合、彼らの生活はつねにみだされざるを得ないのである。自分たちが生活している平和な社会をささえる柱が、じつは、だれにでもへし折ることのできる藁《わら》にすぎなかったということを、彼らは悟りはじめた。法律はそれをまもる人間がいるあいだしか力はない。警察は、それを恐れる人間がいるあいだしか能力は発揮できない。このたったひとりの男は、その二本の手でもって、全社会に、いままでになかったことをさせた。つまり、社会は考え、これほど明白な事実に呆然《ぼうぜん》としたのである。

そのうち、社会がまだ最初の二度の攻撃に呆然としているあいだに、彼は三度目の攻撃をくわえてきた。自分の両手がまきおこした恐怖を意識し、かつて大ぜいの人々の戦慄を味わったことのある俳優として、いま一度の欲望に飢え、おのれの存在を、あらためて宣伝したのである。

少女が殺されて三日後の水曜日の朝、新聞はイギリスじゅうの朝食の食卓に、まえの事件になお輪をかけた、衝撃的な残虐事件を伝えた。

火曜日の夜の九時三十二分、ひとりの警官がジャーニガン通りを巡回していて、そのとき、同僚のピーターセンという警官に、クレミング街の坂の上のはずれで声をかけた。彼はこの同僚が街を下手へと歩いていくのを見ている。そのとき、街には人の姿はなかった。ただ見知りごしの、足の悪い靴みがきとすれちがい、その靴みがきが同僚の警官が歩いている、自分とは反対側のアパートへはいっただけだとはっきり証言した。その当時は、警官ならだれでもそうだったのであるが、彼は、どの方向に歩いていても、たえず前後左右を注意する習慣があって、しかも、街には人の姿はなかったと確言するのである。彼は九時三十三分に巡査部長に会い、敬礼をし、異状はないかという質問に答えた。彼は異状はないと報告し、そのまま巡回をつづけた。彼の担当区域はクレミング街からちょっと行ったところまでなので、そこまで行くと、引き返して、九時三十四分には、また街の坂の上のはずれまで来た。そのとたん、巡査部長のかすれた声が聞こえたのである。「グレゴリー、いるか？　はやく。またやられた。おや、これはピーターセンじゃないか。絞め殺されている。はやく、みんなを集めろ！」

これは『恐怖の絞殺事件』の三番目であって、なおも四番目、五番目とつづき、この五つの恐怖は、未知にして不可知の事件となるべき運命にあった。わからないといっても、それは当局と一般大衆の関するかぎりにおいてという意味である。この犯人の正体はわかっていた、といっても、それはふたりの人間にだけであったが。ひとりは犯人自身、ひとりは若い新聞記者だった。

『デイリー・トーチ』紙のために、この事件の取材をうけもっていたこの青年は、突発事件でもおこりはしないかと、このあたりの裏路をほっつき歩いていた、ほかの熱心な記者にくらべて、とくに敏腕だというわけではなかった。しかし、彼は辛抱づよかったし、ほかの記者たちより、事件に一歩近づいていたので、事件をたえず注視することによって、ついに犯人が殺人をおかすために立っていた石の台座から、魔神のようなその犯人の姿を呼びだしたのである。

最初の数日がすぎると、新聞記者たちは、自社だけの特ダネをねらうのは諦めた。そんなものは手にはいらなかったからである。彼らは時をきめて警察署にあつまり、わずかな情報でもあれば、みんなで分けあった。警官たちは彼らに愛想よくしたが、それだけの話だった。例の巡査部長は、一つ一つの事件の詳細を、記者たちと討論した。そして、犯人の手口について、考え得られる説明をし、この事件となにか共通の点をもっている、過去の事件を語った。それから、動機の点では、動機なしのネール・クリーム事件や、気まぐれなジョン・ウィリアムズ事件に言及し、手が打ってあるから、この事件も、まもなく解決するだろうとほのめかした。しかし、そのうった手については一言もいわなかった。捜査係長の警部も、「殺人」という題目については、しかるべき程度にはおしゃべりをしたが、ひとりでも新聞記者が、現在の事件に、どんな処置がとられているかという方向へ話をもっていくと、のらりくらりと身体をかわした。当局はどんなことを知っているにしても、それを新聞記者にもらすつもりはないようだった。この事件は警察官としては重荷であった。そして、彼ら自身の努力によって犯人を逮捕するより以外には、当局としても、世間一般に対しても、面目をたもつ方法はなかった。もちろん、警視庁も活動をはじめ、その地区の警察があつめた資料を提供させた。しかし、地区警察としては、この事件の解決の名誉は、自分たちの手に獲得したかったし、他の事件では、新聞と協力することが、どんなに有益であったにしろ、彼らの推理や計画をまだ確定もしないのに発表して、敗北の危険をおかしたくなかったのである。

したがって、巡査部長が話すのは一般的なことで、興味ある推理をつぎからつぎへと出しはしたが、それはすべて新聞記者たちもすでに考えていたことばかりであった。

例の青年新聞記者は、こうした『犯罪哲学』に関する毎朝の講義には、まもなく諦めをつけ、街々を歩きまわり、こんどの殺人が、人々の日常生活にあたえた影響から、気のきいた記事をつくろうと志した。場所が場所だけに憂鬱な仕事が、いっそう憂鬱に感じられた。散らかった道路、傾いた家並、よごれた窓々――すべては、同情もおこさせないほど苛烈《かれつ》なみじめさ、敗残の詩人のみじめさであった。このみじめさは外国人がつくりだしたものであった。彼らは、定住する家を持たず、定住できる土地でも家庭をつくる努力をせず、さりとて放浪をつづけようともしないがゆえに、こうした一時しのぎの方法で生活しているのだった。

収穫はほとんどなかった。彼が見たものは、憤りにみちた顔であり、彼が耳にしたのは、犯人の正体や、人目につかずに出没するそのトリックの謎に関する、見当ちがいな憶測だけであった。警察官のひとりが被害者となってからは、さすがに当局に対する非難は影をひそめ、この未知の人物は、いまや伝説の帷《とばり》におおわれていた。人々は他の人々を、あいつかもしれない、とでもいうような目でみた。じっさい、あいつかもしれないのだ。人々は、もはや、マダム・タッソー蠟《ろう》人形館に陳列されている殺人犯人のような形相《ぎようそう》をした人間を求めてはいなかった。このような特殊の殺人をあえてした男、あるいは鬼婆《おにばば》のような女を求めていたのである。彼らの考えは主として外国人に向けられた。これほどの凶悪さは、イギリスでは見られないものだったし、見当もつかないような巧妙さも同様であった。そこで、彼らはルーマニア人の放浪者やトルコ人の絨毯《じゆうたん》売りに目をむけた。どうやらこれは見当はずれではないようだった。これら東欧の人間ども――彼らはいろんな詐術《さじゆつ》を知っているし、ほんとの宗教――ある限界に自分たちをとどめておくものを持っていないのだ。そうした地方から帰ってきた船乗りたちは、姿を消す奇術師の話をしている。また、底知れぬふしぎな目的のために使われる、エジプトやアラビアの薬の話も伝わっている。その連中にとっては、あんなこともできない話ではなかろう、しれたものではない。やつらはずるくて巧妙で、音もなく動くすべを心得ている。イギリス人には、やつらのように消えてなくなることなどできやしない。犯人はそんなやつらのひとりに、ほとんどまちがいはない――なにか邪悪な術を身につけているやつだ――犯人は魔術師にちがいないと思ったので、人々は、捜してもむだだという気になったものだった。その男は、彼らを屈服させ、自分には指一本さわらせない、一つの力なのだ。理性のもろい殻《から》など、わけなく破る迷信が、彼らの中にはいりこんだ。その男は、その気になれば、なんでもできる、そして、発見されることは、絶対にない。この二つの点では、人々の意見は一致し、憤りにみちた宿命論的な気持ちで、彼らは街を歩いていたのである。

人々は新聞記者に自分たちの考えを話すにしても、『彼』が立ち聞きして、自分を襲いはしないかとでもいうように、左右を見まわし、声をひそめて話した。この地域の人々は、みんなその男のことを考え、いつでも飛びかかる心構えであるとはいえ、しかも、彼の力は人々のうえに強い影響をおよぼしているので、かりに、だれかが街で――たとえば、ふつうの顔かたちと、からだつきをした小男でもいい――「おれがあの怪物なのだ」と叫んだとして、彼らのおさえつけられていた怒りが洪水となってほとばしり、はたして彼を圧倒し、のみこんだであろうか。あるいは、とつぜん、その男のありふれた顔かたちやからだつきの中に、なにか無気味なものを見ないであろうか。そのありふれた靴に、その帽子に、無気味なものを、彼らがどんな武器をもって立ちむかっても、警戒させ傷つけることはできない相手であることを示すなにかを、見ないであろうか。そして、ファウストの剣によって描かれた十字架をみて、悪魔がたじたじとなったように、彼らも、瞬間、この殺人鬼を見てたじたじとなり、相手に逃げるすきを与えないであろうか。わたしにはわからぬ。しかし、その男が征服しえない力をもっていることを固く信じきっているので、そういう事態がおこれば、彼らが今のべたような躊躇《ちゅうちょ》をすることは、すくなくとも考えられないことではない。しかし、そういう事態はおこらなかった。このありふれた男は、殺人の逸楽《いつらく》に満腹して、いつも見られ、観察されていたように、今日でも、やはり人々のあいだにあって、見られ、観察されているのである。しかし、だれも、その男がそのような男であろうとは、そのときも思わなかったし、今でも思っていないので、人々は街灯の柱でも見るように、そのときもその男を見ていたし、今も見ているのである。

その男の征服しえない力に対する信仰は、ほとんど立証された。なぜならば、警官のピーターセンが殺された五日後、ロンドンじゅうの全警察の経験と霊感が、犯人の正体をあばくことと逮捕に向けられているとき、彼は第四、第五の攻撃をくわえてきたのである。

毎晩、新聞の締め切り時間がすぎるまで、そのあたりをぶらついていた、例の若い新聞記者は、その夜九時に、リチャーズ小路を歩いていた。リチャーズ小路というのは狭い通りで、一部分は露店のマーケット、一部分は住宅になっていた。青年は住宅区域のほうにいた。そこは、一方は小さな労働者の家がならび、一方は鉄道の貨物置き場の塀《へい》になっていた。その大きな塀は、小路いっぱいに影をおとし、その影と、いまは人影もないマーケットの露店の死骸のような輪郭のため、小路は、まだ息はあるが、臨終のまぎわに凍ってしまったように見えた。ほかの土地では、金色の後光のような街灯までが、ここでは宝石の冷たさをもっていた。若い新聞記者は、この凍りついた永遠の時間が物語るものを感じ、自分はあらゆることにあきあきしたと、心に思っていた。そして、そのとき、この氷が一撃のもとに破られたのである。一歩、足をふみだした瞬間、静寂と暗黒はかん高い悲鳴によって引き裂かれ、その悲鳴のあいだから、一つの声が聞こえた。「たすけて！　たすけて！　あいつがいるよ！」

どうしたらいいか、彼がまだ考えつかないうちに、小路は眠りからさめたように生気にあふれて来た。目に見えない住人たちが、この叫び声を待ちかまえていたように、すべての家のドアがさっと開き、家や小路から、疑問符《クエスチヨン・マーク》のような形にからだを曲げた、影のような人々の姿があふれ出した。一秒ばかりのあいだ、彼らは街灯の柱のようにじっと立ちすくんでいた。すると、呼び子の笛が方角を教えたので、影のような人の群れは、街の坂をあがっていった。若い記者はそのあとにしたがい、ほかのものも、彼のあとを追った。大通りからも周囲の裏通りからも、人々は集まった。夕食を食べかけにして出てきたもの、上ばきにはきかえ、シャツ一つになってくつろいでいたところをじゃまされたもの、不自由な足でつまずきながら来たもの、逞《たくま》しくて、火かき棒や、それぞれの商売道具で武装したものなど。波のようにゆらぐ人々の頭の上に、あちらこちらと、警官のヘルメットがひときわ目立って動いていた。一団の朦朧《もうろう》とした固まりとなって、彼らは、巡査部長とふたりの警官が示す家の入り口へとなだれていった。そして、うしろのほうにいる連中は、「はいっていって、つかまえろ。裏へまわれ！　塀を越えろ！」とけしかけるし、前のほうにいるものは、「さがれ！　さがれ！」とどなった。そして、それまで未知の危険のためにおさえつけられていた群集の怒りは、いまや堰《せき》をやぶった。あいつがいるのだ――現場に。こんどこそ逃げようったって逃げられるものではない。すべての人の注意が、その家にそそがれた。すべての人の精力が、その家のドア、窓、屋根に集められた。すべての人の心が、ひとりの人間と、その絶滅に向けられた。そのため、ひとりとしてほかのものに注意しなかった。人ですしづめになった狭い小路や、ひしめきあっている人影の固まりに注意せず、みんな、被害者のそばに、いつまでもぐずぐずしていたことのない怪物を、自分たちのあいだに求めることを忘れていた。事実、自分たちが復讐の十字軍団をつくったため、犯人にかっこうの隠れ場所を提供していることを忘れていた。彼らは、その家しか見ていなかったし、ドアを破る音、表や裏でガラスの割れる音、警官が命令し、追跡の叫びをあげる声しか聞かなかった。そして、彼らは無二無三《むにむさん》に進んだのである。

しかし、犯人はみつからなかった。彼らが見いだしたものは、人殺しがあったという話と、救急車の姿だけで、憤りをぶちまける相手としては、仕事のじゃまだというので人々を追い散らそうとしている警官しかない始末だった。

若い新聞記者は、人をかきわけて、その家の玄関までたどりつき、そこに配置されている警官から、やっと話を聞きだした。その家には、年金で暮らしている船乗り夫婦と娘とが住んでいた。彼らは夕食の食卓にむかっていて、ちょっとみると、食事ちゅう、三人いっしょに毒ガスにでも襲われたように見えた。娘は暖炉の前の絨毯の上に、バタつきパンを手にしたまま死んでいた。父親は椅子から横ざまに倒れ、皿の上には、ライス・プディングをいっぱいにすくったスプーンがそのままのっていた。母親は、なかばテーブルの下に倒れ、膝には、割れた茶《ちゃ》碗《わん》のかけらと、ココアがこぼれていた。しかし、すぐに毒ガスという考えはしりぞけられた。彼らの首をひとめ見れば、これが例の『絞殺事件』であることがわかったのである。そして、警察官は呆然と立って部屋を見まわし、一時、世間の人々の宿命論の肩をもつ気になった。どうにも方法がなかったからである。

これは彼の四番目の襲撃で、ぜんぶで七人が殺された勘定だった。諸君もごぞんじのように彼はもう一度人殺しをやることになっていた——それも、その晩。その後は、ロンドンの未解決の恐怖事件として、歴史のなかへ消え、日常のちゃんとした生活にもどり、自分の行為はほとんど思いだすこともなく、たとい思いだしても、心をわずらわされることはないはずであった。なぜ彼はやめたのか？　答えるすべもない。なぜ彼ははじめたのか？　これにも答えるすべがない。ただそんなふうになっただけである。そして、彼がそのころの日夜を、かりに思いだしたとしても、われわれが子どものころ犯したばかばかしい罪や、みにくい小さな罪を思いおこすように、彼も自分のおかした罪を思いおこすのではないかと想像される。われわれは、そんなものはほんとの罪ではないという。そのころのわれわれは、自分というものを意識していなかったからであり、まだ認識をしていなかったからである。われわれは、ばかげた子どもであった。かつての自分をふりかえり、知らなかったからだという理由でもって許すのである。

この男に対しても、同じことがいえるのではないかと思う。

彼のような人間はいくらもいる。ユージーン・アラムは、ダニエル・クラークを殺したのち、十四年ものあいだ、自分の犯した罪におびやかされることもなく、自尊心をゆるがされることもなく、おだやかな、満ちたりた生活をおくったものである。クリッペン医師は妻を殺しておいて、その死体を床下に埋めた家で、情婦と楽しく暮らしていた。コンスタンス・ケントは、弟殺しで無罪の判決をうけ、自白するまで、五年間平穏な生活をつづけていた。ジョージ・ジョジフ・スミスとウィリアム・パーマーは、自分たちがおこなった毒殺や溺殺《できさつ》に対する恐怖や良心の呵責にわずらわされることなく、友人たちのあいだにたちまじって、愛想よく暮らしていた。チャールズ・ピースは、最後の計画を実行し、悪運つきるまでは、古美術に趣味をもつ尊敬すべき市民として、おちついた生活をしていた。これらの人物は、ある時日を経たのち、たまたま発見されたが、われわれの想像以上の殺人犯人が、現在もちゃんとした生活をいとなみ、将来、発見されることも嫌疑をかけられることもなく、ちゃんとした往生《おうじょう》をするのである。この男も、おそらく、そうであろう。

しかし、この男は危機一髪のところで逃れたのである。彼がその後の犯行をやめたのは、おそらく、この危機一髪の目にあったためだったろう。そのとき逃れることができたのは、若い新聞記者のほうの判断の誤りによるものであった。

事件の全貌をつかむには、ちょっと時間がかかったが、わかるとすぐ彼は十五分間電話にかかって、社に記事を送った。そして十五分後、仕事の刺激から解放されると、彼の肉体は疲れきり頭は乱れきっていた。まだ家に帰るわけにはいかなかった。新聞はもう一時間しなければ、締め切りにならない。そこで、彼は一杯の酒とサンドウィッチでも食べようと一軒の酒場にはいった。

彼は仕事のことを頭から追いはらい、酒場の中を見まわし、亭主の時計の鎖に対する趣味と、あたりを睥睨《へいげい》する態度に感嘆し、管理の行き届いた酒場の亭主は、新聞記者などより、よほど気持ちのいい生活をしているなどと考えていたとき、どこからともなく、一瞬火花のようなものが心にひらめいたのであった。彼は「恐怖の絞殺事件」を考えていたのではなかった。心はサンドウィッチの上にあったのである。酒場のサンドウィッチにしては、それは珍しいものであった。パンは薄く切って、バターが塗ってあるし、ハムは二カ月も前のものではなかった。それは、ハムらしいハムだったのである。彼の心は、この食物の発明者、サンドウィッチ伯爵へうつり、それからジョージ四世、それから各代のジョージ、それからさらに、りんごプディングに、どうしてりんごがはいったのか、わからずに考えこんだという、あのジョージの伝説へとうつっていった。彼は、やはりジョージはハム・サンドウィッチにどうしてハムがはいったのか、わからないでとまどいするだろうか、だれかが入れなければ、ハムがひとりでにはいるはずはないと気づくまでには、どのくらいかかるだろうと思った。彼はもう一皿サンドウィッチを注文しようと立ちあがったが、その瞬間、頭の活動していた一隅が、事件の解決を与えた。サンドウィッチの中にハムがあるなら、それはだれかが入れたものにちがいない。七人の人が殺されたのなら、だれかがそこにいて殺したものにちがいない。ひとりの人間のポケットにはいるような飛行機や自動車はありはしない。それならば、そのだれかは、走るか、そこにじっと立っているかして逃げたものにちがいない。それならば――

もし自分の推理が正しいとすれば、そして、もし――これは憶測の域を出ないが――編集長に、思いきった手をうつだけの度胸があるなら、わが社の新聞の第一面を飾るであろう記事を、心に描いていると、「かんばんです、みなさん、すみませんが出てください」という声がして、彼に時間を告げた。彼は立ちあがって、そとの霧の世界へと出て行った。霧のあいだあいだに、不定型な円盤のような路傍《ろぼう》の水たまりや、バスの流れるようなライトが見えた。彼は真相をつかんだと確信した。しかし、たといそれが証明されたとしても、社の方針として、それを記事にすることを許すかどうか、心もとなかった。それには、一つの大きな欠点があった。事実ではあったが、それは考えられない事実であった。新聞の読者が信じ、新聞の編集者が信じるようにしむけてきた、あらゆるものの根底をゆるがすものであった。世間の人は、トルコ人の絨毯売りが、姿を消す術を心得ていることは信じるかもしれない。しかし、このことは信じないであろう。

あいにく、人々はそれを信じることを要求されはしなかった。記事はついに書かれなかったからである。もう締め切りもすぎたし、サンドウィッチで腹はできたし、自分のたてた推理に興奮もしていたので、その推理を立証するためなら、もう三十分くらい余分に働いてもいい気分になった。そこで、心にある男を捜しにかかった――白髪で、白い大きな手をもった男である。それ以外は、だれも二度と注意しないような、どこにでもいる人物である。彼は自分の考えを、いきなりこの男の前にもちだしてやろうと思った。恐怖と凄惨《せいさん》の伝説につつまれた男の勢力圏内に、単身のりこもうというのである。これは最高の勇気を要する行為と見えるかもしれない――すぐにほかから助けを受ける望みもなく、一教区ぜんたいを恐怖のどん底におとしいれている人間のなすがままに任せようというのだから。しかし、実際はそうではなかった。彼は危険などは考えなかった。たんに本能に動かされて、事件をとことんまで追ってみようとしただけだった。雇い主に対する義務とか、新聞に対する忠誠とかも考えなかったのである。

彼は酒場を出ると、ゆっくりと歩いてフィンゴール街へとはいり、ディーヴァ・マーケットへと向かった。ここで目的の人物を見つけだせると見当をつけていたのである。しかし、そこまで行く必要はなかった。ロータス街の角で、その男の姿――あるいはその男らしい人物――を認めた。この街は街灯が暗くて、はっきりとは見えなかったが、白い手だけは見えた。二十歩ばかり忍び足に歩き、ついに追いつき、鉄道のガードと道とが交差しているところまで来ると、目的の男であることがはっきりわかった。彼は近寄ると、この地域の日常の挨拶になっている言葉をかけた。「どうです、犯人の姿でも見かけませんでしたか？」その男は立ちどまって、相手をきっと見すえた。そして、新聞記者が人殺しでないことを確かめてからいった。

「え？　いや、人殺しどころか、人っ子ひとり会わん。どうやら現われそうもないね」

「そりゃわかりませんよ。ぼくはやつのことを、ずっと考えていたんですがね、一つ思いついたことがあるんですよ」

「ほんとかね」

「ほんとですよ。とつぜん、気がついたんです。ほんの十五分まえにね。そして、われわれはみんな盲目だと思いましたよ。なにしろ、そいつはわれわれの顔をまともに見ていたんですからね」

その男はまたふりかえって、彼を見た。その目つきにも、動作にも、どうやらいろんなことを知っているらしいこの青年に対する疑いがあらわれていた。「ほう、そうかね。そんなに確信があるんなら、話してくれてもよさそうなものじゃないか」

「話しますよ」ふたりは肩をならべて歩きだし、その街が、ディーヴァ・マーケットと落ちあうはずれまで行ったとき、新聞記者がさりげなく、相手の男をふりかえった。そして、相手の胸に指をかけた。

「ええ、ぼくにはまるで簡単なように思われますね。でも、一つだけ、まだわからないところがあるんですよ、ほんのちょっとした点を、はっきりさせたいんです。つまり、動機なんですがね。どうでしょう、男同士の話としてね、オッターモール巡査部長、話していただけませんかね、あなたがあれだけの罪のない人たちを殺した理由を?」

巡査部長は足をとめた。新聞記者も足をとめた。広いロンドンの灯火を反映した空には、巡査部長の顔が見える程度の明るさがあった。そして、彼のほうを見た巡査部長の顔には、品格と魅力をそなえた、くったくのなさそうな微笑がうかんでいるので、それに出合うと、新聞記者の目は凍りついてしまった。その微笑は数秒間つづいた。それから、巡査部長はいった。

「ところで、じつのところをいうとね、新聞記者君、わたしにもわからんのだよ。ほんとにわからんのだよ。じっさい、自分でもずいぶん考えたんだがね。だが、わたしにも一つ思いついたことがある——きみと同じにね。だれでも知っているように、われわれの心の働きは、われわれの力ではどうしようもない、そうだろう？　こちらから求めもしないのに、考えのほうから心の中に浮かんでくるのだ。ところが、からだとなると、自分の力で自由になると思われている。どうしてだろう、え？　われわれは自分の心を、どこともわからないところから——われわれが生まれてくる何百年も前に死んだ人々から——うけついでくるのだ。からだだって、同じようにうけついできたものじゃないだろうか。顔——足——頭——こいつは必ずしもわれわれのものじゃない。われわれが作るものじゃない。ひとりでに、われわれのものになるんだよ。そこでだね、考えが心に浮かぶように、からだにも浮かぶとは考えられないだろうか、え？　考えというものは、脳と同じように、神経にも筋肉にも巣くっているものじゃないだろうか。われわれの肉体の各部分は、じつはわれわれではなく、まるでとつぜん、考えがこうした肉体の一部に忍びこんで来るとは考えられないだろうか？　ちょうど考えが——」彼は大きな、白い手袋をはめた、毛むくじゃらな手首をみせて、両腕をさしだした。新聞記者の咽喉もとめがけて、さっとさしだしたので、それは記者の目にもとまらないほどだった——「わたしの手にはいって来るようにね」

信・望・愛

アーヴィン・S・コッブ
田中小実昌 訳

Faith, Hope and Charity　一九三〇年

アーヴィン・S・コッブ Irvin S. Cobb (1876.6.23-1944.3.11) はアメリカのジャーナリスト兼劇作家。運命のいたずらで三人三様の死をとげる脱走囚人を描いた犯罪小説。英米の作家は専門の推理小説家ならずとも、こうしたすぐれた犯罪小説を多々書いている。

慈愛《めぐみ》ぶかき審判の主は、いとたぐいなき、義《ただ》しき裁きをなしたもう。

ニューメキシコ州の、このあたりにしてはかなり大きな町にはいる、ほんのてまえで、太平洋岸からきた急行列車はがくんと停車した。駅への引き込み線にはいりかけたとき、シグナルが赤になっているのに、機関手は気がついたのだ。ほかの列車でもいたのだろう。

だが、ほんのちょっとおくれただけで、まるで魔法使いの指のように信号機の腕木がうごき、赤いシグナルが消えて、青に変わった。で、列車はまた動きだし、駅のいつもの停車位置にとまった。

列車がこの駅を出発するまえに、四人の乗客がおりた。彼らは、町のほうからはいちばん遠いプラットホームの端の、しかも線路のほうに下車した。だから、ほかの乗客も鉄道員も、彼らがおりたのに気がつかなかったのだろう。また、彼らが列車からいなくなったことが、だいぶあとまでわからなかったのも、このためにちがいない。

この四人の下車のしかたも、ちょっとふつうではなかった。まず、三つ目の寝台車の間の連廊のドアがあくと、もどかしそうにレバーを足でふんづけてタラップをさげ、はじめにひとり、そのあとからまたひとり、すばやくおりてきた。それだけなら、事実、なにも変わったことではない。だが、このふたりは地上に立つと、くるっとふりかえって、だらんと両手両足をのばし、頭もぐったりうしろにそらした三人目の人物の意識のない重いからだを、腕をさしだしてうけとめたのだ。つづいて四人目の男があらわれた。彼が最後だった。だから、三人目の男のからだをかかえて、タラップをずらし、仲間の手に渡したのは彼だろう。

ほんのちょっとのあいだ、彼らは連廊の影にうずくまったような姿勢になった。次の行動にうつるまえに、一瞬躊躇《ちゅうちょ》したようすもあったようだ。

だが、この躊躇——もしそういえるならば——もほんの瞬間のことだった。なにかぎごちない、不自由そうな動作で、三人目の男をかかえたふたりは、その意識を失ったからだを、線路の右手にちょっと盛り上がった土手の側面の石炭殻の上におろした。

四人目の男は、ぐったり横になった三人目の男の上からかがみこんで、両手をあちこちのポケットの中につっこんだ。そして、しばらくなにかさがしているようだったが、やがて、うしろのふたりに話しかけ、同時に自分のジャンパーの内側にしまいこんだ物を、やはり両手で、服の上からたたいて見せた。

「あった」と四人目の男は外国なまりのアクセントでいった。ふたりは彼のほうにかけよると、両手をさしだした。

「まだだめだ。それに、ここじゃまずい」四人目の男の口調は強かった。「まず、ズラかろう。おれのとおりにするんだ、さあ」

四人目の男は、身軽に土手の上にとび上がると、寝台車のかげをうまくつたわって、止まっている列車の後部に向かって歩きだした。ほかのふたりも彼を見習った。三人は展望室と喫煙室になっている最後部の車輛をとおりすぎ、やはり一列になったまま、レールの上を進んで、やがて、夕暮れの闇の中にその姿を消してしまった。

闇の中にとぼとぼ去ったこの三人には、みんな、なにか奇妙な感じがただよっていた。奇妙というのは、こうだ。三人とも、まるで僧院の房の中を黙々として歩きながら、神に敬虔《けいけん》な祈りをささげている修道僧そっくりの格好をしていたのだ。頭をたれ、顔をまっすぐ前方に向けて、目に見えないゴールを見つめているかのように、両眼をまじろぎもせずひらき、両方の手をからだの前でしっかり組みあわせていた。

こうして、三人は歩きつづけたが、列車がまた動きだし、駅のはずれのカーブの向こうに見えなくなると、立ちどまり、重い足どりでひとところにあつまった。彼らのそばにいれば、その敬虔なポーズの理由はすぐわかっただろう。三人とも、手錠《てじょう》をはめられていたのだ。

まえにものを言った男が、掌《てのひら》をひらいて、にぎっていた鍵の輪をさしだした。うす暗がりの中でも、その指先は器用にうごいて、輪にぶらさがった鍵を、一つ一つしらべ、そして、合う鍵をえらびだした。男はほかのふたりの手錠をあけ、そのうちのひとりが鍵の輪をうけ取って、彼の手錠もはずした。

この三人のうちでは、はじめ鍵の輪をもっていた、つまり列車から四番目におりた男が、もっとも考え深いたちとみえ、線路ぎわの小砂利《じゃり》のまじった土を靴《くつ》の先で浅く掘り、そこに手錠をうめた。

それから、三人はかたまって、なにか相談していた。その結果、あきらかに非常に価値のあるなにかを、だれが持って行くかがきまったらしく、三人は別れた。

ひとりの男は、町に通ずる南西のまわり道を、ひとりで行きだした。あとのふたりは、ほぼ西にむかって歩きはじめたが、この先には砂漠があり、それを横断するには、まる一日はかかるのだった。ふたりは足を早めた。命からがら逃げのびている者の、しかし、あまりいそいでは体力の消耗がはげしいことも考えての歩き方だった。つかまれば命のない身なのだ。そして、ふたりと別れて町のほうへ行く道をえらんだ男も、その点ではおなじだった。


この三人がいっしょに汽車に乗りあわせるようになったのは、なかば偶然だった。フランス人のラフィットと、本名を英語に訳してグリーンと自称しているイタリア人のヴェルディは、サンフランシスコの刑務所の監房に寝ころび、本国への強制送還を待っているあいだに知りあった。ふたりとも、このひと月のうちに逃亡罪で逮捕され、そして国外追放の手続きが、これまたすみやかにとられたのだった。

手間と費用を節約するために、いわば一石二鳥というわけで、あらかじめ電報で連絡をとっておいた各本国の警察官が、大西洋を渡って、ふたりをつれかえりにきたニューヨークに、ふたりの身柄を送ることにしたのだ。このニューヨークまでの長旅には、ふたりのサンフランシスコ市警の刑事が護送にあたっていた。

この刑事と囚人をのせた列車が、メキシコ国境に南下する支線がわかれている南カリフォルニアのある駅についたとき、やはり囚人をつれた司法省の捜査官が乗りこんできた。その囚人はマヌエル・ガザというスペイン人で、最近、指名犯人として逮捕され、本国に送還されることにきまったものだった。この駅で、彼らがさきのふたりの囚人のいる列車に乗りかえたのも、あらかじめ打ち合わせがあったからではなく、ただ、そんなめぐりあわせになったのだ。

こんなわけで、ガザをつれてきた捜査官は、すぐサンフランシスコの刑事たちと昵懇《じっこん》になり、いろんな理由もあって、これから先は、みんなでいっしょに汽車の旅をつづけようということになった。そこで、司法省の捜査官は寝台車の車掌に話をして、サンフランシスコから来た四人が乗っている特等車の隣の車輛に予約しておいた席を、取りかえてもらうことにしたのだった。

この六人がいっしょになったのは金曜日の午後だった。そして、夕食の知らせがあると、三人の護送官は、三人の囚人を追いたてて、食堂車に向かったが、途中、各客車の通路をとおりすぎるときには、ちょっとしたさわぎになり、また、彼らが食堂車に姿をあらわすと、やはりかなりのセンセーションをまきおこした。

手錠をはめた囚人たちには、ナイフやフォークを使うのはむずかしかろうというので、スプーンや手ですぐ食べられる物——、スープやオムレツ、やわらかい野菜にパイ、それにライス・プディングといったもの——が彼らにあたえられた。刑事たちは魚を食った。輸入物の燻《くん》製《せい》にしんを二皿も注文して、ふたりでたべたのだった。

この日、燻製にしんなんか食べたのは、この列車の中でも、サンフランシスコからの刑事たちだけだった。まもなく、司法省の捜査官は、自分の属しているプロテスタントの教会では、カトリックのように、金曜日には肉を食べてはいけない、といった規則がないことを感謝することになった。というのは、食堂車を出てから、一、二時間すると、サンフランシスコ市警の刑事たちは、猛烈な腹痛にくるしみだしたのだ——ほんとに、くさったにしんのプトマイン中毒は手のつけようがなかった。

ひとりは重体のようだった。夜、カリフォルニアとアリゾナの州境の近くの駅で、彼は列車からおろされ、病院にかつぎこまれた。その駅で停車しているあいだに、近所の町医者が、マカヴォイという名の、そんなにひどくないほうの刑事に薬を飲ませ、そしてすこし容体《ようだい》がおちついたときに、腕になにか注射して、二十四時間以内には、起きあがって、歩けるようになるでしょう、と言った。

だから、その晩は、マカヴォイを隣の車輛の端の下段寝台に寝かせ、通路のドアをあけておいて、司法省の捜査官は座席に腰かけたまま、特等車でごろごろしている囚人たちを監視していた。

囚人の手にはしっかり手錠がはめてあり、監視はひとりだが、ちょっとでも変なまねをすればただではおかんぞ、といった顔つきで捜査官は目を光らせていたのだ。彼はマカヴォイの持っている鍵のうちから、フランス人とイタリア人の手錠の鍵をぬきとって、自分の鍵の輪にうつした。これは、途中、マカヴォイの容体がうんと悪くなり、これから後は自分ひとりで護送しなくてはいけなくなったときの用心だった。

翌朝になると、マカヴォイはだいぶよくなったが、まだ力がなく、頭もはっきりしなかった。それでも、昼間、十二時間たっぷり安静にしていたので、夜にはもう監視ができそうだった。

マカヴォイは寝台に横になったまま、そして、司法省の捜査官は特等車のソファによりかかって、囚人たちの監視をつづけた。

三人の囚人はすわってたばこをふかしながら、護送官がそばにいないときには、いろいろおしゃべりをした。

スペイン人のガザとフランス人のラフィットは、英語がかなりできたので、彼らはおもに英語で話した。イタリア人のヴェルディ――あるいはグリーン、ま、どちらでもいいが――はほとんど英語はしゃべれなかったが、ナポリに三年いたことがあるガザがイタリア語がわかったので、彼のいうことをフランス人に通訳してやった。三人は食事以外は特等車にいれられたきりだった。

この汽車旅行の二日目の夕食の時間になったが、マカヴォイはまだ気分が悪そうだったので、司法省の捜査官は彼をわずらわさずに、ひとりで囚人たちを食堂車につれていくことにした。

「さあ、みんな、飯だ」

捜査官は、三人をたてに一列にして、そのあとについて、いつものように列車の通路をすすみだした。ちょうどそのとき、列車の走るリズミカルな調子がやぶれ、がたん、ごとん、と、れいのニューメキシコ州の町のてまえで、停車をはじめたのだった。

がたがたしながら、列車がやっと止まったときには、四人は三つ目の客車のところまで行っていた。捜査官が二つ目の客車の連廊をこえ、三つ目の客車とのあいだの連結部を渡りかけたとき、列車はかなりひどくゆれ、彼は帽子をおとした。捜査官は、ちいさな声で舌打ちし、帽子を拾おうとからだをかがめた。そして、三人の囚人のうちでいちばんあとの、つまり、彼のすぐ前のガザにぶっつかった。

機敏なスペイン人は、とっさにこのチャンスをつかんだ。からだを半分まわすと、手錠をはめた両手を高くふりあげ、無帽の捜査官の脳天を、全身の力をこめてどやしつけたのだ。捜査官はぐうともいわず——そのままうつぶせになり、のびてしまった。

このことを見ていた者はだれもいなかった。また、そのあと、プラットホームとは反対側の列車のドアをあけ、さっき書いたように囚人たちが逃げだしたあいだにも、だれひとりこの場に来たものはなかった。だから、囚人たちが逃亡したことは、だれも知らなかったのだ。かなりあとまで——。

うつらうつらしていたマカヴォイが起きあがって、ボーイを呼び、四人のことをたずね、列車中さがしたがその姿が見えないので、はじめて大さわぎになったのは、もう九時ちかくだった。

一日じゅう、車内にとじこめられているうちに、囚人たちは身のうえ話をしあうようになった。お互いの不運な境遇が三人の心をひらかせ、そして、共通な身の危険が、腹を割って、自分の不幸な過去を話す気にさせたのだった。

「やつは」フランス人はイタリア人をゆびさして、ガザにいった。「おれのことをよくわかってくれた。おれとやつとは話があってね。やつは、英語はあんまりできんが、それでも、いくらかわかる。こんどは、あんたがおれの話をきいて、おれのみじめな立場を察してくれよ」

フランス人は自分の過去を語った。彼は、もと、マルセイユのドックの職工だったが、ある女を殺した。殺すだけの理由があったから、殺したのだ。彼は逮捕され、裁判になって、殺人罪の判決をうけ、死刑を宣告された。だが、死刑執行のほんの二、三週間まえに、刑務所から脱獄した。

彼はうまく身分をかくしてアメリカにもぐりこみ、三年間くらした。ところが、また、ある女が嫉妬《しっと》から彼を裏切って、警察に密告した。同棲《どうせい》していた女で、彼はその女をすっかり信用していたのだ。女が、いつも、彼の不運のもとになるようだった。

「もうおれの命はない。だが、その死に方がねえ!」フランス人は身ぶるいした。「ギロチンがおれを待ってるんだ。ギロチンは、悪魔がつくったものにちがいない。いや、あの仕掛けはどう考えたってそうだ。やつらは、ギロチンにかける者を、板の上に皮紐《かわひも》でしばりつける。顔が下だが、目をあげて、見ることができるんだ――こいつが、たまらないんだよ。そして、首を溝《みぞ》のある枠《わく》の中にはめこむ。だが頭をまげることはできるので、目はつい上を見る。じっと憑《つ》かれたようにね。その頭の上に、すっかり用意ができ、とぎすました、ギロチンの刃がぶらさがってるんだ」

「しかし、それが見えるのは、ほんのちょっとのあいだだよ」とスペイン人はなぐさめるように言った。「見た瞬間にズシン。それでおしまいさ」

「瞬間だって？　いや、死刑になるおれには、それは永遠の長さだ。きっと、そうにちがいない。ギロチンの刃の下に首をさしだして待っているあいだに、今まで生きていた年月の何百倍も生き、そして何百回となく死ぬような思いがするだろう。それから、首が胴体からはなれる。おれのからだが二つになってしまうんだ。おれは、たいていの死に方はこわくないが、ギロチンで死刑になるのは——ああ、考えただけでもぞっとする！」

スペイン人のガザはからだをのりだした。彼ひとりだけは、ならんでシートに腰かけているフランス人とイタリア人の、反対側に腰をおろしていた。

「しかし」とスペイン人のガザはいいだした。「おれにくらべりゃ、きみなんかまだ運がいいほうさ。ほんとだよ。おれはまだ裁判がおわってないんだ——裁判にかけられるまえに、あのくそおもしろくもないスペインから逃げだしたんでね」

「裁判はまだだって？」とフランス人は口をはさんだ。「だったら、助かる望みもある——逃げだすこともできるかもしれんし。だが、おれはもうだめだ。さっきもいったように、死刑ときまったんだから」

「きみはスペインの法廷がどんなものか知らんようだ。いや、そんなことを言うところをみると、なんにもわかってないらしい。スペインの法廷は——ただ血にうえている。おれのような罪にたいしては、なんの憐憫《れんびん》もない。ただ罰するだけだ。

その刑罰が、ふつうの刑罰じゃない。ま、それは今から話すよ。法廷にひきずり出されたら、裁判官はこう言う。《いろいろ証拠があって、おまえの犯行はあきらかだ。おまえは人の命をうばったのだから、こんどはおまえの命がうばわれる。それが掟《おきて》だ》とね。

で、かりに、おれはこう言うとする。たしかに、わたしは人を殺しました。しかし、かっとなってやったことだし、それだけの理由もあり、また相手をじらして殺したわけでもない。ほとんど即死で、苦痛もなくほんとに瞬間的に、ええ、おそらく、相手は死ぬまで殺されることは知らなかったにちがいありません。そのためにわたしが死刑になるのなら、同じように苦しまず、早いとこやってもらえませんでしょうか？

裁判官が、おれの言うことをきいてくれると思うかい？　とんでもない！　やつらはおれをガロットにかける。ガロットってのは、でかい、がっちりした鉄の椅子だ。こいつに、両手、両足、胴体をしばりつける。そして頭を、まっすぐに立った柱にもたせかける。この柱にカラーのような鉄のバンドがついていて、そのなかにすっぽり首をいれ、うしろから死刑執行人が、そのねじくぎをしめるんだ。

死刑執行人のそのときの気分次第で、そいつをゆっくりしめつけることもある。鉄のカラーはだんだん首をしめつけ、ノッブが頸骨《けいこつ》にくいこむ。死刑囚は断末魔の苦しみにもがく。いや、おれはこの目で見たことがあるから知ってるんだ。一寸きざみに息がつまり、死んで行くんだよ。おれは、けっして卑怯《ひきょう》な男じゃない。時が来れば人間はどっちみち死ぬもんだということも知っている。しかし、ガロットの上で死ぬのだけはいやだ。まだ、ギロチンのほうがいい。どんな死に方でもガロットよりはましだ！」

スペイン人はガックリ、座席《シート》のうしろによりかかり、暗い顔になった。こんどはイタリア人の番だった。

「おれは欠席裁判にかけられた」彼はスペイン人に説明した。「おれは、自分の弁護もできなかった。もっともやつらには、そのほうが手間がはぶけてよかっただろうが。――イタリアの法廷の習慣なんだ。被告ぬきで裁判をするんだよ。そして、おれは有罪ということになった。しかし、イタリアには死刑はないんで、無期懲役だ。おれは、これから、その刑をうけるために、イタリアにかえる」

スペイン人のガザは肩をすくめたが、その意味は明白だった。

「じょうだんじゃない」イタリア人は言葉をつづけた。「あんたはイタリアにいたことがあって話じゃないか。イタリアの無期懲役とはどんなものか忘れたのかい？　まったくひとりぼっちで監禁されるんだ。つまり、生きながら埋葬されるんだよ。監房の厚い壁のなかに、たったひとりでとじこめられる。ほんとうの墓場だ。だれの顔も見ることもできんし、だれの声もきこえない。大声をあげてわめいても、だれも答えてはくれん。沈黙と闇。このはてしない闇と沈黙のうちに気が狂い、死んでいくんだ。

音楽と太陽の光と、友だちとのおしゃべり、そして、たえずだれかといっしょにいなくては気がすまないイタリア人にとって、それがどんなくるしみか、わかるかい？　こういったものがなくては生きていけないイタリア人には、それは、永遠の絶え間ない責苦だ。沈黙と闇の中の一時間は一年よりも長く、また、一日は一世紀よりもはてしないものに感じるだろう。そうして、やがて気が狂う。

この刑罰を考えだした連中は、イタリア人にとって、それがどんな死刑のやり方より残酷かってことを、よく知ってたのさ。おれは、この三人のうちでもいちばん運が悪い人間だ。おれのうける罰ほど、ひどいものはない」

だが、ほかのふたりはそうは考えなかったので、その点について大議論になり、一日じゅう言いあっていたが、夕暮れがせまっても、お互いの考えは変わらなかった。

そして、スペイン人の機転で、彼らは列車から逃げだすことができた。意識を失った捜査官から取りあげたピストルを、銭投げでものにしたのはスペイン人だったし、しばらくのあいだ、ふたりいっしょに行動しようとイタリア人をさそったのも彼だった。

フランス人のラフィットは、ひとり別れて歩きだしていた。フランス人が東南の方角に去ったあと、スペイン人は考えこんだようにいった。

「あの男は楽天家だよ。ギロチンのことを話したときは、あんなに憂鬱《ゆううつ》そうで、しょげこんでいたのに、手錠がはずれるとすぐ、まだまだ運がひらけそうな気がする、と言いだすんだからな。汽車から逃げだして、たった五分後には、もう将来にたいして確信があるような話しぶりだった」

「おれはそうまではないなあ」とイタリア人は答えた。「まだ、これからいろんな危険があるかもしれんが、ともかくおれたちは自由なんだ。確信なんてものはない。でも、希望はもてる。あんたはどうだい？」

スペイン人は肩をゆすった。それは肯定とも否定ともとれる身ぶりだった。あるいはただ、大きく息をしただけなのかもしれない。彼はイタリア人とならんで、てくてく線路の上を歩きだした。

さて、確信がある、といったフランス人ラフィットのその後の行動を見てみよう。むろん、このあたりでは顔を知っている者などあるはずはなかったが、けっして、彼はあわてて逃げだすようなことはしなかった。ラフィットはれいのニューメキシコ州の町をぐるっと用心しながらひとまわりし、藪《やぶ》の中に身をかくして、夜明けを待った。そして、朝になると、鉄道と平行に走っているハイウェイを歩きだした。

このあたりの人々がかたつむりと呼びだした自家用車での観光旅行客が、ラフィットをひろい、四十マイルばかり離れた、ある支線の駅まで乗せていってくれた。そこで、彼は列車に乗りこみ——たいした金ではないが、きっぷを買うぐらいはあったのだ——べつにあやしまれもせずに、約百マイルばかり向こうのその終点までやってきた。

そして、また普通列車に乗りかえ、コロラド州の端をとおって、カンザスにはいった。あの列車から逃げだして四十八時間後には、彼は、ミズーリ州カンザス・シティの裏通りのある三流ホテルの客となっていた。

彼はそこに二日二晩滞在したが、六階建のそのホテルのいちばん上にある自分の部屋に、ほとんどとじこもったきりで、食事と新聞を買いに行くときのほかは、ぜんぜん下におりなかった。むろん、食事をとらなければ腹がへるし、新聞には彼ら三人の逃亡犯人のことがでているからだった。新聞には、くりかえし、この三人はいっしょに行動しているものと思われる、と書いてあった。これを読んでラフィットはほっとし、その確信を強めた。

しかし、この安ホテルでの三日目の朝、部屋から出て、エレベーターのほうへ廊下を行きかけたとき——ホテルにはお客用のエレベーターは一つしかなかった——彼の目にはいったものがあった。ラフィットの部屋と、エレベーターの鉄棒のはまったドアのちょうどまん中あたりに階段があったが、そこを通りすぎるとき、背広を着たふたりの男が階段の下に立っているのが、油断のない彼の目にちらっととまったのだ。

ふたりは、階段につっ立っていた。上がってくる途中なのか、おりるつもりなのか、その格好ではわからなかった。おそらく彼の姿を見て、ひょいとからだをひっこめ、壁にひらたく、くっついたのだろう。

だが、ラフィットはふたりに気がついたようなそぶりはしなかった。そしてふたりのほうに突進したい衝動をやっとしずめた。そんなことをしてなんになる！　ふたりのあいだをつっきって、階段をかけおりることができるとでもいうのか！　逃げ道は一つしかない。エレベーターだ。しかし、とラフィットは胸のなかでいった。もしかしたら、おれの考えちがいかな。神経過敏のための思いすごしということもある。おれの姿を見て、あのふたりは階段のかげに身をかくしたように感じたが、じつは、おれなんかには、なにも関係のないことかもしれん。ベルをおし、エレベーターが上がって来るのを待っているあいだ、ラフィットはそんなふうに胸のなかでくりかえしていた。

おどろくべきことには、かびくさいおんぼろエレベーターは、がたがた音をさせながらすぐやってきた。シャツ姿のエレベーター係のほかは、だれも乗っていなかった。エレベーターに乗りこむとき、ラフィットは肩ごしに、ごく自然な動作で、横をふり向いたが、あのふたりの男の姿は見えなかった。

エレベーターはおりはじめた。ラフィット以外に客はなかったので、途中はぜんぜんとまらなかった。そして、一階についた。一階はホテルのオフィスやロビーになっていた。エレベーターは一時停止し、それから一フィートばかりあがり、またがくんと五、六インチさがった。慣れないエレベーター係なので、ロビーの床ときっちりそろえてエレベーターをとめるのに、手間どったのだ。

こうやってエレベーター係がまごまごしているうちに、ラフィットは、瞬間的に、あたりの状況を察していた。彼の思いちがいではなかった。エレベーターの入り口の、鉄の棒がはまったドアにからだをおしつけるようにしてふたりの男がつっ立ち、じっとなかをのぞきこんでいたのだ。油断のない顔つき、態度で、彼が出てくるのを待ちうけているようすだった。ラフィットには、いくら私服を着ていても、刑事はすぐわかった。

階上《うえ》にも、階下《した》にも、刑事が張りこんでいて、逃げ道をたたれたわけだが、たった一つ、たいしていい方法ではないけれども、にげられるてがあった。今すぐエレベーターを上にあげ、三階か四階あたりでとめて、とびだし、ホテルの裏にある非常用の階段をつたわって逃げたら、あるいはうまくいくかもしれん。ただし、そこに刑事が張りこんでない場合にはだが——。エレベーター係がグズグズしているうちに、ラフィットはそう考えた。そして、彼はこの考えをすぐ実行にうつした。

ラフィットは満身の力をこめて、うしろからこのあわれなエレベーター係の顎《あご》のさきをぶんなぐり、気を失ってグッタリとなったそのからだを、すわったような格好のまま、エレベーターの隅によりかからせた。そして、エレベーターを動かすレバーをつかんだ。エレベーターはあがりだしたが、その動かし方もよく知らず、ましてあわてているラフィットは、うまくコントロールすることができないで、いちばん上まで行ってしまった。だが、やっとコツをのみこんで、エレベーターをかえすと、さがって行く途中で、レバーを手前にひいた。

ちょうどいいときに、こんどは、ゆっくりレバーを動かしたので、まえよりもよくいうことをきくようになったエレベーターは、スピードをおとし、三階の床と水平の位置に近づいた。エレベーターはすこしずつさがっていったが、ちゃんととまるのも待ちきれず、ラフィットは、なかの安全戸の掛けがねをはずし、外側の金属製のドアをこじあけて首をだし、ドアがまたしまってくるので、からだをすぼめるようにして、外にとびだそうとした。

エレベーター係は、手の早い、血の気の多いアイルランド人だったので、ぶんなぐられ、半分のびていても、けんか好きの本能は眠っていなかったとみえて、あとで彼自身が語ったところによると、なかば反射的、そして無我夢中で、外に出ようとするラフィットの片足にしがみつき、もう一方の足でけとばされるまでのほんの一瞬、そのからだをひきとめたのだった。だが、エレベーターを動かすレバーにはけっしてふれなかった、と彼はいっている。ゆっくりおりていくエレベーターのうしろのほうに四つんばいになっていて、レバーにさわれるわけがありませんよ、というのだ。だから、ちょうどその瞬間、エレベーターが全速力で動きだしたのは、まったくふしぎだ、と彼はいう――いや、この点ではみんな首をひねった。

しかし、ともかくエレベーターは全速力でおりていった。エレベーター係は床にうずくまり、叫び声をあげたが、同時におこったラフィットの悲鳴のほうが、もっと物すごかった。まるで、なにかの大きな重い刃で首のところをすっぽりちょん切られたように、エレベーターのそとに首、中に胴体と、ラフィットのからだはきれいに二つになってしまったのだ。

つぎはスペイン人とイタリア人のほうに話をもどそう。列車から逃げだした夜は、ふたりはほとんど一晩じゅう歩きつづけた。そして、あの司法省の捜査官のからだをほうり出したところからは、かなりの距離まできたのだった。それには、歩いていると寒くないという理由もあった。夏でも、砂漠の夜は冷えこむと、すごく寒いことがある。明けがた前に、ふたりは引き込み線にはいっている貨車のところにやってきた。その機関車は西のほうを向いていた。これはふたりにはつごうがよかった。

彼らはすばやく無蓋車によじのぼり、農機具のうしろにもぐりこんだ。こうして朝食にこそありつけなかったが、その他の点でなに不自由なく、ふたりは昼ちかくまでただ乗りをつづけた。だが、とうとう制御手に見つかり、早くおりろ、とどなりつけられた。

しかし、半分からだをかくして床にすわっているふたりの顔を見て、とたんに、制御手の口調がやさしくなった。ま、いいだろう、好きなだけ乗ってな、と彼は言いなおし、なにか重大なニュースを機関手かほかの乗務員に知らせるかのように、あわてて列車の前のほうに去った。

ふたりはこの貨車からおりることにした。彼らの顔を見たときに、制御手が、瞬間、ぎくっとした表情になったのに気がついたのだ。ふたりはこう考えた。——そしてこの考えは正しかったのだが——おそらく、もう今ごろでは、三人に対する捜査がはじまり、その人相なども、あちこちの駅に電信で手配されていることだろう、と。列車はすくなくとも二十マイルの速度で走っていたが、制御手の姿が見えなくなると、すぐふたりはとびおりて、線路の右側のスロープを、まるで鉄砲でうたれた兎《うさぎ》のようにころがり、乾いた溝の底にぶっつかってやっととまった。

皮をすりむいたり、かすり傷をこしらえたりしていたが、イタリア人のグリーンはべつにどこも打たなかった。スペイン人のガザは地上におちたときに足首をひどく捻挫《ねんざ》してしまった。彼はグリーンの腕によりかかり、片足をひきずりながら、線路から遠ざかった。

なるべく鉄道線路からはなれることが、ふたりにとっては第一の目的だった。彼らはいいかげんな方角をえらんで、うねうねとつづく広野を、焼けつくような太陽に照らされながら歩きだした。そして、とりあえず、北の果てにはるかにつらなる色とりどりの断層を見せた孤山《ビュット》を目標に行くことにした。

やっと五マイルばかり歩くのに、ふたりはほとんど午後じゅうかかってしまった。ガザの左足首はまるで象の足のようにはれあがり、顔をしかめて一歩ふみだすごとに、刺すように痛むのだった。あまり遠くまでは歩けない、と彼は思った。これはグリーンにもよくわかっていて、すでに頭の中では、うまくガザを追っぱらう方法をあれこれ考えていた。掟とか法則とかいったものはグリーンは大きらいだったが、自己防衛の法則というのだけは気に入っていた。ふたりは暑さと咽喉《のど》の渇《かわ》きと、疲労にあえいだ。

こうして五マイルばかり歩いて、やっとこさ、ちょっとした丘の上までたどりついてみると、ほとんどすぐ真下に小さな小屋が見え、そして少し向こうの、たくさんの羊の群れが目にはいった。その小屋の前で、上下つなぎの作業服を着た男が、死んでいる大きな牛の皮をはいでいた。

ふたりが丘の上から身をかくすまえに、その男は彼らをみとめ、すぐ立ちあがった。ふたりはその男のほうに歩いていくよりほかはなかった。ゆっくり近づいてくるふたりを見て、その男の浅黒い顔にはありありと好奇心にみちた色がうかんだ。そして、その表情のまま、じっとふたりを見つめていた。男はメキシコ人か、混血のインディアンのようだった。

ガザはよろよろしながらあゆみより、英語で呼びかけたが、男は、わからない、というように首をふっただけだった。そこで、ガザはスペイン語で話しだすと、男は調子よく答えた。ふたりは、しばらくのあいだ、お互いにスペイン語でペラペラやっていたが、男は、戸口にぶらさがっている、ぬれた袋をかぶせた壜《びん》から、たっぷり水をガザとグリーンに飲ませてくれた。日向水《ひなたみず》くさく、なまぬるくて、また苦味もあったが、からからになったふたりの咽喉にはとてもおいしかった。そして、男は小屋のなかにひっこんだので、ガザはグリーンのために、ふたりが話したことを通訳してやった。

「やつがいうには、この小屋でたったひとりで暮らしているんだそうだ。こいつはつごうがいい」スペイン人のガザは早口で説明した。「一週間ばかりまえに、メキシコから仕事をさがしにきて、あるグリンゴ——白人——にやとわれたというんだ。その白人は牧羊をやっている男で、本牧場は何マイルか向こうにあるらしい。そして、やつを羊用のトラックでここにつれてきて、あの羊たちの世話をさせることにしたんだ。一カ月分の食糧をおいてね。つまり、その牧場主の白人がやってくるまでには、三週間あることになる。やつは、その白人以外には、このあたりには知り合いはないそうだ。そしておれたちの顔を見るまで、ここに来てから人間様にはお目にかかっていないらしい。だからおれたちに会って、よろこんでるんだよ」

「で、われわれのことはどういった？」とグリーンはききかえした。

「自動車旅行をしていて、昨夜、急な坂で車がひっくりかえって、車がこわれ、おれは足をくじいた、といっといた。そして、足をそのままにしておくわけにはいかんので、近くの町か、人家に早く行こうとして、近道をするつもりでハイウェイをはなれたら、すっかり広野に迷いこんでしまって、朝から、今ここにたどりつくまで歩きどおしていた、とね。やつはおれのいうことは真《ま》にうけた。単純な男だよ。無学な、おめでたいメキシコ人さ」

「しかし、親切なことはまちがいない。その証拠にこれを見てみろ」ガザは半分皮をむきかけの牛を指さした。「この牛は三日ばかりまえに見つけたんだってさ。どこかの牧場から迷ってきたものだろうが、どこから来たかはわからん。やつの知ってるかぎりでは、このあたりで牛を飼ってる牧場はないそうだ。羊ばかりだってことだ。

この牛は病気でね。よろよろしながら、目がみえないのかぐるぐる一カ所をまわりながら、口から泡をふいてたらしい。ある種の雑草を牛や羊がたべると、こんなふうになることがある、とやつはいってた。しかし、もしかしたら、またよくなるかもしれんと思って、やつは角にロープをひっかけて、ここにつれてきた。ところが、牛は昨夜死んじまってね。だから、きょうは朝から皮をはいでたんだってさ。いま、やつはおれたちに食べさせるものをつくりに行ったんだ。親切だよ、あの男は」

「しかし、食べおわったらどうする？　こんなところにぐずぐずしているわけにはいかんぜ」

「ま、おちつきなよ、兄弟、おれにはいい考えがあるんだ」スペイン人の口調には威厳《いげん》があり、自信がこもっていた。「まず、からの胃袋をいっぱいにして元気をつけ、それからたばこを一服し、一服している間《ま》に、その方法を考えて、それから……、ま、今にわかるさ」

羊飼いのメキシコ人が、ブリキの皿とブリキのコップの中に入れて持ってきてくれた、豆と油くさいベーコンと、うすく切ったとうもろこしのケーキに、まずいコーヒーで、ふたりは腹をふくらした。そして、三人あつまって、とうもろこしの皮でまいたたばこをすった。

メキシコ人がしゃがんで、暑い、じっと静止した空中にたばこの輪を吹きあげているあいだに、ガザはやっとこさ立ちあがって、れいの壜から、また一口、水を飲みにいくような格好で、戸口のほうに足をひきずりながら歩きだした。そしてふたりのうしろまできたとき、司法省の捜査官からうばったピストルを取りだして、ほとんどくっつくぐらいの距離から、一発ぶっぱなした。この小屋の主人は後頭部に弾《たま》の穴がぽっかりあき、前にのめり、うつぶせになると、手足をのばし、ちょっと痙攣《けいれん》して、そのまま動かなくなってしまった。

人殺しにかけては専門家だと思っているイタリア人のグリーンにとっても、この殺し方はまったく意外で、そうとうなショックだった。こうまでしなくてもいいのに、いや、まてよ――？　つぎは自分の番かもしれん、と思ったグリーンは顔を恐怖にひきつらせ、立ちあがって、あとずさった。

「おちつけよ」スペイン人はむしろ愉快そうにいった。「きみには危害は加えん。きみがうまく逃げおおせるために、やつをやったことだ。きみは、昨夜、希望をもってる、といったね？

おれには愛の心がある――きみにたいする愛、自分自身への愛、そしてここにころがっている、この男への愛もね。見てみろ、この男は、もうなんの苦労もない。しかし、生きているときは、のろまな、まるで土塊《つちくれ》のように、なにもましなところはない男だった。そして、ここで、ひとりさみしく、隠者のようなみじめな生活をしていた。だが今は、もっとすばらしい、あかるい世界にうつっていった。いや、おれはまったくの親切心から、この男を殺してやったんだよ」足のさきで、彼は床にのびた死体をひっくりかえした。「しかし、この男を天国にうつしてやると同時に、きみと――そしておれたちふたりのことも考えた。いまから説明しよう。まず、死体をこの家の土間の下にうずめ、やつを殺した証拠をなくす。それから、きみはここにある食糧を包んで背中に背負う。水のはいったあの壜も、そのまま持っていっていい。それどころか、このピストルも、きみに渡そう。

そして、足跡をのこさんように岩の多いところか、あるいは固い地面をつたわって、きみはさっさとここから逃げだして、山の中にかくれる。いつまでかくれてるか、それははっきりいえんが、まあ、そのうち、ここにおれたちを捜しにやってくる連中が、捜査をあきらめるまでだな。足の悪いおれがいっしょでは、きみのじゃまになり、けっきょくふたりとも助からん。しかし、きみひとりなら——ピストルを持ち、食糧の用意もあり、それに足は速いんだから——のがれられる希望があるわけだ」

「しかし——あんたは？　あんたはどうなるんだ！　その——犠牲になるつもりなのかい！」

びっくりしてイタリア人は口ごもった。

「おれは、ここにとどまって、捜索隊を待つ。ただそれだけさ。ひとりしずかに、連中が来るのを待ってる。連中が姿を見せるのも、そんなに遠い将来のことじゃあるまい。あの貨車であった男が、連中の道案内をして、おれたちの足跡をたどってやってくるにちがいない。すくなくとも、今晩じゅうには、連中にはお目にかかれるだろうと思う」

イタリア人のけげんそうな顔を見て、ガザは大声で笑いだした。

「どうしてそんなことをするか、ふしぎに思っているんだろう？　なんて寛大な親切な男だ、とおれのことを考えてるんじゃないかな？　いやまったく、そのとおりなんだ。しかし、それにしても、ちょっと人がよすぎて、おめでたい男だと思ったら、大まちがいだ。これできみは助かるかもしれんが、同時に、おれも助かることになるんだよ、兄弟」

彼はかがみこんで、死んだメキシコ人の顔をおこした。「この男の顔を最初見たときに、おれははっと気がついたんだが、それがわかるかい？　この男はおれと同じくらいの背格好で、皮膚の色もそっくりだし、ほんとによく似てるだろう、え？　それになまりのあるスペイン語をしゃべってたが、そいつをまねるのは、おれにはいとも簡単なことだ。やつの服をおれが着て、いまはやしているこの口ひげをそったら、牧場主の白人の前だって、やつとして通るだろう。

さっそく、おれはやつの服に着がえ、おれの服は死体といっしょに埋めてしまう。十分後には、この口ひげもなくなる。やつはつい最近、ひげをそったらしいから、きっと、この小屋の中にひげそり道具があるはずだ。そして、おれは、このあわれなメキシコ人に早変わりさ」

イタリア人はわらいだし、スペイン人のほうに走りよると、両頰《ほお》と口にキスした。

「そんなことだったのか」彼はうれしそうに叫んだ。「おれたちに飯をくわせてくれたやつを気まぐれに殺すなんて、また残酷な男だなあ、とじつは思っていたんだが、かんべんしてくれよ。頭がいいなあ！　すごいや、まったくの天才だ。しかし、兄弟」――イタリア人の胸にまた疑問がわいてきた――「捜索隊の連中がやってきたら、なんていうんだい？」

「そこが、いちばん、いいところさ。きみ、出かけるまえに、すまんが、紐《ひも》をさがしてきて、おれのからだをしっかりしばってくれんか。両手をうしろにまわし、それから両足もきつくゆわえてね。長いあいだのことじゃないから、しんぼうできる。捜索隊の連中がやってきたときにそんな格好でいれば、話をでっちあげるのも楽だろうからね。

そこで、おれはこんなふうにいうつもりだ。日陰に腰をおろして、死んだ牛の皮をはいでたら、不意に、ふたりの男があらわれて、おそいかかってきた。そして、格闘しているうちに、この足をひどく痛めた。とうとうのばされてしまい、やつらは、おれの両手両足をしばりあげると、食糧をうばって逃げていった、とね。そのふたりのろくでもない男の人相をきかれたら、もちろん、即座に答えることができる。しかも正確にね。今そこに立ってるきみと、このおれの人相や服装をいえばいいんだからな。

あの貨車にいた制御手はいうだろう。《そう、そう、そのとおりです。それはたしかに、私が列車で会ったふたりです》やつはすぐおれのいうことを信じると思う。そうなればしめたもんだ。で、そのふたりの悪漢はどっちの方角に逃げたか、とまたたずねるにちがいない。南のほうに砂漠を越して行きました、とおれは答えるが、その言葉のとおり、行動を共にしているはずのふたりをさがすために、連中は南に向かうだろう。ところが、きみは北にいって、山の中にかくれているというわけさ。え、おもしろいだろう!

あるいは、まだしつっこくせんさくするかもしれん。そうしたら、おれはいってやる。《一週間ばかりまえに、羊の番をするためにわたしをやとった白人の旦那《だんな》のところにつれていけばわかる。あの旦那なら、わたしの話がほんとうだといってくれるにちがいない》ってね。そして、ほんとにその白人のところに行き、白人がおれを認めれば——まず、その点は心配あるまい──無罪釈放というわけさ。いや、そんなことにでもなれば、まったく大笑いだ」

賛嘆と感謝のあまり、イタリア人はまたガザにキスした。

ふたりはてっとりばやく、また科学的に注意深く事をおこない、どんな小さなことも見落とさず、またあらゆる思いがけない事態にそなえた。だが、イタリア人が出かける用意をおえ、スペイン人はきれいにひげをそり、死んだ男の、汗くさいシャツによごれた作業服を着こんでうまく化けすまし、さて、まわれ右をして、両手をうしろでゆわえるときになって、足をしばるだけのロープがないことがわかった。短いロープの切れはしがあったが、それは手をゆわえるのに使ってしまったのだ。

それでもかまわん、とスペイン人はいった。足が動けんようにしっかり縄《なわ》でしばりつけたら、はれあがって、ずきずきしている足首の痛みをますことはまちがいない。しかし、だからといって、身動きできないようにちゃんとしばりあげていなければ、捜索隊の連中がやってきたときに、疑いをおこさせる。だが、イタリア人が名案を考えて、この問題を解決した。彼は、そのインスピレーションを自慢したほどだった。

イタリア人のグリーンは、メキシコ人の肉切り包丁《ほうちょう》で、牛の生皮をいくつも細長く引きさいた。そして、小屋を支えている立ち木の一つを背にして、スペイン人を地上にすわらせ、腰や、腕や、彼の上半身を牛の生皮でしばり、木のうしろでその端をあわせて、きつくゆわえたのだった。こんなにがんじがらめにしばりあげてあれば、だれかの助けがなければ、けっして逃げだすことはできない。まだしめり気のある、やわらかい皮紐だから、からだを動かせば少しはのびるかもしれないが、ゆるんだり、また、ちぎれたりする心配はまったくなかった。

こうして、スペイン人のからだを牛からはいだ生皮でしばりあげ、イタリア人は食糧の袋を背中にしょって、恩人に感謝をあらわすために何度も心からのキスをして、その成功をいのり、くりかえしくりかえし、別れの言葉をのべて、小屋から立ち去っていった。

こういった南西部の広野については、イタリア人はまったくなんの知識も、経験もなかった。しかし、彼はなかなかよく歩いた。そして日暮れまで北にすすみ、夜は、いろんな色の断層がある孤山《ビュット》のうしろで、死んだメキシコ人のみょうなにおいがする毛布にくるまって寝て、朝になると、もっと険しい荒地にふみこんでいった。そして、目もくらむような断崖の中腹にかかった。おそらく、なにかのために自然にできた山道を、足もとに注意しながらたどって、谷間のようなところにはいったのだった。

イタリア人がもう相当深くこの谷あいをすすんだとき、足もとのもろい岩がくずれて、道のふちから落ち、ほかの岩にぶっつかり、いっしょになって、断崖をころがりだした。同時に、上のほうからもっと大きな岩も落ちてきて、たぶん自然の浸食でできたその道をふさぎ、それにつづいて、しばらくのあいだは、落下する巨岩のひびきに四方の断崖はふるえ、根こそぎになった松をはねとばし、息づまるような酸性の土埃《ぼこり》をあげて、土砂は滝のようにくずれた。

イタリア人は命からがら逃げだし、やっと危険な山道からのがれた。そして、安全なところにたどりつき、ふりかえって見ると、ほとんど端のほうまで崖はくずれ、谷の入り口をふさいでしまっていた。これでは、人間はおろか、山羊《やぎ》でも、こちらの方面からは、あの鋸《のこぎり》の刃のようにつっ立ち、くずれた崖をこしてくることはできない。つまり、追手は完全にこの自然の棚《たな》によって断たれたというわけだ。

しごくご満悦で、彼は足をすすめた。だが、やがて、たいへんなことを発見した。それは、あまりにも思いがけないことだったので、彼のさっきまでのいい気分はいっぺんにふっとんでしまった。彼が入りこんだこの谷には出口がなかったのだ。どこに行っても突きあたりの――西部でよくいう袋谷だった。谷の三方、右も左も、また正面も、おそろしく高い断崖で、まっすぐに切り立ち、とてもよじ登れるようなものではなかった。断崖はおどしつけるように目の前をふさぎ、まるで上からのしかかって、彼のからだをぺしゃんこにしてしまいそうな格好だった。それに、むろん、いま来た道を引きかえすこともできない。こうして、イタリア人のグリーンは、栓《せん》をされた壜のなかの蠅《はえ》のように、あるいは井戸の底におちこんだかえるみたいに、とじこめられてしまったのだった。彼は、このだだっぴろい牢獄の隅から隅まで歩き、調べてまわった。泉が見つかって、その水は、ちょっとアルカリははいっていたが、けっこう飲めることがわかった。水はあるし、いくらか食糧はもっていたので、極度に食物を節約すれば、まだ何カ月かは生きていくことができた。だが、それからどうなる？　いや、そのあいだでも、なんの希望があろう？　飢えて死ぬまでのあいだ、あんなに恐れていた、孤独の苦しみに直面しなければならないのだ。

イタリア人のヴェルディ――グリーンは、もはや考えもつき、すわりこむと、ピストルを取りだし、自分にむかって引き金をひいた。

なかなかの知能犯であるスペイン人のガザも、たった一つだけ計算ちがいがあった。彼の推定によると、四時間か、すくなくとも五時間以内には捜索隊がやってくるはずだったが、その連中が小屋に姿をあらわしたのは、ほとんど三十時間もあとのことだったのだ。

こんなにおくれた原因というのは、れいの制御手が、無蓋車の上の刈り取り機の下にもぐりこんでいたふたりを見つけたのは、いったいどのあたりだったか、あたりになにも目印になるような物もなかったし、それにあちこちに知らせ、武装捜索隊をつくるのに、かなりの時間がかかったからだ。捜索隊の連中が、線路ぎわから、殺された羊飼いの小屋までつづいているふたりの足跡をつきとめたときには、もうそれから丸一日以上たったあとだった。

ふたりが逃げた跡はかなりはっきりわかった――二組の重い足跡が、岩肌が地面にあらわれているところのほかは、砂漠の上につづいていたのだ。いったんふたりの足どりをつかむと、それをたどって、連中は、さっそくやってきた。そして、小さな丘の上まで来てみると、小屋をささえている立ち木の一つに、がんじがらめにからだをしばりつけられた男がすわっているのが目についた。

いそいでおりていったが――男は死んでいた。その顔はまっ黒にひどく日にやけ、うつろな目を、まるで捜索隊の連中をにらみつけるようにかっと見ひらいて、舌をだらんとたらし、断末魔の苦しみに、こわばった両足を弓のようにそらしていた。

よく目を近づけて、その死因を知り、捜索隊の連中は、深く男に同情した。男は牛の生皮でからだじゅうをしばりあげられ、戸外にすわったまま、一日じゅう焼けつくような太陽の光に照らしつけられていたのだ。

太陽の熱気は、牛からはぎとった生皮に、急速な変化をおこした。熱を加えられると、ある種の物質は膨張するものだが、生皮はその反対で、まるで鉄のように、固くちぢまったのだ。だから、ぎらぎら太陽の光に照りつけられるうちに、あわれなスペイン人のからだをしばりつけた生皮はだんだん強く、胃を、胸を、肩を、そして腕をしめつけていったのだった。これは、彼にとってまことに不愉快なことにはちがいなかっただろうが、それで死んだわけではない。

それには、ほかの原因があったのだ。首のところにも生皮がまきつけられ、柱のうしろでしっかりゆわえつけてあった。牛の生皮は、最初は、ただ首のまわりにまいてある程度だったのだろうが、時間がたつにつれて、それは鉄の輪のように首をしめつけ、刻一刻とちぢまって、おそろしい力で息の根をとめたのだ。つまり、スペイン人のガザは、正真正銘のガロットでじわじわと絞首刑にされたのだった。

密室の行者

ロナルド・A・ノックス
中村能三 訳

Solved by Inspection　一九三一年

ロナルド・A・ノックス　Ronald A. Knox (1888.2.17–1957.8.24) はイギリスのローマン・カトリックの大僧正。ユーモアと諷刺にあふれたハイブラウな推理小説を書いたところは、G・K・チェスタトンとよく似ている。また思いきった、極端なトリックを考え出すところも共通である。たとえば本編もそのひとつで……。

不屈の精神をもって聞こえた秘密探偵、マイルズ・ブレドンは、仕事にはまったく無能だと、つねにみずから称していた。その点では、細君のアンゼラと意見が一致した。ただ、細君とちがうのは、ほんとうにブレドンは自分を無能だと思っていることであった。その点では、細君はそう思っていなかった。そしてふたりにとって幸いなことには、インデスクライバブル会社——この大生命保険会社もそう思っておらず、加入者の困難な事件を調査するために氏を雇い、年間五千ポンドにちかい金額をもうけていたのであった。ただし、あるとき一度だけは、ブレドンも、調べるだけで現実に問題を解決したと主張できることがあった。真相をみきわめるなんらの予備知識をもたずにである。実際、氏は、安っぽい新聞はほとんど読まないので、風変わりな百万長者、ハーバート・ジャーヴィソンがベッドで死んでいるのを発見されるまで、彼のことなど耳にしたこともなかったといってもそう不思議ではない。ブレドンは、インデスクライバブル会社が、彼自身とほとんど同じくらいに高く買っている高給とりの医師のシモンズ氏と、ウィルトシャーへ汽車で行く途中、その事件の状況を話してもらっただけだった。それは晴れた夏の朝で、ゆうゆうと流れている運河で地平線を画されている露にぬれた野原は、シモンズ氏がそんなにうるさく話そうとしなかったら、まことに瞑想《めいそう》にふけるにふさわしい景色だった。

「きみだって、その男のことは知っているだろう」とシモンズ医師は言った。「こんどの災難にあうまえから、新聞にずいぶん書きたてられたものだからね。百万長者とあやしげな神秘家——まあそんなふうに言われていたんだ。こんな大金持ちのくせに、どうして金の使い道を知らないんだろう。このジャーヴィソンという男は、東洋をほっつき歩いているうちに、あんな秘教的なくだらないものに、すっかり憑《つ》かれてしまったんだ——大聖大知《マハートマ》とか瑜伽《ユガ》行者とか、そんなことばかり話すものだから、貧乏な縁者で最後まで希望をいだいていたものさえ、ついには自分の家に招待しなくなったほどだ。そんなふうで、彼はどこからか拾ってきた、くわせもののインド人たちとこのユーベリーに居をかまえ、自分は『光明の兄弟』だとご託宣を出したんだ。彼の便箋にはこの言葉が印刷してあるよ、しかも、その便箋が暗緑色というやつだ。そして、クルミを食い、機械みたいに執筆し、心霊学上のあらゆる実験をする。そのうちにやじうまがどっとおしよせてきた。そういったものは、人間の急所をつかむんだね。そうこうしているうちに、ごらんのごとく死んだというわけだ」

「そんなことは、おそかれはやかれわかることだ。もしそうだとすると、インデスクライバブル会社のわれわれの仕事も楽なものだがね。それにしても、会社はなぜぼくを呼びだしたんだろう。ジャーヴィソンはブラジルクルミかなにかを喉《のど》につまらせたんだろう。他殺とか自殺とかいった疑問はないんじゃないかな」

「そこがおかしいとこなんだ。急死したんだよ、餓死《がし》でね」

「きみは、そんなことがあるものかと、ぼくに言わせたいんだろう。ぼくは医者じゃないが、まるでのあほうでもないから、からかわれているくらいのことはわかっているよ。あとを話してくれ。きみはその男に会ったことがあるのかい」

「うん、保険加入の身体検査をうけにきたとき、はじめて会ったのだ。ぼくはそのことでは大いに責任を感じているね。というわけは、こんな頑丈《がんじょう》なからだは見たことがないと、そのとき思ったからね。まだ五十三歳だし、東洋の食餌《しょくじ》法にこっている連中なんてものは、長命のレコードをつくることがよくあるからね。事実、やつは特別に低い保険料でやってくれなんて言いやがったもんだよ。それというのが、不死の秘法を発見する見とおしがついた——つまり、やつの言うところによると、保険料は会社の永久財産になるだろうというわけなんだ。それなのに、あんな牛の飼料みたいなものを拒んで、死ぬなんてね。もっともぼくだって、あんなものを食うのと、餓死するのと、どっちをとるかと言われると、どうとも答えられないがね。ところが、やつはそんなものを食って、ぴんぴんしていたらしいのだ」

「それで、事実、やつのからだにわるいところはなかったのかね。頭のぐあいはどうだった?」

「うん、神経病ぎみのところはあったね、神経検査をやったんだが、相当ひどい症状をしめしたよ。きみも知っているだろうが、近ごろでは神経病患者は、振顫譫妄《しんせんせんもう》をみせるかどうか、インデスクライバブル・ビルの頂上につれて行くことにしているのだ。やっこさん、まるですくんでしまってね。なんとしたって、下をのぞこうとしないのだ。だが、やっこさんの縁者たちから、精神病者だという証明をしてくれとたのまれても——その連中が頼んでもふしぎじゃないがね――ぼくは証明するわけにはいかなかったね。精神病者なんかじゃなかったよ。そのことなら誓ってもいい、重役会議の席上でもさ」

「しかも、断食で急に死んだというわけだね。そこのところを、もすこし詳しく話してくれないか」

「うん、じっさいに起こったことは、実験室と呼んでいる部屋に、十日間ばかりとじこもったのだ。ぼくはその部屋を見たことはないが、まえはジムかラケットコートにつかっていた部屋だそうだ。そこまではあやしいところはない。やっこさんは、ばかげた実験をするために、いつもその部屋にとじこもっていたんだからね。ひとりでとじこもって、どんなことがあってもじゃまをしないことにしてあったんだ。たぶん自分の霊体がチベットでもさまよっていると思っていたんだろうさ――ところが――ここのところがおかしいんだが――二週間分の食物はたっぷり運んでもらったんだそうだ。しかも十日目にベッドで死んでいるのを発見されたんだ。東洋にいたことがあって、飢饉《ききん》地域でも働いたことのある土地の医者が言うには、こんな明瞭な餓死は見たこともないそうだ」

「それで食物は?」

「手もふれていなかった。おや、もうウェストベリーだよ。迎えの車が来ているはずだ。メイユー医師には、連れがあるとは言っていないんだ。きみのことはなんと言っておこうか」

「会社の代表だと言っておきたまえ。こいつだと、いつも効果がある。ほら、プラットホームに黒人がいるぜ」

「運転手だろう……いや、ありがとう、荷物はないんだ……おはよう、ユーベリーから来たんだね。ぼくがシモンズだ。メイユーさんはお待ちかねだろう。駅の外にいるのかね。そうか。じゃ、行こう、ブレドン」

メイユー医師は人を疑うことなどできそうにもない小柄な丸顔の男で、大いに歓迎の意を表してくれた。話し相手がないので退屈していて、とりあえず噂話がしたくてしようがないものだから、すぐ診察にはとりかかれないといった田舎《いなか》医師であることが、一見してわかった。彼はシモンズが口を出さないうちから事件のもようを話しだした。

「わざわざ来ていただきまして、どうも。いや、なにも対診の必要があるわけじゃないのです。医者というものは、よくご承知でしょうが、十中八九まで、よく死因がわからないまま死亡証明書に署名するものです。ところがこの男のばあいは、ぜんぜん疑問の余地がないのです。わたしは、飢饉地域にいたことがありましてね、その症状は、いやというほど見てきています。夢にまで見るほどですよ。あまり愉快なものじゃありませんがね。ええっと——ブレドンさんとおっしゃいましたね、たしか——ブレドンさんは死体はごらんになりたくはないでしょうな。〈兄弟会館〉に安置してありましてね、用がすみしだい片づけることになっています。その——ええっと——こうした餓死のばあい、その症状は、急にあらわれるものでしてね、ブレドンさん。ところで、いかがです、わたしの家へいらっしゃいませんか。途中どこかで軽くたべて。おいやですか。いやけっこうです。さよう、あの連中には埋葬に特殊な方式がありましてね、ぐるぐる巻きにして、足を死海の北にあるエリコのほうへ向けるとか、なんとか、そんなふうなことですよ。葬式がすんだらあの浮浪者たちも、消えてなくなるといいですがな」と、メイユー医師は、運転手に聞かれやしないかと声をひそめて、つけくわえた。「この界隈《かいわい》じゃやつらは鼻つまみでしてね、事実なんですよ。あれはまともなインド人じゃありません。ジャーヴィソンがサンフランシスコかどこかで拾ってきたのです。まず外国船乗りの水夫というところでしょう」

「あなたにやつらを追っぱらえるものかどうか、わかりませんね、メイユーさん」とブレドンは言った。「やつらは、ジャーヴィソンの遺言状で、ひじょうに利益をうけることはごぞんじでしょう。すくなくとも、ジャーヴィソンの保険証書は、〈兄弟会〉が受取人になるように作成してあるし、金だって、相当のものがやつらの手にはいると思いますがね」

「では、会社は全額支払われるわけですね、ブレドンさん」と、メイユー医師は言った。「やれやれ、わたしも〈兄弟会〉に入れてもらえないものかな。たった四人きりなんですからね。二、三千ポンドがところ、臨時収入というのも悪くはないですよ」

「そこですよ」とブレドンは言った。「そのためにわれわれは来たんですよ。もし自殺だったら、保険金はやつらには手も触れることができません。自殺の場合は、金を支払わないことになっておりますからね。そうでないと、自殺者が出て困りますから」

「そうですか。じゃ、心配なさることはありませんな。自殺以外には考えられませんし、おまけに、頭がおかしかったんですよ。あ、あれがユーベリーです、あの丘の上のが。妙なところですよ。最初、ローゼンバッハという大金持ちがもっていて、設備なんかまるで御殿のようでしたよ、ほんもののラケットコートなんかありましてね、あそこに見えるでしょう、あれがその屋根です。その後、破産してしまいまして、家はただ同様で売られました。そのあと、エンストーンという若い男が買って、予備校をやっていました。わたしはその男が好きでしたが、どうにもやっていけず、また売りはらって南部海岸へ行ってしまい、そのあとをジャーヴィソンが引きついだのです。さあ着きました。邸内でもぶらぶらなさいますか、ブレドンさん、それとも、遺骸《いがい》をごらんになりますか、それとも、なにかほかに？」

「死体が発見された部屋に行ってみたいですな。だれかインド人が案内してくれるでしょう。そのインド人と、なんとか話してみたいんですよ」

話は造作なくついたが、ブレドンはその案内役を見るとどうにも当惑をおぼえ、気がいらいらするほどだった。自動車の運転手はふつうの黒い服を着ていたが、こんどの〈兄弟会〉の代表者は、流れるようにたれた白い服をまとい、それによくうつるターバンを巻いて、どこからみても秘法家らしいようすをしていた。背が高く、がっしりした骨格で、無感動な、それと同時に、いつも油断のない物腰であった。なにものにも擾《みだ》されず、それでいてなにものをも見のがさないといったふうであった。そして、口をきくと、そんな外観をしているくせに、ひどいアメリカなまりの英語を話した。

ラケットコートは、本館からかなりはなれてたっていた。たぶん五百ヤードはあったろう。以前は入り口からすぐにスタンドがあったのだが、ジムに改装されるとき、場所をひろくするためにとりはらわれて、はいるとすぐ大きな長方形の部屋で、それはその広さと静けさのために、なんとなく寺院のようにがらんとしていた。床には光った赤い油布が敷いてあるので、足音が吸われ、人の声だけがこだまするばかりであった。天井の中央に井戸形の穴があって、光線は主として、空気はぜんぶ、ここからとりいれるようになっていた。この穴のいちばん上は、ガラス張りになっていて、縁についている鉄の錏板《しころ》のあいだから風がはいるだけであった。まだジムのときのなごりが残っていて、天井の四カ所には、鉤《かぎ》で綱をさげたらしい鉄の環《わ》がついているし、部屋の一方には、用具入れが、いまも子供たちの靴を待ちうけ顔にならんでいた。それ以来、造作らしいものはくわえられていなかった。風変わりなジャーヴィソンは、仲間から離れていたいと思うとき、周囲の雑音を断つ厚い壁にかこまれ、だれもはいってこない分厚いドアに鍵をかけて、ここをつかっていたことは明らかだった。ジャーヴィソンは、気のゆるせない子分どもと同じ屋根の下に寝るよりは、ここで寝るほうが安心できたのではないだろうかと、ブレドンは考えざるをえなかった。

しかし、家具が二つだけあって、両方ともこんどの悲劇のあとを物語るかのように、人の注意をひいた。一つは床の中央にどっかとすえてあるベッドで、鉄のてすりと車のついた、ふつうの病院にあるような型のものであるところからみると、どうやらまにあわせに備えたものらしく、リノリュームの上には車の跡がまだ光っていた。ベッドの上には、まるでなにも残っていなかった。下敷きの毛布までがはぎとられ、ほかの毛布や敷布といっしょになって、ベッドのまわりに、異様な感じでちらばっていた。そのベッドのようすからみると、ブレドンの感じからすれば、寝ていた人は、どんなにあわて、またどんなに興奮していたにせよ、自分の意志で離れたものではなく、むりに引きずり出されたもののようだった。ベッドのむこう、入り口の反対側の壁のところに、野菜食が山とつまれた食器だながあった。粗《あら》い穀物でつくったパン、ガラスの皿にのせた蜜蜂の巣、一箱のナツメヤシの実、ニカワのようにぼろぼろになっているらしいビスケット、それにシモンズ医師の言葉の正確さを証明するように、いくらかのミルク、それは、ふつうの人間が、愉快に食卓にむかうような部屋ではなかったが、それより重要なことには、とても餓死できるような部屋ではなかった。

ブレドンは、まず最初に食器だなへ行き、注意深く調べはじめた。彼はパンに触《さわ》って、ミミが固くなっていることから、数日間手がつけられないままであることをたしかめた。それから、そこにおいてあった壺《つぼ》のミルクを飲んでみたが、それは、予期していたとおり、すっかり酸《す》っぱくなっていた。「ジャーヴィソン氏はいつも酸っぱくなったミルクを飲んでいたのかね」とブレドンは、彼のすることにつよい関心をよせて見まもっていた案内役のインド人にきいた。インド人は、「いいえ、予言者ジャーヴィソンさまが生きておられたのを最後に見た日の夜、わたくしが持ちこんだのでございます。搾乳所から持ってきたばかりの、あたらしいものです。それなのに口もつけてないのです、一滴も。いまあなたが飲まれるまではね」と答えた。ナツメヤシの実の箱は、ふたはあけてあったが、実がぎっしりつまっているままだった。蜂蜜はどろりとたまっていて、埃《ほこり》をかぶっていた。ビスケットがのせてある皿には、かけらも落ちていなかった。一つでも割ってたべたら、かけらくらい落ちているはずだ。要するに、豊富な食料を前にして餓死したと結論しても、まちがいはないように思われた。

「すこしばかりたずねたいことがあるんだが」とブレドンは、インド人のほうをふりかえって言った。「会社は、ジャーヴィソン氏があやまって死なれたものか、自殺されたものか、その点をはっきりさせたいのだ。その手伝いをしてくれるだろうね」

「お知りになりたいことは、なんでもお話しいたします。あなたは、たいへん正しいお方だと信じておりますから」

「では、いいかね——ジャーヴィソン氏はよくここで眠るのかね。それから、なぜその夜ここで眠ると言いだしたのかね——きみが最後に氏を見た夜さ」

「いままでそんなことはありませんでした。でも、あの夜、ジャーヴィソンさまはひじょうに特殊な実験をしようとしておられましたので。西洋のかたがたには、こうしたことはおわかりにならないのです。ご自分で用意された、魂を肉体から遊離させる、ある麻酔薬をのむおつもりだったのです。ところが、魂が肉体から離れているあいだに、外部からじゃまされるとひじょうに危険なので、だれもじゃますることのできないここで眠ろうとなさったのです。それで、わたくしどもが、そのベッドを屋敷から押してきたのです。こうしたことはすべて日記をごらんになれば書いてあります。そういうことには、ひどく注意深い方でしてね。と申しますのは、実験で万一のことがおこったばあい、わたくしどもの過失からではないことがわかるようにしておきたい、と言っておられましたから。その日記をごらんにいれましょう」

「なるほど、では最初の晩に薬をのんだんだね。とすると薬をのみすぎて、それで死んだとは思わないかね」

インド人はほんのかすかに微笑して、肩をすくめた。「ですが、医者は餓死だとわたくしどもにおっしゃいましたがね。あなたのおつれもお医者さんですし、やはり同じことをおっしゃるでしょう。さよう、わたくしの考えを申しあげましょう。予言者ジャーヴィソンさまは、よく断食されましてね、とくに魂を遊離させようと思ったときなんかそうでした。そして、眠りからさめられたときには、なにか神の啓示をうけ、それによって、さらに神秘の世界の奥深くへはいりこみたくなられたのではないかと考えます。そのために断食されたのです。ただ、こんどは長すぎたのです。断食のため、精神がもうろうとなり、衰弱があまりにひどかったので、食物のところまで行くことも、外に出て助けをもとめることもできなかったのです。しかも、予言者ジャーヴィソンさまがここで死にかかっておられるというのに、わたくしたちはめいめいの研究をしながら、屋敷のほうで待っていたのです。そんな運命になっていたのですね」

この問題に対するブレドンの関心は、神学的なものというより、法律的なものだった。自殺するつもりはなく餓死したばあい、それは自殺といえるだろうか。いずれにしろ、それは法律家が解決することだ。「ありがとう」とブレドンは言った。「ぼくはここで友だちを待っていよう、ごくろうさん」インド人は頭をさげて出て行った――すこし不本意そうだなとブレドンは思った。しかし、彼はこの部屋を徹底的に調べあげる決心だった。この部屋にあるいろんなもののようすが気にくわなかったのである。ドアの錠前――いや、予備の鍵がないかぎり、とくにいじられたようすはない。壁は？　まさかラケットコートに秘密の扉をつくるやつもあるまい。窓は？　ぜんぜんなし。ただ、天井の下、井戸形の穴の横に鉦板があるだけだ。それも、人がやっと手をさしいれられるぐらいの隙間《すきま》しかなく、しかも約四十フィートの高さだ。ところが、どうだ、この男は、十日間ひとりでいたのだ、食物に手をつけず、外に出ようともしないで。ベッドからそう遠くないところに、鉛筆を結びつけたノートさえある。ジャーヴィソンは眠りからさめたとき、神の啓示を書きとめておくつもりだったのだな、と、ブレドンは思った。ところが、いちばん上の紙には、埃がたまっていて、死んだ男はなにも書きのこしていないのだ。ほんとうに頭がおかしくなったのだろうか？　それとも、あのインド人の想像が当っているのだろうか？　あるいはまた、まさかとは思うが……東洋の手品師どもは、玄妙《げんみょう》不可思議な術をつかうと聞いている。あの四人のインド人たちが、なかにはいらずに、部屋のなかでかってなことをするなんて、ありうることだろうか？

そのうちに、ブレドンは床の上に興味あるものを発見した。そして、シモンズが例の小柄な医者とひっかえして来てみると、ブレドンはベッドのかたわらで四つんばいになっていて、ふたりが部屋にはいってきたとき、彼らにむけた彼の顔はひどくしかつめらしく、しかも、その目には、勝利をおもわせるような光がかがやいていた。

「ずいぶんごゆっくりだったね」とブレドンはとがめるような調子で言った。

「びっくりすることや、くだらないことがぞくぞくと起こってね」とシモンズは説明した。「きみの仲間の警察の連中がきて、〈兄弟会〉会員を囚人護送車でつれて行ったところだよ。連中はシカゴでは腕ききらしいがね。ただし、この事件で、連中がインド人たちになにか嫌疑でもかけるつもりなら、とんでもない大まちがいだ。ジャーヴィソンは餓死したんだよ。麻薬なんて考えたってだめだ、ブレドン、そんなことは、まるで問題にならないんだから」

「だが、これは殺人事件だよ」とブレドンは元気に言った。「ここを見たまえ」そう言って彼はベッドの車が通ったため、油布の上についた、きらきらする跡を指さした。「車の跡が見えるだろう。これはベッドのあるところまでつづいていないんだ。二インチばかりてまえでとまっている。そして、これが殺人事件であることを示しているんだ、巧妙きわまる殺人をね。きみが言うとおり、警察がインド人どもに罪をきせようったって、とてもできるものじゃないよ。だが、この殺人をおかすのに四人の手が必要だったところにやつらの泣きどころがある。取り調べられているうちに、きっとひとりはおそれいって、ほかの仲間を責めることになるよ。ひとつおうかがいしたいのですが、メイユーさん——エンストーンがここを出るとき、備品を持っていきましたか。たとえば、このジムの備品など」

「一切合財、備品つきで売ったんですよ。エンストーンのほうは、できるだけ金がほしかったし、〈兄弟会〉はしごくおおようなものでしたからね。この裏手にエンストーンががらくたの置き場にしていた小屋みたいなものがありますが、そこには、平行棒とか、そのほかいろんなものが、きっとはいっていますよ。体操でもして見せるおつもりだったんですか。わたしはまず、昼食にお誘いしようと思っていたのですが」

「ちょっと見たいと思っただけですよ。見てしまってから、お言葉にあまえて昼食にすることにしましょう」メイユー医師の言葉どおりであった。裏手の小屋には、体操用のがらくたがいっぱいちらかっていた。跳馬が、ながいあいだ草の上にほうり出されたままにされているのを無言で恨むかのように立っているし、平行棒は、若い人たちの手で触られたところが、まだ光っているし、水平梯子《ばしご》は三つにたたまれ、不安定な角度で立てかけているし、床には網の目のように、縄《なわ》の環がちらばっていた。ブレドンは手近の縄を一本とりあげ、あかるい外へ持っていった。「見たまえ」と彼は手でそれをなでながら言った。「ずっと表面がほつれている。学生たちなら、のぼったって縄はほつれやしない、運動靴をはいているからね。それに、このほつれぐあいはごく最近のものだ。ほんの一日か二日まえのものらしい。うん、やつらがやったものだよ、警察にこのことは教えてやったほうがいいようだね。もちろん会社はこのくらいの損なんか屁《へ》でもないさ。だが、こうなると契約はどうなるんだろう。保険金で〈兄弟会〉の霊廟《れいびよう》でもたてるより仕方がないな。もう〈兄弟会〉なんて消えてなくなるんですよ、メイユーさん」

「かんべんして下さい」とシモンズがあやまった。「この男は、ときどきこんなふうになるんですよ。こんなことは言いたくないがね、ブレドン、きみの推理がよくわからないんだよ。ジャーヴィソンが、ジムのなかに鍵をかけてとじこもっているというのに、やつらはどうして襲ったんだい。食物を与えずにとじこめるか、食物がとれないように押えつけるかでもしなければ、餓死で人を殺すことなんかできるものじゃないよ」

「そこにきみのまちがいがあるんだ」とブレドンは反駁《はんばく》した。「いろんな方法があるよ。食物に毒を入れておいて、毒がはいっていると告げる方法がある。こんどの殺人がそうだと言っているんじゃないよ。なぜなら、ぼくはミルクを自分で飲んでみたんだが、こうしてぴんぴんしているんだからね。それに、餓死しかかっている人間は、いよいよとなると、一か八か、やってみるものじゃないかね。理屈からいえば、催眠術をかけて、食物はないのだとか、なんなら、これは食物じゃないんだとか、暗示をあたえることもできる。しかし、それはただ理屈だけのことだ。そんな犯罪が実際に行なわれたなんて聞いたこともない。それに、インド人どもには、ジャーヴィソンが死んだときの、アリバイがちゃんとあったんだよ」

「じゃ、どこかほかのところで餓死させておいて、あとから死体をここへ運んできたというのかね」

「そうでもないね。そんなことより、ここで餓死させておいて、自分で餓死したように見せかけるために、あとで食物を持ちこむほうが、よっぽど簡単だよ。しかしだね、どっちにしろ、そんなことをするためには、この建物にはいらなければならない。メイユーさん、死体を最初に発見したのはだれだったか、ごぞんじありませんか。それから、どんなふうにして、ジムにはいったか」

「ドアには鍵がかかっていて、鍵は内側にさしてありましたよ。わたしたちは、錠前をこわさなくちゃなりませんでした。わたしもそのときいっしょにいましたがね。もちろん、警察官立ち会いのもとにですよ。でも、インド人たちは、なにかおかしいと気づくと、すぐわたしを呼んだんですよ」

「そうですか。そいつはひじょうに参考になりますな。これは、犯罪者というものが、いつも行きすぎて、こういうことをやる例を示していますよ。あなたにしろぼくにしろ、友人が部屋にとじこもって十日間も姿をみせないとしたら、おそらく鍵穴から声をかけ、それから、錠前屋を呼びにやるでしょう。ところが、やつらはすぐ医者と警官を呼びにやっている。まるでこのふたりが必要だということが、わかっていたようじゃありませんか。犯跡を完全にくらましたと思うのが、いちばんいけないんですよ」

「ねえ、ブレドン、ぼくたちは、これが殺人であるというきみの言葉をまだ信じているんだがね。もしそうだとしたら、犯人どもは、まったくあざやかに犯跡をくらましたものだね。ぼくには疑う余地のない、精神異常と自殺だと思われるんだが」

「そこがきみのまちがいなのだ。ベッドのそばに、ノートと鉛筆があったのに気がついたかい。どんな狂人だって、そこらに紙切れでもあれば、なにか書きたい誘惑に抵抗できるものじゃないよ。とくに、自分が餓死させられているとか、毒を飲まされているとか考えたばあいにはね。じっさいに断食の実験をやっていたばあいにも、このことはあてはまる。なにか最後の言葉を書きのこしておくものだよ。それに、ベッドのまわりにつみあげられた寝具をどう解釈する？狂気にしろ、正気にしろ、あんなふうにしてベッドから出るものなんかいないよ」

「なるほど、どうしても話すというのなら、すっかり話したまえ。きみが狂人かもしれないし、あるいはぼくが狂人かもしれない。しかし、どちらかが餓死することはないと思うよ。それに、メイユーさんが食事をなさるのを待たせているんだからね」

「うん、事件のあらましは簡単だよ。ジャーヴィソンは、あの悪党どもを、アメリカのどこかで拾ってきたんだが、やつらはきみやぼくと同様、神秘家でもなんでもないんだ。ただ、わけのわからない呪文《じゅもん》なんかとなえられるだけなんだよ。ジャーヴィソンが金持ちだということを知っていて、金がしぼれるとみてとったので、くっついていたんだ。ジャーヴィソンが〈兄弟会〉を相続人としていたことがわかったとき、やつらとして、残された仕事はジャーヴィソンをかたづけることだけだ。やつらは計画をねり、手近にある凶器を十二分に使うことにきめた。外部から凶器をもちこむことは、必ず失敗におわる、相手の習性を研究し、相手の生きかたに応じて殺す、とまあいわばそんなことだ。やつらがしたことといえば、ジャーヴィソンに、あんなばかばかしい実験をすすめ、ふつうの睡眠薬を、ふしぎな魔法の効果があるとかなんとか言って飲ませただけの話だ。静かにしていられるから、ジムにひっこんだがいいとか、真昼の太陽をうけなきゃいけないとか、なにかそんな愚にもつかぬことを言って、ベッドをジムのまん中に移すことを主張したのだろう。ベッドを部屋のまん中にすえようと思う人間があるかね。ベッドは、壁にくっつけてすえたいのが、人間の通性だよ。もっとも、なぜだか知らないがね」

「それで?」

「やつらはその夜、睡眠薬がすっかりきくまで待ったのさ。真夜中すぎまで待った、そして、せんさく好きな隣近所のものたちに気づかれずに、なりゆきを見とどけたのだ。それから、梯子をつなぎあわせて、いや、水平梯子をのばして使ったと考えるほうが可能性があるな、ともかく、屋根の上にのぼっていった。持ってあがったのは綱だけ——以前、天井の鉤からさげてあった四本の綱だ。綱にはまだ鉄の鉤がついていた。おそらく、やつらは音がしないように、その鉤にハンカチを巻きつけたろうと思う。天窓から、眠っているジャーヴィソンが見える。そして、鉄の鋲板のあいだから、四本の綱をおろすこともできた。鉤は錨《いかり》の役目をし、ベッドの頭と足もとの鉄の手すりにかけるのは、たいしてむずかしいことじゃなかった。すばやく、おなじ早さで、綱を引きあげた。そのありさまは、おぼえているだろうが、福音書にある光景の、瀆神的《とくしんてき》なおそろしい再演だった。それでも、ジャーヴィソンは薬のききめで、なおも眠りつづけている。たぶん、自分が空中に浮遊し、ついに肉体のきずなから脱却したくらいの夢をみていただろう。半分かたはそうなっていたんだがね。

彼は眠りつづけた、そして、目がさめてみると、やはりベッドに寝たまま、空中四十フィートのところにつりさげられていたのだ。寝具はとりはらわれている。おりる手段を与えちゃならないからね。彼は一週間以上、そこにつりさげられていた。たとえ叫び声が外にもれても、その声が耳にはいるのは、四人の冷酷なやつども、殺人者どもだけだ。もっと勇気のある人間だったら、跳びおりて、命をたつ方法をえらんだことだろう。ところがシモンズ、きみから聞いた話だが、ジャーヴィソンは、高さに対しては臆病だったそうじゃないか。それで跳びおりることができなかったのだ」

「もし跳びおりていたら?」

「落ちて死んだか、落ちたのが原因になって死んだか、ともかく死体になって発見されたことだろう。そして、インド人どもはしかつめらしい顔をして、予言者ジャーヴィソン氏は、空中浮遊の実験とかなにかそんなことをしておられたにちがいありませんなどと、われわれにぬかしたことだろう。だが、ごらんのとおりの結果になったので、やつらとしては万事がうまく終わったあと、また戻ってきて、綱をまたおろし、寝具を鋲板のあいだからいいかげんに投げこみ、綱や梯子をもとのところへおろせばすんだのだ。ただ、当然のことだが、こんどはうまく水平に綱をもどさなかったので、ベッドが最初あったところより二インチばかりずれておりたのだ。そのため、油布のうえの車の跡にぴったり合わなかった。それを見て、なんとなく事件の真相がぼくにわかったんだ。ベッドは、あきらかに引きあげられている。あいつどもが考えたような特別の目的がないかぎり、車つきのベッドを引きあげるようなことをするものじゃない。ジャーヴィソンはばかだよ。だが、その死にかたを思うといやな気になるね。だから、ぼくはあの四人のやつらが絞首刑になるように、できるだけの力をつくすつもりだ。思いどおりになるものなら、やつらに絞首台の踏み落とし板を用意してやるよ」

スペードという男

ダシール・ハメット
田中小実昌 訳

A Man Called Spade　一九三二年

純粋にアメリカ的な推理小説を創造した偉大なる**ハメット** Dashiell Hammett (1894.5.27–1961.1.10) はふたりの私立探偵を世に送った。ひとりは名なしのコンティネンタル・オプ、もうひとりがサム・スペードである。スペードの登場作品はごくすくないが、長編では唯一の『マルタの鷹』、そして短編では本編が代表作であろう。一九三二年に〈アメリカン・マガジン〉に発表された。

サム・スペードは卓上電話をよこにおしやり、腕時計に目をやった。四時ちょっと前だ。

「おーい」

チョコレートケーキをたべながら、秘書のエフィ・ペリンが表のオフィスから顔をだした。

「シド・ワイズに、きょうの午後の約束はだめだ、といってくれ」

エフィは、チョコレートケーキののこりを口のなかにいれ、人差し指と親指のさきをなめた。

「シドにあう約束をことわるのは、今週になってから、もう三度めよ」

サム・スペードはニヤッとわらった。眉から、口、顎《あご》とV字形にさがってる顔が、笑うと、もっとながくなる。「わかってるよ。しかし、出かけていって、ひとの命をたすけなくちゃいけないんだ」スペードは卓上電話のほうに、顎をしゃくった。「いま、マックス・ブリスから電話があってね。だれかに、おどかされてるらしい」

エフィはわらった。「だれかって、ミスター・コンシャンス（良心）？」

スペードは、巻きかけたタバコから目をあげた。「ブリスのことで、なにかしってるかい？」

「あなたにわかってることだけよ。マックス・ブリスが弟をサン・クエンティン刑務所にやったときのことを、おもいだしたの」

スペードは肩をすぼめた。「そのほかにも、いろいろ、とんでもないことをやってる」スペードはタバコに火をつけ、帽子に手をのばした。「しかし、いまじゃ、まともだ。このサム・スペードのお客さんは、みんな、神をおそれる、正直な人たちばかりだからね。オフィスをしめる時間までにもどってこなかったら、かえっていいよ、エフィ」

スペードはナブ・ヒル（サンフランシスコの住宅地）の大きなアパートにいき、十階にあがり10Kとかいたドア枠《わく》についた呼び鈴のボタンをおした。そのとたんに、ドアがあいた。ドアをあけたのは、しわくちゃの黒っぽい服をきた、ごつい男だ。ほとんどはげあがった頭。グレーの帽子を手にもっている。

「やあ、サム」ごつい男はニコッとわらった。ちいさな、するどい目が、だいぶやさしくなる。

「なにしにきたんだ？」

「トムか……」スペードの顔は木でできたみたいだ。声も、まったく表情がない。「ブリスはいるかい？」

「ブリスがいるかって？」トム・ポルハウス部長刑事は、あついくちびるのはしをひんまげた。

「その心配なら、いらないよ」

スペードの左右の眉がくっつく。「なんだって？」

トムのうしろから、もうひとり、ちいさな入り口の間にはいってきた。スペードよりも、トムよりも背はひくいが、がっちりしたからだつきだ。血色のいい、角ばった顔。みじかくかりこんだ、灰色の口ひげ。服装もきちんとしており、黒い山高帽をあみだにかぶっている。

スペードは、トムの肩ごしに声をかけた。「やあ、ダンディ」

ダンディ警部補は、かるくうなずき、ドアのところにやってきた。その青い目はけわしく、うさんくさがっている。

「なんだい？」警部補はトムにたずねた。

「M-a-x B-l-i-s-s」スペードは、一字一字スペルをいった。「マックス・ブリスにあいにきた。マックスのほうでも、ぼくにあいたがってる。わかった？」

トムはわらいだした。ダンディ警部補はニコッともしない。トムはいった。「しかし、あえるのは、かたっぽうだけだ」横目で警部補の顔つきをみたトムは、わらうのをやめた。モソモソ、からだをうごかしている。

スペードは顔をしかめ、じれったそうにたずねた。「マックスは死んだのか？ それとも、だれかをころしたか……？」

ダンディ警部補は、角ばった顔をスペードに近づけ、一語一語、下くちびるからおしだすみたいに、いった。「どうして、そうおもう？」

「マックスをたずねてきたら、殺人課の旦那《だんな》がふたり、ドアのところでがんばってて、なかにいれてくれないとなりゃ、察しはつくよ。まさか、トランプでもやって遊んでるところにとびこんだとはおもえんな」

「うるさいぞ、サム」トムは、スペードも警部補の顔もみず、つぶやいた。「マックス・ブリスは死んだよ」

「ころされたのかい？」

トムはゆっくりうなずき、スペードの顔をみつめた。「で、きみは？」

スペードは、わざと熱のない口調でいった。「さっき、マックスから電話があってね。四時五分前ぐらいだったかな。電話をきって、時計をみたんだが、まだ、一分やそこいらは、四時までにまがあった。だれかが、マックスの命をねらってるというんだよ。すぐ、きてくれとたのまれた。マックスは、ほんとに心配してるようだった。こんなことになったんだから、むりもないが……」スペードは、片手をちょっとうごかした。「それで、やってきたってわけさ」

「だれから、なんでおどかされてる、なんてことはいわなかった？」ダンディ警部補はたずねた。

スペードは首をふった。「いや、ただ、ころす、と脅迫されてるってことでね。マックスは本気でこわがってた。だから、すぐ、やってきたんだ」

「ほかには、なにか……」ダンディ警部補は、いそいで口をはさんだ。

「いや、なにもきいてない。それより、なにがおきたのか、はなしてくれよ」

警部補は、みじかくこたえた。「ま、こっちにきて、みてみろ」

「ひでえもんだぜ」とトム。

ドアのそばで、ちいさなガラス張りのテーブルのはしに白い粉をまいていた男が、手をやすめて、ふりかえった。「よう、サム」

サム・スペードはうなずいた。「どうだい景気は、フェルズ」そして、窓ぎわで立ち話をしているふたりの刑事にもあいさつした。

マックス・ブリスは口をあけ、床にころがっていた。着ている物も、いくらか脱がしてある。のどははれあがり、どす黒い。口のはしからのぞいている舌のさきは青く色がかわり、ふくれあがっている。はだけた胸の心臓の上あたりに、まんなかにTの字がはいった五線星形（☆）が黒いインクでかいてあった。

スペードは死体を見おろしたまま、しばらく、だまって、つっ立っていたが、口をひらいた。「こんなかっこうで発見されたのかい？」

「まあね」トムはこたえた。「すこし、うごかしたけどさ」トムは、テーブルの上の下着やYシャツ、チョッキ、背広をゆびさした。「これは、みんな、床の上におっぽりなげてあった」

スペードは顎をなでた。いくらか黄いろがかった灰色の目は、夢でもみてるようだ。「死体がみつかったのは、いつ？」

「われわれがやってきたのは、四時二十分。被害者の娘さんから電話があってね」トムは、奥のドアをゆびさした。「あとで、娘さんの話をきくつもりだ」

「娘は、なにか知ってるかな？」

「それは、神様だけがごぞんじさ」トムは、うんざりしたようにいった。「ま、いままでのところは、つき合いがいいほうじゃない」トムはダンディ警部補をふりかえった。「そろそろ、はなしてみますか？」

警部補はうなずき、窓ぎわの刑事のひとりにいった。「被害者の書類をしらべろ、マック。

脅迫されてたはずだ」

「はい」マックは、帽子をまぶかにかぶりなおし、部屋のはしの、グリーンに塗った事務用の机のほうにあるいていった。

廊下から、また、ひとりはいってきた。つばのひろい黒い帽子をかぶった、五十ぐらいの、ふとった男だ。灰色がかった顔に、ふかくしわがよっている。顔色がわるい刑事は「やあ、サム」とスペードに声をかけ、警部補にいった。「被害者のところに、二時半ごろ、客がたずねてきて、一時間ばかりいたそうです。茶色っぽい服をきた金髪《ブロンド》の大男で、年は四十か四十五ぐらい。名前はわかりません。フィリッピン人のエレベーター・ボーイからききました。きたときも、かえるときも、エレベーターにのせたといってます」

「ここにいたのは、一時間だけ?」ダンディ警部補はききかえした。

顔色がわるい刑事は、頭をふった。「はっきりしたことはわかりませんが、かえったのは三時半前だ、とエレベーター・ボーイはいうんです。午後版の新聞がくる前に、その男はエレベーターでしたにおりたらしい」顔色がわるい刑事は帽子をうしろにおしやって、おでこをかき、ふとい指で、死体の胸の星のマークをゆびさし、なにかもの悲しそうにたずねた。「これは、いったい、どういうことなんです?」

だれも返事をしない。ダンディ警部補はいった。「エレベーター・ボーイは、その男の顔をおぼえてるかな?」

「本人は、おぼえてるというんだが、わかりませんからねえ。前に、見かけたことはないそうです」顔色がわるい刑事は、死体から目をはなした。「交換手から、被害者がかけた電話の相手のリストをつくってもらいました。サム、どうだい？」

スペードは、まあまあだとこたえ、ゆっくり、つけくわえた。「マックスの弟のセオドールは金髪の大男だ。年も、四十か四十五ぐらいだが……」

ダンディ警部補の青い目が、キラッ、とするどくひかる。「その弟っていうのは？」

「グレイストーン信託の詐欺のことは、おぼえてるだろ？　マックスもセオドールも、あれに関係してた。だけど、マックスは、うまく、みんな弟にひっかぶせてね。一年から十四年っていう不定期刑で、セオドールはサン・クエンティン刑務所にいってたんだよ」

ダンディ警部補は、ゆっくり、首を上下にうごかした。「うん、おもいだした。で、セオドール・ブリスは、いま、どこにいる？」

スペードは肩をすぼめ、タバコを巻きだした。

ダンディ警部補はトムを肘でつついた。「さっそく、しらべろ」

「ええ。だけど、その男は三時半にここをでて、四時には、まだ被害者が生きてたとしたら――」

「そして、足でもヘシ折って、こっそりもどってこれなかったとしたらね」顔色のわるい刑事は、調子よく口をはさんだ。

「はやくしろ」警部補はくりかえした。

「わかりましたよ」トムは電話のところにいった。

ダンディ警部補は顔色のわるい刑事にいった。「新聞社をあたってみてくれ。午後版が配達されたのは正確にいって、何時ごろかたしかめるんだ」

顔色のわるい刑事はうなずき、部屋をでていった。

机をかきまわしてた刑事が「ああ……」とつぶやき、片手に封筒をもち、片手に紙をもって、ふりかえった。

警部補は手をのばした。「なんか見つかったかい？」

刑事は、もう一度、口のなかでつぶやき、紙をさしだした。

スペードは、ダンディ警部補の肩ごしに、紙に目をやった。

きれいな、くせのない字の、鉛筆でかいた、ごくふつうの、ちいさな紙だ。

　これがついたときには、もうすぐそばまできている。こんどこそは、ぜったいににげられんぞ。そして、きれいに、借りをはらってやる。

死体の胸にあったのとおなじ、まんなかにTがはいった、五線星形（☆）がサインのかわりにしてあった。

ダンディ警部補は、もういっぽうの手も出し、封筒をうけとった。フランスの切手がはってあり、宛名はタイプでうってある。

アメリカ合衆国　カリフォルニア州
サンフランシスコ
アムステルダム・アパートメント
マックス・ブリス様

「消印はパリだ。投函したのは、今月の二日」ダンディ警部補は、すばやく指をおり、日にちを勘定した。「きょう、つくころだ」警部補は、ゆっくり紙をおり、封筒にいれ、上着のポケットにしまった。そして、手紙をみつけた刑事にいった。「もっと、しらべてみろ」

刑事はうなずき、机のところにもどった。

ダンディ警部補はスペードをふりかえった。「どうおもう、サム?」

「おもしろくないなあ。まるっきり、気にくわん」スペードの口にくわえた、褐色に色がかわったタバコが上下にゆれる。

トムは電話の受話器をおいた。「先月の十五日に刑務所をでたそうです。いまどこにいるかも、しらべさせてます」

スペードは電話のところにいき、ハリイ・ダレルの番号をいった。「やあ、ハリイ。サム・スペードだ。ああ、元気だよ。奥さんは?……うん……、ねえハリイ、頭文字のTがまんなかにはいった星のマークは、なんの意味だい? え? つ、づりは? うん、わかった。死体の上にそれがかいてあれば……? いや、ぼくにもわからん。うん……ありがとう。こんどあった時に話すよ。ああ、電話をくれないか……。ありがとう。じゃ、また……」

ダンディ警部補とトムは、すぐそばに立って、電話の話をきいていた。スペードはふりむいた。「こういったことを、よく知ってるやつなんだよ。ギリシャ文字のτ《タウ》がはいった五芒星形《ペンタグラム》だってさ。もと、よく魔術師がつかってた。薔薇十字の会《ロージクルシアン》（十七―八世紀にヨーロッパにあった神秘主義的秘密結社。十九世紀に、英米およびヨーロッパにおなじ種類の秘密結社が復活した）の者は、いまでも、かいてるかもしれん」

「薔薇十字の会《ロージクルシアン》って、なんだい？」トムがきいた。

「被害者の弟のセオドール（Theodore）の頭文字かもしれんぜ」ダンディ警部補はいった。

スペードは肩をすぼめ、かるくこたえた。「自分の犯行を、セオドール・ブリスが、みんなにしらせるつもりなら、名前をかいたほうが、てっとりばやい」

スペードは、もっと考えこんだ顔で、つづけた。「サンノゼにも、ポイント・ロマにも、薔《ロー》薇十字《ジクルシアン》の会の連中はいる。あの連中がやったとはおもえんが、いちおう、しらべてみるのもわるくはないだろう」

ダンディ警部補はうなずいた。

スペードは、テーブルの上のマックス・ブリスの服に目をやった。「ポケットから、なにかでてきたかい？」

「ごくふつうの物だけだ」ダンディ警部補はこたえた。「そこのテーブルの上にある」

スペードはテーブルのところにいき、服のそばにかさねた、時計に鎖、鍵、紙入れ、住所録、紙幣、金のペンシル、ハンカチーフ、眼鏡のケースを見おろした。スペードは、それらには手をふれず、マックス・ブリスのYシャツ、下着、チョッキ、背広などを、一つずつとりあげてみた。テーブルの上に青いネクタイもおいてある。スペードは眉をひそめた。「このネクタイ、まだ新品のままだ」

ダンディ警部補、トム、それに、それまで窓ぎわに、だまってつっ立っていた検視官補も——ほそい、いかにもインテリみたいな浅黒い顔をした小男だが——そばにより、しわ一つない青いネクタイをみつめた。

トムは、なさけない声でうなり、ダンディ警部補は、口のなかで、ぶつくさつぶやいた。スペードはネクタイをひっくりかえした。裏のラベルには、ロンドンの男子洋品店の名がかいてある。

スペードは、わざと愉快そうにいった。「ここがサンフランシスコで、おかしな星のマークをかく、薔薇十字《ロージクルシアン》の会の連中がいるのは、ポイント・ロマにサンノゼ。脅迫状を投函したのがパリで、このネクタイはロンドンの店のものか……、まったく、よくできてるよ」

ダンディ警部補は、スペードをにらみつけた。

れいの、顔色のわるい刑事がもどってきた。「午後版の新聞が配達されたのは、やはり、三時半です」刑事の目が、ちょっぴり大きくなる。「なにか……?」顔色がわるい刑事は、部屋をよこぎって、みんながいるほうにやってきた。「それに、三時半前にかえった金髪《ブロンド》の男が、また、ここにもどってきた形跡もありません」刑事は、ポカンとして、ネクタイをみつめた。
トムはうなり、ひくく、口笛をふいた。「一度もしめたことのないネクタイだ」

警部補はスペードをふりかえり、はきだすようにいった。「ま、こんなところだな。被害者は弟にうらまれてた。その弟は、刑務所からでてきたばかりだ。弟によく似た男が、三時半に、ここをでた。それから二十五分後、被害者はきみに電話して、脅迫されている、といった。その三十分あとに、娘がもどってくると、被害者は、のどをしめられ、死んでいたというわけだ」ダンディ警部補は、色が浅黒い、小柄な検視官補の胸に指をつきつけた。「扼殺《やくさつ》なんだろ?」

色が浅黒い検視官補は、はっきり言った。「そう。殺したのは男です。女にしては、手がおおきい」

「オーケー」ダンディ警部補は、また、スペードをふりかえった。「脅迫状もきている。そのために、被害者はきみに電話したのかもしれんし、もしかしたら、きょう、弟のセオドールにおどかされ、さっそく、きみにたのんだのかもしれん。だけど、いいかげんな想像はいかん。いままでわかっている事実にそって、かんがえていこう。だいいち——」

机のなかの物をしらべていた刑事がいった。「また、でてきましたよ」得意そうな顔つきだ。

しかし、ふりかえった五人——スペードとトムとダンディ警部補に、検視官補と、顔色がわるい刑事——の目は、みんなつめたく、そっけなかった。

机をしらべていた刑事は、五人の目つきなんかぜんぜん気にせず、大きな声で手紙をよんだ。

なつかしいブリス

金をもどしてくれと催促するのも、これが最後だ。全額、来月の月はじめまでに、もどしてほしい。もしおくれるときは、こちらにも考えがある。どんな考えかは、おわかりのこととおもう。けっして、冗談ではない。

ダニエル・タルボット

机をしらべていた刑事は、ニヤッとわらった。「タルボット（TALBOT）か……。また、頭文字がTのやつがでてきましたね」刑事は封筒をとりあげた。「消印はサンディエゴ、日付は先月の二十五日」刑事はニヤニヤした。「しらべる町も、もう一つふえたわけだ」

スペードは頭をふった。「ポイント・ロマはサンディエゴのほうだが……」

スペードはダンディ警部補といっしょに、手紙をみにいった。上等の便箋《びんせん》に青いインクでかいたものだ。封筒の宛名もそうだが、よみにくい、角ばった字で、鉛筆でかいた、れいの脅迫状の字とは、まるっきりちがう。

スペードは皮肉った。「いろいろ、手がかりがでてきたな」

警部補はじれったそうに、手をふり、うなった。「わかっている事実だけにしぼっていこう」

「けっこう」スペードはうなずいた。「だけど、どんな事実がわかってるんだ?」

だれも、だまりこんでしまった。

スペードはタバコと巻く紙を、ポケットからだした。「マックス・ブリスの娘さんと話してみるってことだったが——」

「うん」ダンディ警部補はクルッとふりかえったが、急に眉をひそめ、床の上の死体を見おろし、浅黒い顔の検視官補にたずねた。「もう、すんだのかい?」

「ええ」検視官補はこたえた。

ダンディ警部補は、ぶっきらぼうに、トムに命令した。「じゃ、死体をはこびだしてくれ」そして、顔色のわるい刑事にいった。「被害者の娘のしらべがおわったら、エレベーター・ボーイにあいたいな」

警部補は、さっきトムがゆびさした奥のドアのところにいき、ノックした。

「どなた?」いささか感じのわるい声がたずねた。

「ダンディ警部補。ミス・ブリスと話がしたい」

ちょっとして、相手はこたえた。「どうぞ」

ダンディ警部補はドアをあけ、スペードもつづいて、黒とグレーと銀色に壁をぬりわけた寝室にはいった。黒い服に白いエプロンをした、骨ぶとい、まずい面《つら》の中年の女がベッドのそばに腰をおろしており、若い娘がベッドに横になっていた。

娘は枕にひじをたて、手で頰をささえて、骨ぶとい、まずい面のおばちゃんの顔を見あげている。娘は、年は十八ぐらいだろう。グレーのスーツ、ショート・カットの金髪《ブロンド》。しっかりした顔だちで、いやにシンメトリカルだ。娘は、ダンディ警部補とスペードのほうは見なかった。

ダンディ警部補は骨ぶとい中年女に話しかけ、スペードはタバコに火をつけた。「二、三、ききたいことがあって、おじゃましました、ミセズ・フーパー。あなたはブリスさんのところのハウスキーパーですね？」

「ええ」ミセズ・フーパーはこたえた。れいの感じのわるい声に、じっと相手をみつめる深くくぼんだ灰色の目。ひざの上においたままのごつい手。なかなかしっかりしたおばちゃんのようだ。

「ブリスさんがころされたことについて、なにかごぞんじ？」警部補はたずねた。

「いえ、ぜんぜん――。けさは、おひまをいただいて、甥の葬式のため、オークランドにいってました。そして、もどってみると、あなたがたがいて、その……ミスター・ブリスが……」

ダンディ警部補はうなずいた。「このことを、どうおもいます？」

「べつに、どうって――」ミセズ・フーパーは、みじかくこたえた。

「なにか予感はしてませんでしたか？」

ベッドの上の娘、ミリアム・ブリスはミセズ・フーパーから、急に目をそらし、おきあがった。興奮し、目を大きくあけている。「なんですって？」

「いまいったとおりですよ」ダンディ警部補はこたえた。「ブリスさんは脅迫されていた。ころされるほんの数分前に、そのことを、スペード君に話してるんです」警部補は、スペードのほうに顎をしゃくった。

「しかし、だれが父を――」ミリアムはいいかけた。

「それを、あなたがたにたずねてるんですよ」ダンディは口をはさんだ。「ブリスさんをうらんでたのは、だれ？」

ミリアムはおどろいて、警部補の顔をみつめた。「そんなひとは、だれも――」

こんどは、スペードが口をだした。「ところが、だれか、うらんでる者がいたんだな」残酷な言葉だが、スペードのいいかたはやさしかった。ミリアム・ブリスはスペードに目をうつした。スペードはいった。「お父さんが脅迫されてたことはしらなかった?」

ミリアムは、力をいれ、大きくかぶりをふった。

スペードはミセズ・フーパーにたずねた。「あなたは?」

「いいえ」

スペードは、視線をミリアムにもどした。「ダニエル・タルボットという男をごぞんじ?」

「ええ、ゆうべ、うちで食事をなさった方よ」

「どんなひと?」

「さあ……サンディエゴのひとだってことしか、しらない。父といっしょに、なにかの事業をやってるんじゃないかしら。でも、前には、あったことはないわ」

「お父さんとのあいだは、どんなふうだった?」

ミリアムは、ちょっと眉をよせ、ゆっくりこたえた。「したしそうにしてたけど……」

ダンディ警部補がきいた。「ブリスさんとは、どんなお仕事をやってたんでしょう?」

「タルボットさんは金融業者よ」

「なにか会社の設立みたいなことを――?」

「ええ、まあ……」

「タルボットがとまってるホテルはどこ？　それとも、もう、サンディエゴにかえったのかな？」

「それは、しらないわ」

「タルボットの顔つきやなんかは、おぼえてる？」

ミリアムは顔をしかめ、かんがえこんだ。「大柄なひとで、赤い顔をして、頭も口ひげもしらが……」

「としより？」

「六十ぐらいじゃないかしら。五十五にはなってるわ」

ダンディ警部補はスペードをふりかえった。スペードは鏡台の上の灰皿でタバコをもみけし、たずねた。「叔父さんに、最後にあったのは、いつ？」

ミリアムの顔があかくなった。「テッド叔父さまのこと？」（テッドはセオドールの愛称）

スペードはうなずいた。

「それは……」といいかけて、ミリアムはくちびるをかんだ。「もちろん、あの、刑務所をでるとすぐ……」

「ここにきた？」

「ええ」

「お父さんにあいに？」

「そうよ」

「お父さんとはどうだった?」

ミリアムは、大きく目をあけた。「父も叔父さまも、あまり自分の気持ちはあらわさないほうだけど、兄弟ですもの。新しい仕事をはじめるだけのお金を、父は叔父さまにあげたらしいわ」

「じゃ、ふたりとも、なかがよかったんだね?」

「ええ」よけいなことにはこたえたくないといった、ミリアムの口ぶりだ。

「叔父さんの住所は?」

「ポスト・ストリート」そして、ミリアムはハウスナンバーをいった。

「それ以来、叔父さんとはあってない?」

「ええ。叔父さまは、あの……刑務所にいったことをはずかしがって……」ミリアムはあとはいわず、片手をうごかした。

スペードは、ハウスキーパーのミセズ・フーパーにたずねた。「あなたも、それ以後、セオドール・ブリスさんにはあってない?」

「ええ」

スペードはくちびるをぎゅっとむすび、ゆっくり、ひらいた。「じゃ、セオドール・ブリスさんが、きょうの午後ここにきたことは、おふたりともごぞんじないんだな」

ふたりは、同時に首をふった。

「どうして——?」

だれかが、ドアをノックした。

ダンディ警部補はいった。「どうぞ」

トムが、ちょっぴりドアをあけ、首だけだした。「被害者の弟がまいりました」

ミリアムはベッドからからだをのりだし、さけんだ。「テッド叔父さま!」

茶色の背広をきた、金髪《ブロンド》の大きな男が、トムのうしろからあらわれた。よく日にやけてるので、白い歯がよけい白く、すんだひとみも、よけい青くみえた。

「どうしたんだ、ミリアム?」セオドール・ブリスは姪にたずねた。

「父が、死んだの」ミリアムはなきだした。

ダンディ警部補はトムにうなずいた。トムはセオドール・ブリスの前からどき、なかにいれた。

そのうしろから、そろそろ、ためらいながら女がはいってきた。三十ちかくの、背が高い金《ブ》髪《ロンド》女で、スタイルもわるくない。ま、きれいなほうだ。知的な、感じのいい顔。ちいさな茶色っぽい帽子をかぶり、ミンクのコートをきている。

セオドール・ブリスは姪の肩に腕をまわし、おでこにキスすると、ベッドに腰をおろした。

「ね、気をおとさないで……」セオドール・ブリスは、口ごもりながらなぐさめた。

ミリアムは金髪《ブロンド》の女に気がつき、涙でくもった目で、ちょっとのあいだみつめていたが、いった。「あら、こんちは、ミス・バロー」

セオドール・ブリスはせきばらいをした。「もう、ミセズ・ブリスなんだ。ぼくたち、さっき、結婚したんだよ」

ダンディ警部補は、大ムクレで、スペードをふりかえった。スペードはタバコを巻きだした。ふきだしたいのを、がまんしてるらしい。

ミリアムはおどろき、だまりこんでいたが、いった。「おめでとう、おふたりとも、おしあわせに……」ほやほやのミセズ・ブリスは、「ありがとう」とつぶやき、ミリアムはセオドール・ブリスのほうにむきなおった。「叔父さまも、おめでとう」

セオドール・ブリスはミリアムの肩をたたき、ギュッとだきよせると、けげんそうに、スペードとダンディ警部補をみあげた。

「兄さんのブリスさんが、さっきなくなってね」警部補は説明した。「他殺だ」

ミセズ・エリーズ・ブリスは、ハッと息をのんだ。姪の肩にまわしたセオドール・ブリスの腕の力が、急につよくなる。だが、表情は、かわらなかった。「他殺?」とセオドール・ブリスはくりかえしたが、本気にできないような声だった。

「そう」警部補は上着のポケットに手をつっこんだ。「あなたは、きょうの午後、ここにきましたね」

セオドールの、よく日にやけた顔が、ちょっぴり青くなる。「ええ」だが、声はしっかりしていた。

「そして、どれくらいのあいだ、いた?」

「一時間ぐらい。ここに、二時半についてーー」セオドール・ブリスは花嫁をふりかえった。

「きみに電話したのは、もう三時半ちかかったね？」

エリーズ・ブリスはうなずいた。「ええ」

「そのあとすぐ、ここをでましたからね」

「兄さんとは、あう約束が？」ダンディ警部補はきいた。

「いや。オフィスに電話すると……」セオドール・ブリスは花嫁をふりかえった。「アパートにかえったというもんだから、こっちにきたんです。エリーズとふたりで街《まち》をでる前に、あいたかったし……、式にも立ち会ってほしかったけど、それはだめだった。だれかをまってるとかでね。ぼくたちは、つい話しこんでしまって、おもったより時間がながくなり、それで、エリーズに電話し、直接、裁判所がある市庁ビルにいってもらったんです」

しばらく考えこんでいたあと、警部補は口をひらいた。「それは、何時？」

「ぼくたちが、市庁ビルであったのは？」セオドール・ブリスは花嫁に目をやった。

花嫁のエリーズ・ブリスはクスクスわらった。「四時十五分前でしたわ。わたくし、さきにいっていて、時計ばかりみてましたの」

セオドール・ブリスは、いやにゆっくり言葉をつづけた。「結婚したのは、四時五、六分すぎです。立ち会ってくれるウィットフィールド判事が、ちょうど公判中で、それがおわるまで十分ぐらいまちました。式をはじめたのは、それから、また、五、六分あとです。なんなら、しらべてごらんなさい。上位裁判所の第二部……だったとおもう」

スペードはクルッとうしろをむき、トムをゆびさした。「上位裁判所をあたってみたら？」

「オーケー」トムは寝室をでていった。

「そのとおりなら、文句はない」ダンディ警部補はいった。「しかし、ほかにも、ききたいことがあってね。兄さんがあうつもりにしてたというひとは？」

「さあ、しりません」

「脅迫されてるなんてことは、きかなかった？」

「いや。兄は、自分のことはあまりしゃべらん男です。弟のぼくにもね。だれかに脅迫されてたんですか？」

ダンディ警部補の口もとが、すこしかたくなる。「兄さんとの仲は？」

「ええ、なかよくやってましたよ。そういうことなんでしょう？」

「まちがいない？」警部補はききかえした。「おたがい、恨んでることなんかなかった？」

セオドール・ブリスは姪の肩にかけた手をはなした。日焼けした顔から血の気がひいたので、へんに黄いろっぽい色になった。「ぼくが刑務所にいったことは、みんなしってます。だから、はっきりおっしゃってください。もし、そのことだったら——」

ダンディ警部補はうなずき、口ごもった。「それで？」

「それでって？」セオドール・ブリスは、いらいら立ちあがった。「だから、ぼくが兄をうらんでたかというんですか？　とんでもない。ぼくも、兄も、あのことには関係してた。でも、兄はうまく逃げられたが、ぼくはだめだった。兄が有罪になろうが、なるまいが、ぼくが刑務所にやられることはわかってました。兄を巻き添えにしたって、なんにもならん。だから、兄と相談し、ぼくだけ刑務所にいって、兄は、あとの工作をすることにしたんです。そして、事実うまくいった。兄の預金通帳を見ればわかりますが、刑務所をでたその日に、兄は、ぼくに二万五千ドルの小切手を振りだしてる。それから、ナショナル鉄鋼の株式課に問い合わせてごらんなさい。兄の持ち株のうちから千株、ぼくの名義に書きかえてあるはずです」セオドール・ブリスは、わるいことをしたというように、ほほえみ、ベッドのはしに腰をおろした。「いや、すみません。警察の方なら、そんなことをきくのも、あたりまえだ」

ダンディ警部補は、相手のことばを無視して、たずねた。「ダニエル・タルボットという男をしってる?」

「いいえ」

花嫁のエリーズ・ブリスが口をだした。「わたくしは、しってますわ。いえ、あったことがあるんです。きのう、オフィスのほうにいらっしゃいましたから――」

警部補は、エリーズ・ブリスの頭のてっぺんから足のさきまで見おろした。「オフィス? どこの?」

「わたくし、ブリスさんの秘書を……あの、秘書だったんです。だから……」

「ブリスさんって、被害者のマックス・ブリス?」

「ええ。きのうの午後、ダニエル・タルボットさんという方がおみえになりました。その方のことかどうかは、しりませんけど……」

「で?」

エリーズ・ブリスは夫をふりかえった。セオドール・ブリスはいった。「なにかしってることがあったら、えんりょなく、話してあげろよ」

エリーズ・ブリスはつづけた。「でも、べつにたいしたことはありません。おふたりとも、はじめは、とても腹をたててるようでしたが、ごいっしょにオフィスをでるときは、わらいながら、おしゃべりをしてらしたし……。あ、それから、おでかけになる前に、ブリスさんはわたくしをよんで、タルボットさんあての小切手を振りだすように、トラパーにいえと――トラパーは会計なんです――おっしゃいました」

「小切手はわたしたんだね?」

「ええ。わたくしがさしあげましたから……。七千五百……なんドルかでした」

「なんの金だろう?」

エリーズ・ブリスは首をふった。「さあ、それは……」

「被害者の秘書なら、タルボットとの話の内容もわかりそうなもんだが……」

「それが、ぜんぜん、ぞんじませんの。タルボットさんというお名前も、はじめてききました」

ダンディ警部補はスペードのほうをふりむいた。スペードは無表情だった。警部補はスペードをにらみつけ、ベッドに腰かけているセオドール・ブリスにいった。「きょうの午後、あったときは、兄さんはどんなネクタイをしてました?」

セオドール・ブリスは目をパチパチさせ、ダンディ警部補の肩ごしに、うしろのほうをみていたが、目をとじた。ちょっとたって、セオドール・ブリスは目をあけた。「グリーンの……、うーん、みればわかります。どうして？」

エリーズ・ブリスが口をはさんだ。「グリーンっていっても、いろいろシェードがちがう縞《しま》が、はすにはいってるネクタイですの？　あれなら、けさ、オフィスでしてらっしゃるのを見ました」

「ネクタイは、どこにおいてある？」ダンディ警部補は、ハウスキーパーのミセズ・フーパーにたずねた。

ミセズ・フーパーは立ちあがった。「ミスター・ブリスの寝室のクロゼットのなかです、ご案内しましょうか？」

ダンディ警部補と新婚のふたりは、ミセズ・フーパーのあとから寝室をでた。

スペードは鏡台の上に帽子をおき、ミリアム・ブリスにたずねた。「でかけたのは、何時？」

スペードは、ベッドの足もとに腰をおろした。

「きょうのこと？　一時ごろよ。お昼食の約束があって……、すこし、おくれたの。それから、買い物にいき――」ミリアムは、ぶるっとからだをふるわせ、ことばをきった。

「アパートにかえったのは、いつ？」わかりきってることをたずねるみたいに、スペードの声はやさしい。

「四時すぎだとおもうわ」

「で？」

「父が、たおれていて、だから、電話を――。アパートのオフィスに電話したか、警察をよんだか、よくおぼえてないわ。気をうしなったか、ヒステリーみたいになったのか……、ともかく、気がついてみたら、警察のひとと、ミセズ・フーパーがいたの」ミリアムは、まともにスペードの顔をみた。

「医者には？」

ミリアムは目をふせた。「いいえ、電話してないとおもうわ」

「死んでるとわかってればね」スペードはかるい口調でいった。

ミリアムはだまってる。

「死んでることは、すぐわかった？」

ミリアムは目をあげ、ポカンとしたようにスペードをみつめた。「だって、死んでたんですもの」

スペードはほほえんだ。「いや、電話する前に、まだ息があるかどうか、たしかめたかとおもってさ」

ミリアムは、手を喉のところにもっていき、せきこんでこたえた。「わたし、ほんとに、よくおぼえてないの。でも、死んでるとおもったんでしょう」

よくわかるというように、スペードはうなずいた。「警察に電話したとすれば、他殺だってことも、わかったんだね？」

ミリアムは両手をくみ、それをみつめた。「ええ、たぶん……。とっても、こわくて……。あのとき、どんなことをかんがえ、したか……わからない」

スペードはからだを前にたおし、ひくい声で、いいきかせた。「ぼくは刑事じゃない。あなたのお父さんにやとわれた私立探偵だ。しかし、ほんの数分のことで、手おくれになってしまった。だから、考えようによっては、いまは、あなたのためにはたらいてることにもなる。もし、警察には、いいにくいことで――」ダンディ警部補のあとからセオドール・ブリス夫妻とミセズ・フーパーがミリアムの寝室にはいってきたので、スペードはことばをきった。「なにか、わかったかい？」

警部補はこたえた。「けさ、してたっていうグリーンのネクタイは、クロゼットのなかにはない」ダンディ警部補は、うさんくさそうに、スペードからミリアムに目をうつした。「死体のそばにあった青いネクタイは、ロンドンからとどいたばかりの、六本のネクタイのうちの一つだ、と、ミセズ・フーパーはいってる」

セオドール・ブリスが口をだした。「ネクタイが、そんなにだいじな手がかりなんですか？」

ダンディ警部補は顔をしかめた。「死体を発見したときには、ちゃんと、服はきてなくてね。そばにあったネクタイは、まだ、一度もしめたことがないものだったんだ」

「服を着がえてるときに、だれかしらんが犯人がやってきて、兄をころしたんじゃないかな？」

警部補のおでこのしわがふかくなる。「しかし、グリーンのネクタイは、いったい、どこにいったんだ？　まさか、くっちまったわけでもあるまい」

スペードはいった。「服を着がえてた最中にやられたんじゃないよ。Yシャツのカラーを見ればわかるけど、首をしめられたときは、あのYシャツをきてたんだ」

トムがドアをあけた。「セオドール・ブリスさんがいうとおりです。判事と裁判所のキットレッジという職員にあってたしかめました。四時十五分前ごろから、五分か十分すぎまで、いたそうです。キットレッジには、こちらにきて、たしかに、このふたりにまちがいないか、見てもらうことにしました」

ダンディ警部補は、「オーケー」とこたえ、鉛筆でかいた脅迫状をポケットからだし、まんなかにTの字がはいった五芒星形《ペンタグラム》（☆）のところだけが見えるように、おりたたんだ。「これはなにか、しってるひとはいませんか？」

ミリアムはベッドをおり、みんなのそばによった。やがて、みんな脅迫状のサインから目をあげ、おたがいの顔をポカンとみまわした。

「だれも、わからない？」ダンディ警部補はくりかえした。

ミセズ・フーパーがつぶやいた。「ミスター・ブリスの胸にかいてあったものみたいだけど——」ほかの者は首をふるだけだ。

「前に、こんなものを見たことがある者は？」

みんな、ない、という。

「オーケー。ここにいてください。また、あとで、たずねることがあるでしょう」

「あ、ちょっと、ブリスさん」スペードは、セオドール・ブリスを呼びとめた。「奥さんとお知り合いになってからは、どれくらい？」

セオドール・ブリスは、けげんな顔で、スペードをふりかえった。「もちろん、刑務所をでてからだけど……」セオドール・ブリスは、ことばに注意しながら、こたえた。「なぜ？」

「じゃ、先月からですね」スペードは、ひとりごとでもいうみたいに、つぶやいた。「兄さんを通じて？」

「ええ、はじめてあったのは、兄のオフィスにいったときです。でも、どうして――？」

「きょうの午後、裁判所にいらしたときは、おふたり、ずっといっしょ？」

「そう」セオドール・ブリスは、いやにはっきりこたえた。「なぜ、そんなことをきくんです？」

スペードは、あいそよくほほえんだ。「いろいろ、ひとにものをたずねるのが、こっちの商売でね」

セオドール・ブリスもほほえんだ。「いや、べつに気にしてるわけじゃありません」笑いがひろがる。「じつは、ちょっと、うそをつきました。はじめからしまいまで、いっしょだったわけじゃないんです。タバコをすいに、廊下にでましてね。でも、エリーズは、ずっと、おなじところに腰をおろしてました。ガラス戸なので、廊下からよく見えたんです」

スペードの微笑も、セオドール・ブリスにまけないくらい、あかるかった。「そして、ガラス戸からのぞきこんでないときも、ドアが見えるところにはいた？　つまり、奥さんが部屋をでれば、あなたにはわかったわけですね？」

セオドール・ブリスの微笑がきえた。「ええ、もちろん。それに、廊下に出てたっていっても、ほんの五分ぐらいだ」

「ありがとう」とスペードはこたえ、ダンディ警部補のあとから居間にはいると、ドアをしめた。

ダンディ警部補は、横目でスペードをみた。「なにか、わかったかい?」

スペードは肩をすぼめた。


マックス・ブリスの死体は、はこびだされていた。

机をしらべていた刑事と、顔色のわるい刑事のそばのソファに、エレベーター・ボーイの制服をきた、あんずみたいな皮膚のフィリッピン人がふたり、くっつくように腰をおろしていた。

警部補は、机の引き出しのなかをのぞきこんでいる刑事にいった。「グリーンのネクタイをさがしてきてくれ、マック。このアパートじゅう、このブロック内、そして近所も、徹底的にしらべるんだ。いるだけの応援をたのめ」

「オーケー」刑事は立ちあがると、まぶかに帽子をかぶり、部屋をでていった。

ダンディ警部補はフィリッピン人のエレベーター・ボーイをふりかえった。「茶色の背広をきた男を見かけたのは、きみたちのうちの、どっちだ?」

ちいさいほうが立ちあがった。「あたしです」

ダンディ警部補は寝室のドアをあけ、セオドール・ブリスをよんだ。「ブリスさん」

ブリスはドアのところにきた。

フィリッピン人のエレベーター・ボーイの顔が、パッとあかるくなる。「ええ、あの方……」

警部補は、つっ立ったままのセオドール・ブリスの鼻のさきで、ドアをしめた。「腰をおろしたまえ」

エレベーター・ボーイは、いそいで、ソファに腰かけた。

ダンディ警部補はむずかしい顔で、エレベーター・ボーイをにらみつけている。とうとう、ふたりとも、もじもじしだした。警部補はきいた。「きょうの午後、ほかに、エレベーターにのった者は？」

ふたりは、同時に首をふった。「ありません」ちいさいほうが、こたえた。せいいっぱいあいそのいい顔をしようと、顔じゅう、口だらけにしている。

ダンディ警部補は、一歩前にでて、どなりつけた。「うそをつけ！　ここのお嬢さんも、エレベーターにのってるじゃないか――」

大きいほうのエレベーター・ボーイが、頭をコクンとさげた。「ええ、ぼくがお嬢さんたちをのせました。ほかの人のことかとおもってたんです」笑顔をつくろうと、やっきだ。

警部補はエレベーター・ボーイをにらみつけた。「なにもおもう必要はない。こっちがきくことに、こたえりゃいい。お嬢さんたちとは、どういう意味だ？」

警部補ににらまれ、エレベーター・ボーイはあわてて微笑をひっこめ、足のあいだの床に目をおとした。「お嬢さんと男の方……」

「男？　さっきの男？」セオドール・ブリスがいる寝室のドアのほうに、ダンディ警部補は顎をしゃくった。

「いえ、ちがうひとです。アメリカ人じゃありません」エレベーター・ボーイは顔をあげた。その顔が、また、かがやいてきた。「アルメニア人だとおもいます」

「どうして?」

「アメリカ人みたいじゃないんです。ことばもちがいますし……」

スペードはわらいだした。「前にアルメニア人にあったことがあるのかい?」

「いいえ。だから、アルメニア人だと……」ダンディ警部補がのどの奥でうなったので、エレベーター・ボーイは、ハッとことばをきった。

「どんな男だ?」ダンディ警部補はたずねた。

エレベーター・ボーイは肩をあげ、両手をひろげ、スペードをゆびさした。「ちょうどこの方みたいに、背が高くて……。髪も口ひげも黒く、とっても……」エレベーター・ボーイは、やたらに眉をひそめた。「あの、とっても、いい服をきてらっしゃいました。すごくハンサムなんです。ステッキをもって、手袋をはめ、靴にはスパッツをつけ、おちついて……」

「若い男?」警部補は口をはさんだ。

エレベーター・ボーイはうなずく。「ええ。若い方でした」

「で、いつかえった?」

「五分ぐらいあと……」エレベーター・ボーイはこたえた。

なにかをかんでるみたいに、ダンディ警部補は顎をうごかした。「ふたりがきたのは、何時ごろ?」

エレベーター・ボーイはまた両手をひろげ、肩をあげた。「四時か……四時十分すぎです」

「それから、われわれ警察の者がくるまで、だれかを、エレベーターにのせたかい？」

エレベーター・ボーイふたりは、また、同時に首をふった。

ダンディ警部補は口のはしだけうごかし、スペードにいった。「ミリアム・ブリスをよんでくれ」

スペードは寝室のドアをあけ、かるく頭をさげた。「ちょっと、こちらにいらしていただけませんか、ミス・ブリス？」

「なんなの？」ミリアム・ブリスはけんか腰だ。

「あまり時間はとりません」スペードはドアをひらいたまま、不意に、セオドール・ブリスに声をかけた。「あなたも、きてもらいましょうか……」

ミリアム・ブリスは、ゆっくり、居間にはいってきた。叔父のセオドール・ブリスも、あとにくっついている。ふたりが寝室をでると、スペードはドアをしめた。エレベーター・ボーイに気がついたミリアムは、下くちびるをすこしまげ、心配そうに、ダンディ警部補を見あげた。

「きょうの午後、あなたは、どこかの男と、ここにもどってきた、とエレベーター・ボーイはいってるが……」

ミリアム・ブリスの下くちびるが、またふるえる。「え？」おどろいたような顔をしようとしたらしい。セオドール・ブリスは、いそいで部屋をよこぎり、ミリアムの前に立ちどまり、なにかいいかけたが、気がかわったらしく、うしろにひっこみ、両手を組むようにして、椅子の背にかけた。

「あなたといっしょに、ここにきた男ですよ」ダンディ警部補は、早口で、あらっぽくくりかえした。「だれ？　いま、どこにいます？　なぜ、ここをでた？　どうして、その男のことを、話してくれなかったんだ？」

ミリアムは両手で顔をおおい、泣きだした。「だって、あのひと、このことには、なにも関係はないんですもの」ミリアムは、手のあいだから、とぎれとぎれにいった。「あのひとは犯人じゃありません。もし、あのひとの名前をだしたら、ただ、迷惑をかけるだけで……」

「なかなか、りっぱな男らしいな」ダンディ警部補は皮肉った。「新聞に名前がでるとこまるので、あなたを死体のそばにのこして、にげだしたのか……」

ミリアムは顔をあげた。「だって、しかたがないわ」さけぶような声だ。「奥さんが、とってもやきもちやきで、また、わたしといっしょだったとわかれば、ほんとに、離婚されてしまうの。そしたら、あのひと、一セントもお金はなくなるし……」

ダンディ警部補はスペードをふりかえった。スペードは、目をキョロキョロさせているフィリッピン人のエレベーター・ボーイを見おろし、廊下に面したドアをゆびさした。「もういい」

エレベーター・ボーイたちは、いそいで部屋をでていった。

「いったい、だれです？」ダンディ警部補はミリアムにたずねた。

「そのひと、このこととは……」

「だれだ？」

ミリアムの肩がガクンとさがり、目をふせた。「ボリス・スメカロフ」声もちいさい。

「スペルは?」

ミリアムはつづりをいった。

「どこにすんでる?」

「セントマーク・ホテル」

「金持ちの女と結婚するよりほかに、職業は?」

ミリアムはカッとなり、顔をあげたが、すぐ、おこる元気もなくなった。「ないわ」

ダンディ警部補はクルッとふりかえり、顔色のわるい刑事にいった。「そいつを、つかまえてこい」

顔色のわるい刑事は、なにかつぶやきながら廊下にでた。

ダンディ警部補は、ミリアムにむきなおった。「あなたとスメカロフとは、おたがい、愛しあってるんですか?」

ミリアムは皮肉な顔になった。そして、皮肉な目で警部補を見たきりで、だまっていた。

「お父さんはなくなったんだから、ミスター・スメカロフが金持ちの奥さんから離婚されても、あなたには結婚できるだけの金があるわけだ」

ミリアムは、また、両手で顔をおおった。

「ね、そうでしょう?」ダンディ警部補はくりかえした。

ミリアムは前によろめいた。スペードはからだをたおし、ミリアムをだきとめると、かるくもちあげて、寝室にはこんだ。そして、出てくると、ドアをしめ、よりかかった。「ほかのことはどうかしらんが、いまの気絶はインチキだ」

「みんなインチキさ」警部補はうなった。

スペードはニヤッとわらった。「犯罪をおかした者が、自分でその証拠をそろえ、警察に協力する法律でもつくるんだな」

セオドール・ブリスはほほえみ、窓ぎわの、兄の机のうしろに腰をおろした。

ダンディ警部補の声は、おもしろくなさそうだった。「きみには、なんの心配もない。依頼人が死んだって平気だ。しかし、ぼくは事件を解決せんと、警部に課長、新聞記者、そのほかいろんな者から、しかられ、たたかれる」

「ま、気をおとさんことだ」スペードはなだめた。「そのうち、犯人はつかまるさ」黄いろがかった灰色の目は、まだわらってるが、そのほかは真顔だった。「これ以上、あちこちしらべる必要もあるまい。しかし、ハウスキーパーのおばちゃんがいったという葬式のことは、たしかめたほうがよさそうだ。あのハウスキーパーは、なにかくさい」

ダンディ警部補は、ちょっとのあいだ、うたぐりっぽい顔でスペードをみていたが、うなずいた。「トムにしらべさせよう」

スペードはトムにむきなおり、指をつきつけて、ふった。「十中八九、葬式なんかにはいってないはずだ。ごまかされんようにするんだよ」

スペードは寝室のドアをあけ、ハウスキーパーのミセズ・フーパーをよんだ。「ポルハウス部長刑事が、ききたいことがあるそうです」

トム・ポルハウスが、ミセズ・フーパーに、葬式にいったさきのアドレスや、そのときあった人の名前をたずね、手帳にかきこんでいるあいだ、スペードはソファに腰をおろし、タバコを巻き、火をつけ、ふかしていた。ダンディ警部補は、眉をよせ、絨毯《じゅうたん》をみつめながら、部屋のなかを、いったり、きたりしている。セオドール・ブリスは寝室にいるワイフのところにもどっていいか、スペードにきき、立ちあがった。

トムは手帳に必要なことをかきこんだ。「ありがとう、ミセズ・フーパー」そして、スペードとダンディ警部補をふりかえると、「じゃ、あとで」と声をかけ、出かけていった。

ミセズ・フーパーは、おなじところにつっ立っていた。さわがず、しずかな、いかにもしっかり者といった感じの、まずい顔だ。

スペードは、ソファに腰をおろしたまま、からだをまわし、ミセズ・フーパーの、ふかくくぼんだ、おちついた目をのぞきこみ、トムが出ていったドアをゆびさした。「心配はいりませんよ。なんでも、いちおうしらべてみるんです」スペードはくちびるをむすんだ。「正直なところ、このことを、どうおもいます？」

ミセズ・フーパーは、しっかりした、だが、例の感じのわるい声で、顔色もかえず、こたえた。「神の裁きです」

部屋のなかをあるきまわっていた、警部補の足がとまる。

スペードはききかえした。「なんだって？」

ミセズ・フーパーの声には自信があり、ほんのすこしも興奮していない。「罪の支払う報酬は死である」（ロマ書六章二十三節）

ダンディ警部補は、獲物にせまるハンターみたいに、ミセズ・フーパーのほうに近よりかけた。ミセズ・フーパーには見えないソファのかげで、スペードは手をふり、警部補をとめた。スペードの顔も声も関心をしめしていたが、ミセズ・フーパーにまけないくらい、おちついている。「罪？」

聖書の文句を引用するというより、自分が信じてることを、ただ口にするみたいに、ミセズ・フーパーは言った。「わたしを信じるこれらの小さい者のひとりをつまずかせる者は、大きなひきうすを首にかけられて海に投げ込まれたほうが、はるかによい」（マルコ伝九章四十二節）

ダンディ警部補は、大声でたずねた。「で、その小さい者というのは？」

「お嬢さま」

ダンディ警部補は顔をしかめた。「被害者の娘さん？」

「ミスター・マックス・ブリスの養女です」

警部補は、よほどカッとしたらしく、角ばった顔がまだらになった。「どうして、だれも、そのことをいわんのだ。ほんとの娘じゃないのか！」こびりついた物をふりはなすみたいに、ダンディ警部補は首をふった。

警部補が顔色をかえておこっても、ミセズ・フーパーは、まるっきり平気だった。「なくなった奥さまは、ほとんどご病気でしたから、おふたりのあいだにはお子さんはございません」

なにかをかむように、ダンディ警部補は顎をうごかしていたが、おちつきをとりもどした声でたずねた。

「被害者が、ミス・ブリスになにかしたというのかね？」

「はっきりしたことは、しりません。でも、お嬢さまのお父さま――ほんとうのお父さまがのこされた遺産のことをおしらべになったら、わかるとおもいます」

一語一語、意味をはっきりさせるために、手でちいさな円をかきながら、スペードは口をはさんだ。「じゃ、マックス・ブリスが養女にのこされた遺産をごまかしていたという、確実な証拠はないんでしょう？　ただ、そう、うたがってるだけで――」

ミセズ・フーパーは胸に手をあて、しずかにこたえた。「でも、わたしには、よくわかっております」

ダンディ警部補はスペードに目をやり、スペードは警部補を見上げた。スペードの目がひかる。けっして、愉快そうな目の色ではない。ダンディ警部補はせきばらいをし、死体が横たわっていたあたりをゆびさした。

「これは、神の裁きだというんだね？」

「ええ」

警部補は、相手をひっかけるようなそぶりはぜんぜんみせず、ききかえした。「すると、だれが被害者をころしたかわからんが、神の御手のかわりになってやった、というわけ？」

「それは、わたしがおこたえすることではありません」

ダンディ警部補の顔が、また、まだらになり、のどがつまったような声で言った。「もう、けっこう」しかし、ミセズ・フーパーが奥のドアのところまでいくと、警部補の目の色がきつくなり、よびとめた。「ちょっとまってください」ミセズ・フーパーは警部補にむきなおった。「あなたは、まさか、薔薇十字会員《ロージクルシアン》じゃないでしょうね?」

「クリスチャン以外の者になる気はありません」

ダンディ警部補はうなった。「わかった。わかった」警部補は背中をむけた。ミセズ・フーパーは寝室にはいり、ドアをしめた。ダンディ警部補は、右手の手のひらでおでこの汗をふき、うんざりしたようにつぶやいた。「なんて家だ!」

スペードは肩をすぼめた。「ま、あんたのところもしらべてみるんだな」

警部補の顔がサッと青くなった。ほとんど血の気がなくなったくちびるを、ギュッとむすんで――。ダンディ警部補は、げんこつをかため、スペードにとびかかろうとした。「いったい、それは――」スペードが、すこしおどろいたようにわらいだしたので、警部補は足をとめ、目をそらすと、舌のさきで、くちびるをなめた。そして、スペードを見おろし、また、視線をかえた。テレかくしにほほえみ、警部補は口のなかでいった。「どんな家庭でも、っていう意味なんだろ?」そのとき、呼び鈴の音がしたので、ダンディ警部補は、いそいで、廊下に面したドアのほうをふりかえった。

スペードの顔が、おもしろがってるようにピクつき、ますます、金髪《ブロンド》の悪魔じみた表情になる。

あいそのいい声が、ことばをひっぱりながら、ドアごしにいった。「上位裁判所のジム・キットトレッジです。こちらに、くるようにいわれましたので……」

キットトレッジは、着古して生地がひかりだした服をきゅうくつそうに着た、まるまるふとった、血色のいい男だった。キットトレッジはスペードにうなずいた。「あなたは、ぞんじてますよ、スペードさん。バークとハリスの訴訟をおぼえてます」

スペードは立ちあがり、握手した。「やあ」

ダンディ警部補は寝室のドアのところにいき、セオドール・ブリスと、そのワイフをよんだ。キットトレッジはふたりをみると、ニコニコ、顔をほころばせた。「いかがですか?」キットトレッジは警部補をふりかえった。「このおふたりに、まちがいありません」キットトレッジは、つい、ばでもはくところをさがしてるみたいに、あたりを見まわした。「四時十分前ぐらいに、こちらの男の方が裁判所にいらして、判事さんは、いつ手がすくか、とおたずねになりましたので、あと十分ぐらいだ、とこたえました。おふたりには、まっていただき、四時に休廷になるとすぐ、判事さんは結婚に立ち会われたんです」

「ありがとう」ダンディ警部補はキットトレッジをかえし、ブリス夫妻を寝室にやると、おもしろくなさそうに眉をよせた。「どういうことになる?」

スペードはソファに腰をおろした。「ここから、裁判所がある市庁ビルまでは、十五分はかかる。だから、判事をまってるあいだに、ここに舞いもどることもできんし、式がすんだあと、ミリアム・ブリスがかえってくるまでに、こっちにくることもできん」

ダンディ警部補は、ますます、不愉快な顔になった。警部補は口をあけたが、顔色のわるい刑事が、やせて、背が高く、青白い顔の若い男をつれてはいってきたので、ものはいわず、また口をとじた。フィリッピン人のエレベーター・ボーイが、きょうの午後、ミリアム・ブリスといっしょにきたといった男に、人相などもピッタリだ。

顔色のわるい刑事は、男を紹介した。「ダンディ警部補にスペードさん。こちらは、ミスター・ボリス……、えーっと、スメ……スメカロフ」

ダンディ警部補は、ぶっきらぼうにうなずいた。

スメカロフは、とたんにしゃべりだした。ことばがわからないほど、ロシア訛《なまり》は強くない。しかし、Rの音は、どちらかといえば、Wにちかかった。「おねがいです。このことは内密にしといていただけませんか、警部補。世間にしれると、ほんとにこまる。わたしの一生は、もうおしまいです。そんなことってありません。殺人はもちろん、このおそろしい出来事には、はじめから、なにも関係はないんですからね。それなのに――」

「ちょっと、まちなさい」ダンディ警部補は、ずんぐりした指で、スメカロフの胸をついた。「だれも、あんたが殺人事件に関係があるとはいっておらん。しかし、参考人として、すぐ連絡がとれるところにいてもらいたいんだ」

スメカロフは、手のひらを上にして、大げさに手をひろげた。「しかし、わたしには、なんのお手伝いもできません。妻もいるし――」スメカロフは、やたらに首をふった。「だめだ。とうていむりです」

顔色のわるい刑事が、面つきに似合わないちいさな声で、スペードにささやいた。「まったく、ロシア人ってやつは、頭がどうかしてるよ」

ダンディ警部補は、じっと、スメカロフの顔をみつめ、ものわかりのいい声でいった。「なかなか、おこまりのようだな」

スメカロフは泣きだしそうだ。「わたしの立場になって、かんがえてごらんなさい」

「それは、ことわる」そっけない言い方だが、ダンディ警部補は、彼なりに同情してるらしい。「しかし、このアメリカでは、人殺しは遊びじゃないんでね」

「人殺し！ わたしが、このことに関係したのは、まったく運命のいたずらで……」

「ミス・ブリスといっしょに、この部屋にきたのも、まったくの偶然だというのかい？」

スメカロフは「うん」といいたいような顔をしたが、ゆっくり「いや」とこたえ、そして、だんだん早口にしゃべりだした。「だけど、ミリアムのお父さんがころされたことには関係はない。ほんとです。ぜんぜん、関係はない。わたしとミリアムは昼食をたべにいき、そして、ここまでおくってくると、また、カクテルでもどう、ってさそわれ、承知しただけです。うそはいいません」スメカロフは、手のひらを上にして手をひろげ、その手をスペードのほうにうごかした。「あなただって、そんなことはあるでしょう、ね？」

「ま、いろんなことがあるからね」スペードはこたえた。「きみが娘さんとつき合ってたことは、マックス・ブリスはしってた？」

「ええ、友だちだってことは――」

「しかし、きみに奥さんがあることは、どう？」

「さあ、それは……」スメカロフは、用心してこたえた。

「被害者は、あんたが結婚してるとはおもってなかった。また、あんたにも、それはわかってたんだろう、え？」ダンディ警部補はきめつけた。

スメカロフはくちびるをなめただけで、だまっていた。

「あんたに奥さんがあることをしったら、被害者はどうしたとおもう？」警部補はたたみかけた。

「わかりません」

ダンディ警部補はスメカロフの前に立ち、歯のあいだから、わざと、すごい声をだした。

「はっきり、返事をせんか！」

スメカロフはふるえあがり、まっ青な顔でうしろにさがった。

そのとき、寝室のドアがあき、ミリアム・ブリスがかけこんできた。「どうして、このひとにどなるのよ」ミリアムはプンプンだ。「このひと、なにも関係はない、っていったでしょう。ぜんぜん、関係はないと――」ミリアムはスメカロフのそばにより、片手をにぎりしめた。

「ただ、迷惑をかけてるだけじゃないの。ごめんなさいね、ボリス。警察のひとには、なるべく、あなたのことはかくしときたかったんだけど……」

スメカロフは、はっきりしないことをつぶやいた。

「それだけは、ほんとだ」ダンディ警部補はうなずき、スペードをふりかえった。「こんなことじゃないかな。被害者はスメカロフ君に奥さんがあることをしった。で、昼食にでかけたふたりがかえる前に、アパートにもどり、まっていた。そして、奥さんにしらせるぞ、とスメカロフ君をおどかした。スメカロフ君はカッとして、被害者の首をしめ――」ダンディ警部補は、横目でミリアムをみた。「気絶のふりをするんだったら、どうぞ」

スメカロフは悲鳴みたいな声をだし、警部補にとびかかり、両手でひっかこうとした。ダンディ警部補はうなり、ごついパンチを、まともに顔にくらわせた。スメカロフのからだはふっとび、椅子にぶっつかって、やっととまり、いっしょに、床にころがった。ダンディ警部補は顔色のわるい刑事にいった。「本部につれていけ。重要参考人としてな」

「オーケー」顔色のわるい刑事は、スメカロフの帽子をとりあげ、おこしてやった。

ミリアムが寝室のドアをあけっぱなしにしていたので、セオドール・ブリスも、その花嫁もハウスキーパーのミセズ・フーパーも、部屋の入り口に立って、このさわぎをみていた。ミリアムは、足で床をふんづけ、泣きわめき、警部補にくってかかった。「卑怯《ひきょう》者。うったえてやるわ。こんなことをする権利は……」といった調子だ。しかし、ほとんどみんな、ミリアムのほうもむかず、顔色のわるい刑事にひっぱりあげられ、つれられていくスメカロフをみていた。スメカロフの鼻も口もとも血だらけだ。

ダンディ警部補は「しずかにしなさい」とミリアムをしかりつけ、ポケットから一枚の紙をとりだした。「これは、ここから外にかけた電話のリストです。おぼえがあったら、いってください」

ダンディ警部補は、電話番号をよみはじめた。

ミセズ・フーパーがさいしょに口をはさんだ。「それは、肉屋さんです。出かける前に電話しました」二ばんめの電話は、食料品店にかけたものだということだった。

ダンディ警部補はよんでいった。

「セントマーク・ホテルの番号だわ」ミリアムがいった。「ボリスに電話したの」そのほか、ミリアムは、二回ほど友だちに電話をかけている。

六ばんめは、兄のオフィスだ、とセオドール・ブリスは説明した。「エリーズに、直接、裁判所にいくように言ったときの、ぼくの電話じゃないかな」

七ばんめは、「うちのオフィスだ」とスペードがこたえ、最後のは、「警察への緊急電話です」とダンディ警部補がつけくわえた。

スペードは、愉快そうに皮肉った。「だいぶ、手がかりがつかめたな」

呼び鈴がなる。

ダンディ警部補はドアのところにいった。そして、はいってきた刑事と、入り口でなにか話していたが、声がひくく、部屋にいる者にはわからなかった。

電話のベルがなりだした。スペードは受話器をとりあげた。「もしもし……いや、スペードだ。ちょっと、まって……うん……」スペードは相手のいうことをきいていた。「オーケー、警部補に、そうつたえとく。うーん、わからんなあ。ともかく、警部補に電話させるよ。ああ、わかった」

ふりかえると、ダンディ警部補が両手をうしろで組み、入り口のところに立っていた。「オガーからの電話だけど」顔色のわるい刑事だ。「スメカロフ君は、警察本部につれていかれる途中で、完全に頭にきたそうだ。狂暴囚人にきせるストレイト・ジャケットのお世話になってるらしい」

「もっとずっと前から、精神病院にやればよかったんだ」ダンディ警部補はうなった。「ちょっと、こっちに――」

スペードはダンディ警部補のあとについて、ちいさな入り口の間にいった。廊下に面したドアのところに制服の警官が立っている。

警部補はうしろにまわした手を前にもってきた。片手に、グリーンだが、シェードがちがった、ほそい、ななめの縞があるネクタイをにぎっており、もういっぽうの手には、三日月形に、ちいさなダイヤをちりばめた、プラチナのネクタイピンをもっていた。

スペードはかがみこみ、ネクタイについた、ちいさな、ふぞろいのシミをのぞきこんだ。

「血かな?」

「それとも、土でもついたのかもしれん」ダンディ警部補はこたえた。「通りの角のゴミ缶のなかに、新聞紙につつんでつっこんであったのを、このおまわりさんが見つけたんだ」

「はい、わたくしが発見いたしました」警官は、大いばりで、うなずいた。「ゴミ缶の、ずっとなかのほうに――」ふたりとも、自分のほうは見ていないことに気がつき、警官はことばをきった。

「血だといいが……」スペードはいった。「もみあってるうちに、犯人がけがでもして血がついたのなら、ネクタイをとって、かくした理由もわかる。ともかく、むこうにいって、みんなにたずねてみよう」

ダンディ警部補は、ネクタイをポケットにつっこみ、ネクタイピンをにぎった手をポケットにいれた。「うん……、ネクタイについてるのは血だ、ってことにしよう」

ふたりは居間にもどった。警部補は、セオドール・ブリスからその花嫁、ミリアム、ハウスキーパーのミセズ・フーパーと視線をうつしていったが、どの顔もこの顔も気にいらないといった表情だった。そして、ポケットにいれた手を前につきだすと、手のひらをひらき、三日月形にダイヤをちりばめたネクタイピンを、みんなに見せた。「これは、なんです?」

ミリアム・ブリスが、いちばんさいしょに口をひらいた。「あら、父のネクタイピンだわ」

「ふうん」ダンディ警部補は声もあいそがわるい。「きょう、このネクタイピンをしてましたか?」

「いつも、これよ。ねえ……」ミリアムはほかの者をふりかえった。

セオドール・ブリスの花嫁が、「ええ」とこたえ、ほかの者もうなずいた。

「どこにあったの?」ミリアムはたずねた。

ダンディ警部補は、またひとりひとりの顔をみていった。ますますきらいになったみたいな目つきだ。顔もあかい。「いつも、これよ、か」警部補は皮肉った。「しかし、前に、このネクタイピンのことをいったものはなかった。いつも、ネクタイピンをしてたが、そのネクタイピンはどこにいったんだろう、と注意してくれた者もない。ネクタイピンがでてきて、はじめて気がついたようなふりをしている」

セオドール・ブリスが口をはさんだ。「そんな言い方は不公平だ。われわれに、ネクタイピンのことが――」

「あんたがどうおもおうと、かまわん。こっちがおもってることを、そろそろ、もうしあげるときがきたようだ」ダンディ警部補は、ポケットから、グリーンのネクタイをつかみだした。「これは、被害者のネクタイ?」

「ええ」とミセズ・フーパーがこたえた。

ダンディ警部補はいった。「血がついてるが、被害者の血じゃない。死体をしらべたけれども、のどをしめられてるだけで、外傷はなかったからだ」警部補は眉をよせ、ひとりひとりの顔をみつめた。「ネクタイピンをしている者の首をしめようとして、とっ組みあいになり――」

ダンディ警部補は口をとじ、スペードをふりかえった。

スペードは、ミセズ・フーパーが立っているところにいった。ミセズ・フーパーは、ごつい手を、前で、しっかりくんでいる。スペードは、その右手をつかみ、ひっくりかえし、手のひらにまるめておしあてていたハンカチをとった。二インチほどの傷が、ミセズ・フーパーの手のひらにできている。

ミセズ・フーパーは、さからわず、スペードに傷をしらべさせた。前とおなじように、おちついた顔つきだ。一言も口はきかない。

「この傷は?」スペードはたずねた。

「気絶なさったお嬢さまをベッドに寝かせるとき、ピンでけがをしたんです」ミセズ・フーパーは、おちついてこたえた。

ダンディ警部補の笑い声はみじかく、皮肉だった。「しかし、それだけでも、死刑にはできる」

ミセズ・フーパーの表情はかわらない。「裁きは、神がなさいます」

スペードは、のどの奥でおかしな音をたて、ミセズ・フーパーの手をはなした。「ま、いままでの状況をかんがえてみよう」スペードは、ダンディ警部補にむかって、ニヤッとわらった。「まんなかにTの字がはいった、れいの五芒星形《ペンタグラム》は、あまり気にいらんようだね」

「まるっきり、気にいらん」警部補はつぶやいた。

「ぼくだって、おんなじだ。タルボットとかいう男がマックス・ブリスをおどかしてたが、本気だったんじゃないかな。しかし、そのカタはついたらしい。とすると……、あ、まてよ」スペードは電話のところにいき、自分のオフィスをよんだ。秘書のエフィがでるのをまちながら、スペードはことばをつづけた。「ネクタイのことは、ちょっとマゴついたが、血液型をしらべれば、はっきりするだろう」

スペードは秘書のエフィにいった。「やあ、エフィ。マックス・ブリスから電話がかかってくる前、三十分ほどのあいだに、インチキくさい電話はなかったかい? なにかの口実にするような……。うん、前だ。よく考えてごらん」

スペードは送話口を手でおさえ、ダンディ警部補にいった。「世の中には、いろいろ、わるいことをかんがえるやつがいるからね」

スペードは、送話口から手をはなした。「うん……うん……、クルーガーだって？　うん……男？　女？　ありがとう、エフィ。いや、三十分もしたら、かえる。まっててくれ。晩飯をおごってやるよ。じゃ……」

スペードはふりかえった。「マックス・ブリスから電話があった三十分ほど前に、だれかがぼくのオフィスに電話をし、クルーガーという男はいないか、秘書のエフィにきいたそうだ」

ダンディ警部補は眉をよせた。「それが、なにか――？」

「クルーガーなんて男は、ぼくのオフィスにはきてない」

ダンディ警部補の額のしわがふかくなる。「クルーガーって、いったい、だれだ？」

「しらん」スペードは、おだやかにこたえた。「名前をきいたこともない」スペードは、タバコと巻き紙をポケットからとりだし、セオドール・ブリスにいった。

「さ、傷をみせてもらいましょうか」

「え？」セオドール・ブリスはききかえし、みんな、ポカンとして、スペードの顔をみつめた。

「傷だよ」スペードは、いくらかじりじりしながら、くりかえした。目は、タバコを巻く手をみている。「兄さんの首をしめる時、ネクタイピンがつき刺さった跡」

「頭がどうかしたんじゃないのかい？」セオドール・ブリスはどなった。「ぼくは……」

「犯行がおこなわれたときには、裁判所で、結婚式をやってたというんだろう？」スペードはタバコを巻きおわって、紙のはしをなめ、人差し指で、くっつけた。

ミセズ・ブリス——花嫁さんが、すこし口ごもりながらいった。「でも、あの……マックス・ブリスさんは、あなたに電話を……」

「ほんとにマックス・ブリスが、ぼくに電話したとはいってない。ぼくには、本人だか、なんだかわからん。声をしらないんですからね。ただ、だれかが電話して、自分はマックス・ブリスだといったことは事実だ。しかし、そんなことは、だれにだってできる」

「だけど、ここからあなたのオフィスに電話があったことは、交換台にもわかってるんでしょう?」

スペードは首をふり、ほほえんだ。「たしかに、ここから、ぼくのオフィスに電話はあった。だけど、マックス・ブリスからの電話じゃない。その三十分ほど前に、だれかが電話をしてきて、クルーガーという男がぼくのオフィスにきてないかたずねた、といったでしょう?」

花嫁は、まじまじとスペードの顔をみつめていたが、あっけにとられた青い目を、新婚の夫にうつした。

セオドール・ブリスは、かるい調子でいった。「つまらん考えちがいだよ、エリーズ。きみは——」

スペードは、しまいまでいわせなかった。「裁判所で判事さんをまってるあいだに、ご主人がタバコをのみに、廊下にでてたことはごぞんじだ。裁判所の廊下には電話ボックスがある。一分もあれば、マックス・ブリスの名前をつかって、電話はできますからね」スペードはタバコに火をつけ、ライターをポケットにしまった。

「ばかな！」セオドール・ブリスの声がたかくなる。「なんのために、ぼくが兄きをころす？」ふるえあがった花嫁の目に、セオドール・ブリスは、安心させるように、ほほえんだ。「心配しなくてもいい、エリーズ。警察なんかのやり方は、ときには――」

「オーケー、じゃ、手をだしてもらおう」スペードはいった。

セオドール・ブリスはふりかえり、まともにスペードとむかい合ったが、片手をうしろにまわした。「いやだ！」

無表情なスペードは、れいの、夢でもみてるみたいな目で、ちかよった。


スペードと秘書のエフィ・ペリンは、見晴らしのいいテレグラフ・ヒルのレストラン、ジュリアス・キャッスルのちいさなテーブルをかこみ、腰をおろしている。ふたりのそばの窓からは、金門湾ごしに、街から街に、あかるい灯をはこんで、いったりきたりしているフェリイ・ボートも見えた。

「セオドール・ブリスは、はじめから殺す気で、兄のマックスのところにいったんじゃないのかもしれん。たぶん、もっと、金をせびるつもりだったんだろう。だけど、取っ組みあいがはじまり、のどに手がかかると、いままでの恨みが、いっぺんに爆発したんだな。とうとう、相手の息がつまって死ぬまで、手をはなさなかったってわけさ。ことわっとくけど、ぼくは、ただ、そのときのことを想像してるだけだよ。いくつかの手がかりに、花嫁さんがいったこと、セオドール・ブリス自身のことば――これは、たいして役にたたなかったけど――などからね」

エフィはうなずいた。「エリーズ・ブリスは、ほんとにやさしい、忠実な奥さんだわ」

スペードはコーヒーをのみ、肩をすぼめた。「だけど、あんな亭主につくしたって、なんにもならん。マックス・ブリスの秘書だったから、セオドールが結婚を申し込んだことに、いまじゃ、エリーズも気がついてるはずだ。二週間前、結婚許可証をとったのも、エリーズをおだてて、れいのグレイストーン信託詐欺にマックス・ブリスが関係していた証拠の書類の写真複写を手にいれるためだったのは、わかってるにちがいない。エリーズも、はじめはセオドールにだまされ、無実なのに罪をひっかぶされたということばを信用し、つまり汚名をそそいでやろうと、そのコピーなんかも、マックスのオフィスから持ちだしたのかもしれん」

スペードは、また、コーヒーに口をつけた。「きょうの午後、セオドール・ブリスは兄のマックスのアパートにいき、金をださなきゃ、自分とおなじように、サン・クエンティン刑務所にほうりこんでやる、とおどかし、けんかになり、殺してしまったってわけさ。そして相手の首をしめるとき、ネクタイピンが手首につき刺さった。ネクタイに血がつき、手首にけがをしてるってことになるとマズい。で、セオドール・ブリスは死体からネクタイをとり、かわりのネクタイをさがした。ネクタイがなければ、警察でおかしいとおもうからね。そのあとが、運がわるかった。ロンドンからとどいたばかりの新しいネクタイが、クロゼットのいちばん前のほうにかかっていたのを、手あたりしだいにつかんだんだよ。そのネクタイを死体の首にしめようとして、セオドール・ブリスは、まてよ、とおもった。もっといい考えがある。服をすこしぬがして警察をマゴつかせよう。Yシャツを着てなければ、ネクタイがはずれてたって目立たない。ところが、服をぬがしだして、またうまい考えが頭にうかんだ。ほかにも、警察が首をひねる材料をつくっておこうというわけだ。で、死体の胸に、どこかで見かけた、あのあやしい☆をかいた」

スペードはコーヒーをのみほし、カップをおき、ことばをつづけた。「いったん、こんな細工をはじめてみたら、いろいろ、悪知恵もわいてきた。マックス・ブリスの胸にかいたのとおなじ☆でサインした脅迫状だ。ちょうど、午後にきた郵便物が机の上にのっていた。宛名がタイプでうってあり、差し出し人のアドレスや名前がない封筒なら、どれだって使える。だけど、フランスからきたやつは、エキゾチックな謎もあって、よけい、警察ではマゴマゴするだろう、とおもったんじゃないかな。フランスからきた手紙の中身をひっぱりだし、鉛筆でかいたニセの脅迫状を、かわりにいれた。だけど、つい、やりすぎてしまったんだよ。あんまり、なにもかもあやしいんで、まともにおもえることまで、ぼくたちはうたがいだしたからさ。たとえば、電話のことだとか——。

さてこれで、あとは、アリバイつくりに、どこかに電話をすればいい。セオドール・ブリスは、職業別電話帳にのってる私立探偵のなかから、ぼくのところをひろいだし、クルーガーさんはいませんか、とインチキ電話をかけた。これは、あの金髪《ブロンド》のエリーズに電話したあとだ。ふたりの結婚につごうのわるいことがなくなっただけでなく、急に、ニューヨークで仕事の話があるので、いそいで発《た》たなきゃいかん。だからいますぐ、直接、上位裁判所のある市庁ビルにいってくれ。十五分後に、そっちであおう、とセオドール・ブリスはエリーズに電話した。これは、ふつうのアリバイ以上のものがある。警察はもちろん、とくにエリーズに、兄のマックスをころしたとおもわれたくなかったからだ。自分が兄のマックスをきらってたことは、エリーズはしっている。マックスの弱味をにぎるために、エリーズとうまくやってたんじゃないか、なんてうたがわれたら、たいへんだ。あれこれ考えあわせると、ほんとうのことがバレてしまうからね。

これだけの手をうっておいて、セオドール・ブリスは兄のアパートをでた。べつに、こっそりにげだしたわけでもない。気がかりなことは、一つしかなかった。ポケットのなかの、血がついたネクタイとネクタイピンさ。どんなに注意してふきとっても、ちいさなダイヤのよこのほうに血がついてるのが、警察にわかれば、あぶない。ちょうどうまくアパートをでたとたんに、セオドール・ブリスは新聞売り子にあった。そして、新聞を買い、ネクタイとネクタイピンをつつんで、町かどのゴミ缶のなかにつっこんだ。これで、オーケー。警察がネクタイをさがすとはおもえん。ゴミをあつめにくる市の清掃課の連中も、くしゃくしゃにたたんだ新聞紙のなかまでは見まい。もしまちがって――そんなこともあるまいが――ネクタイとネクタイピンがみつかっても、自分に嫌疑はかからん。ちゃんとした、アリバイがあるからだ。

それから、セオドール・ブリスは車にとびのり、上位裁判所がある市庁ビルにいそいだ。市庁ビルには電話ボックスもうんとあるから、トイレットにいくといえば、いつだって席をはずせる。だけど、その必要もなかった。判事をまってるあいだに、ちょっとタバコをすいにでるまねをし――、スペードさん、わたしはマックス・ブリスだが、じつは脅迫されていて……とぼくに電話したんだよ」

エフィ・ペリンはうなずいた。「どうして、警察でなく、私立探偵に電話したのかしら？」

「なるべく、うたがわれないようにとおもったんだろう。死体が発見されれば、どっちみち警察にはわかり、電話もしらべてみるかもしれん。だけど、私立探偵が事件をしるのは、たいてい、新聞をよんでからだ」

エフィはわらいだした。「あなたは運がよかったってわけね」

「さあ……、それはどうかな」スペードは、眉をよせ、左手の甲をみつめた。「セオドール・ブリスをぶんなぐって、手がいたくなったし、仕事も、ほんのちょっとでおわってしまった。マックス・ブリスの遺産をもらうのはだれだかしらんが、まともな調査費を請求しても、きっと文句をならべるだろう」スペードは、給仕をよぶために片手をあげた。「またいつか、運がいいこともあるさ。映画でも見るかい？　それとも、ほかになにか、することがある？」

二壜のソース

ロード・ダンセイニ
宇野利泰 訳

The Two Bottles of Relish　一九三二年

ロード・ダンセイニ Lord Dunsany (1878.7.24-1957.10.25) は著名なアイルランドの劇作家兼小説家。怪奇、幻想の短編小説を数多く執筆しているが、本編は、いわゆる推理小説でいう「奇妙な味」の代表作である。「死体の隠し場所」のトリックがふくまれているが、トリックというにはあまりにも意味深長な最後の一行ではある。

私の名前ですか？　スミザーズっていいまして、身分はほんのつまらぬ外交販売員なんですが、取り扱っていいます商品は、ナムヌモって商標の、肉だのから味の料理なんかにかけますソースなんです。これを食料品店に卸《おろ》して歩くのが、私の仕事なんです。それでも、販売している品物だけはたしかなものでして、どこへ出そうが、けっしてひけを取るような代物《しろもの》じゃありません。ええ、それはもう掛け値なくほんとうのことでして、からだに害になるような酸気なんか、これっぽっちも含んじゃおりません。したがって、売りさばくのは、じつに楽なもんです。もっとも、それでなくては、私もこの商売に手を出しはしなかったでしょうが、それでもそのうちには、もっと販売にひとくふうもふたくふうもいるような商品に転向しようかとも考えております。なぜって、売るのに苦労が多ければ、それだけにまた、儲《もう》けもたっぷりあるってのが、われわれ商売人の常識なんですから……。

そういったわけで、いまのところ、稼業《かぎょう》のほうはしごく順調にいっておりまして、住居なんか身分不相応なくらいの、たいしたフラットを借りているようなしだいでして——どうしてそんな所へはいるようになったかっておっしゃるんですか？　それがこれから申しあげようとしている事件の、そもそもの発端になっているんです。お聞きになれば、きっとびっくりなさると思います。まさか私のような教育のない人間の口から、そんな話が飛び出そうなんて、想像もなさらんでしょうからね。でも私以外の連中は、残らず口をつぐんでしまっているんですから、せめて私の話ぐらい聞いておいてもらうとしましょうか。

私は現在の商売にとりかかりますについて、ロンドンで下宿をさがしました。売りさばいて歩くには、どうしても都内の、それもなるたけ都心に近いところでなくては、万事が不便でならぬからでした。

そこで適当な街に目をつけまして、ずいぶん陰気な建物ばかり並んでいるところでしたが、そこの周旋《しゅうせん》屋に相談にでかけました。私のほしいと思いましたのは、ベッドに食器棚がついているだけの、いわゆるフラットというやつでした。ところが、そのとき周旋屋に先客がありました。どこから見てもりっぱな紳士でして、このひとを案内しようとしているところなんで、私のことなんかいっこうにかまってくれそうもないんです。自分の番のまわってくるまでぼんやりしてもいられないので、その紳士のおしりにくっついて、いっしょにその下宿を見にいきました。こっちのほうは、私がさがしているのとちがって、なかなか豪華なものをねらっていました。居間に寝室、それに浴室までついていて、ちょっとした小型のお邸《やしき》といったところでした。それがリンリイさんと知りあった最初でした。周旋屋に案内されていた紳士っていうのが、つまりそのリンリイさんなのです。

「すこし家賃が高すぎるな」あのひとはそう言いました。

すると管理人は、ついと窓ぎわによって、黙って歯をせせりはじめました。そうした簡単な動作ひとつで、どんなに雄弁にものを語ることができるものか、それはじつにびっくりするくらいでした。管理人のいおうとしているのは、貸し部屋はいくらでもある。同時に借り手もいくらでもいるのだ。ほかの部屋をごらんに入れてもよいが、それでもまだお気に召さんようなら、遠慮なくおやめなさい。こちらとしては、ほかのお客を待つだけのことでさ——そう露骨《ろこつ》にうそぶくかわりに、無言のまま彼は窓の外をながめながら、歯をしきりにほじくっているのでした。

そこで私はリンリイさんのそばによって言いました。

「いかがでしょう、だんな。間代は半分私がもちますから、共同で借りることにしませんか？ けっしておじゃまにはならんつもりです。私という男は、昼間はいつもそとに出ていますし、万事ご希望どおりにするつもりです。猫をお飼いになるよりめんどうはないと思いますが……」

とっぴょうしもないことをいいだしたものだと、あなたがたはびっくりなさるかもしれませんが、もっと意外なことには、リンリイさんのほうもあっさりこの申し出を承知してしまったのです。私みたいなしがない商人と、こんなりっぱな紳士とが、ひとつ部屋を共同で借りるなんて、考えてもこっけいな話なんですが、それでもリンリイさんは、窓ぎわの男より私のほうがよほどましだと判断したにちがいありません。

「しかし、寝室はひとつしかないようだが」

「私のベッドでしたら、あの小さな部屋につくりますからご心配なく——」

と、私が答えました。

「ホールにですか」

窓ぎわの男はぐるりと振りかえって、相変わらず小楊枝で歯を突つきながら口を入れました。

「だいじょうぶさ。じゃまのときは、いつでも戸棚のうしろに隠しておきますから――」

私がそういいますと、紳士はしばらく考えこんでいましたが、管理人のほうは、例によって黙ったまま、窓の外に広がっているロンドンの街並みを見おろしているのでした。

やがて管理人は紳士にむかって言いました。

「こちらはご友人ですか?」

「そうなんだ」

リンリイさんは答えました。うまい返事をしてくれたものです。

なぜ私がそんなことを申し出たかといいますと、いまのところ私の身分では、たとえ間代が半分にしろ、こんなりっぱな部屋を借りるのはとうていむりとは知れています。しかし私はそのとき、紳士が管理人にむかっていっている言葉を聞いたのです。それによると、このひとは最近、オックスフォード大学を卒業したばかりで、しばらくのあいだロンドンに滞在して、ゆっくり休養しながら職を選ぼうとしているのだそうです。

で、正直いいますと、私はそれを利用したかったんです。オックスフォードの教育が、私みたいな小商人に、どんな効用があるかって怪訝《けげん》に思われるかもしれませんが、これが案外大ありなんです。リンリイさんの学のあるところを、ちょっと私に仕込ませてもらえれば、たちまち商品の売れ行きを倍にすることだってできるかもしれません。そのうちには私も、いまの商品よりもっとむつかしい代物をさばくことになるでしょうが、そのときはむろん、売り上げを三倍にすることもできるはずです。私ならば、いつでもうまく利用してみせるつもりです。いちど学を身につければ、そいつを二倍に見せかけるぐらいやさしいことはないんです。ミルトンを読んでるってことを相手に知らせるのに、地獄《インフエルノ》の全行を暗誦《あんしょう》してみせる必要はありません。そうですな、せいぜい半分もしゃべればりっぱなものでしょうね。

ではそろそろ本題にはいるとしましょうか。ぞっとするような話にとりかかりますよ。とるにたらぬ人間のくせに、なにを大げさなことをとお笑いでしょうが、まあ一応聞いてごらんなさい。

さて、私たちはこうしてフラットにおちつきました。しかしそれと同時に、最初利用させてもらおうと当てこんだ、例のリンリイさんの大学教育ってやつも、すぐに忘れてしまうようなことになってしまいました。

それというのは、このリンリイさんってひとが、じつにどうも、なんともいえない奇態《きたい》な人物だったのです。奇人といいますか、天才といいますか。奇想天外な考えが、それこそ無尽蔵に飛び出してくるんです。それればかりじゃありません。こちらになにかうまい考えが浮かぶと、すぐそいつを悟ってしまうんです。じっさい、私がいおうとすることを、あのひとに先まわりされたことが何度あったか知れません。透心術なんてなまやさしいものじゃないんです。霊感とでもいったらよいでしょうかね。

私はそのころ、一日中働いて、夕方フラットに戻ってきますと、仕事の苦労を忘れるために、チェスに熱中することにしていました。ところがあのひとの前で詰め手を考えるのは禁物でした。なぜって、駒をならべて考えていますと、あのひとはそばへよってきて、盤面をチラッと見ただけでこう言うんです。

「きみはこんど、この駒を動かそうとしているね」

「よくおわかりですね。でも、どこへ動かすつもりか、そこまでわかりますか？」

「この三つの目のうち、どれかだろう」

「これは驚いた。そのとおりなんですが、しかし考えてみると、どこへ動かしても、こいつは取られてしまいますね」

そしてその駒ってのが、いつも決まって女王なんです。で、あのひとはこういうんです。

「そうだとも。そこへ動かすのは悪手だよ。みすみす取られるのを承知でさしているようなものだ」

じっさいそれはあのひとのいうとおりでした。そういった調子で相手の腹にあることを、とことんまで先まわりして考え抜く——それがあのひとのやり方でした。

さて、そうこうするうちに、ある日アンジで、あのおそろしい殺人事件が起こったのです。あなた方はもうお忘れになったかもしれませんが、スティーガアという男が、ノース・ダウンズにある貸別荘《バンガロー》を借りて、ある少女と同棲を始めました。私もその男の名を聞いたのは、それが最初のことでした。

娘は二百ポンドの貯金をもっていたんですが、男はその金を最後の一ペニーまで捲《ま》きあげてしまったかと思うと、とたんに少女の姿が消えました。そしてさしもの警視庁《スコットランド・ヤード》も、ついにその行くえを捜し出すことができなかったのです。

で、ことの始まりは、私がたまたま新聞紙上で、そのスティーガアなる男が、ナムヌモ・ソースを二壜《びん》買っていったという記事を読んだことにあるんです。じっさい、感心したことですが、アザーソープの町の警察は、そんな些細《ささい》なことまで調べあげていたのでした。おそらく、その娘が生きているか死んでいるか、肝心な点がわからないだけで、あとのことはなにからなにまで、すっかり調査ずみのもようとみえました。

私のほうはまた、ナムヌモ・ソースを買っていったというだけのことで、その男のことが強く印象に残りました。ある日、リンリイさんといっしょに食事をしているとき、そのことを話題にのぼせたのも、訳はそこにあったのです。なにしろ、ナムヌモを売りさばくために、毎日毎日朝から晩まで飛びまわっていた最中のことですから、ナムヌモにひっかかりのあることでしたら、どんなつまらぬことでも、すぐにピンとくるしまつでした。

「あんたってひとは、チェスの詰め手を考えるとなると、じつにすばらしい才能を発揮なさる。なぜその才能で、アザーソープの怪事件解決にのりだしてやらないのです？——私にはそれがふしぎでなりません。おそらくあの事件には、チェス同様に、いや、それ以上に、興味しんしんたるものがあると思われますがね」

「そうともかぎらんぜ。殺人事件なんてしろものは、とかくチェスにくらべれば、十倍も平凡なものときまっているんだ」

「この事件だけは別ですよ。警視庁《ヤード》は完全に犯人にしてやられた形勢なんです」

「ほんとうかい?」

「そうですとも。完全な敗北ですよ」

「まさか、そんなこともあるまいが――」とはいったものの、急にあのひとは興味を覚えてきたとみえて、ひきつづいて詳しい事実を知りたがりました。そこで私は晩餐《ばんさん》のテーブルで、新聞紙で読んでいるかぎりのことを逐一話して聞かせたのでした。

女は小柄で、かわいい金髪《ブロンド》娘でした。名前ですか? ナンシイ・エルスってんです。貯金は二百ポンドほどありましたが、それでふたりはあのバンガローに、五日のあいだ同棲していたのでした。ところがそれからさき、男のほうはひきつづいて、二週間もそのまま住んでいましたが、娘の姿はかき消したようになくなってしまって、その後だれも見かけた者がないんだそうです。

スティーガアは近所のてまえ、娘は南アメリカへ行ったと言っていました。が、その後また言いなおしまして、行く先は南アフリカだ、南アメリカだなんて、そんなことをいったおぼえはないといいました。娘の銀行を調べてみますと、預金は残らず引き出してありました。ちょうどそのころ、それに符節をあわせるように、スティーガア名義で百五十ポンド近く入金しているのでした。

ところでアンジ村の駐在巡査が、ひょんなことから、スティーガアに疑惑を抱きはじめました。そのそもそもの端緒がまた変わっているんです。彼が毎日の食料を仕入れるのをみると、きまって、八百屋からばかりなんです。どうやら、菜食主義者というやつらしいのです。そして、駐在巡査にとって、菜食主義者なんてものは、きわめて珍しいものだったとみえるんですね。それ以来、彼は特別の注意をそそいで、ずっとスティーガアから目を離さずにいたのでした。彼の監視ぶりは、なかなか行き届いたものでして警視庁《ヤード》から報告を求められたときだって、答えられぬところはなにひとつなかったくらいでした。むろん、問題の娘がどうなったかという点だけは、いぜんとしてわからぬままでしたが、とにかく彼はその結果を、五、六マイル離れたアザーソープ町の警察署へ報告しました。そこで、さっそく係員の出張ということになって、本格的な捜査が開始されることになりました。

警察のにらんだところでは、娘の姿が消えてから、男はバンガローとそれを囲む小さな庭から、一歩も外へ出たようすもありません。ながいあいだ監視をつづけていれば、どんな人間だってなにかしらあやしい節《ふし》が出てくるものなんですが、このばあいもやはりそれで、やがていろいろと疑わしいところが現われてくるのでした。

それにしても、彼が菜食主義者でさえなかったら、駐在巡査の注意もひかなかったでしょうし、したがってまた、リンリイさんの判断に種を与えるようなことにならなかったにちがいないんで、考えてみますと世の中の出来ごとってものは、じつに奇妙なところのあるものですね。

といっても、取り立てて彼にあやしい点があったというわけではなく、しいていえば百五十ポンドという金が、どこからともなく、彼の手にはいったということくらいでした。しかもそれを発見したのは、アザーソープの警察ではなく、ロンドン警視庁の連中の力だったのです。

いや、そうそう、まだひとつ、肝心なことを忘れていました。こいつはアンジの巡査が見つけたのですが、からまつの木のことなんです。この話を聞いたときは警視庁《ヤード》の連中も意外な感じに打たれたようすでした。リンリイさんにとっても、とうとう最後まで解決できなかったことのようです。むろん私なんか、ただ怪訝に思いつづけていたというだけです。

その話をもう少し詳しく申しあげましょう。バンガローの建っている庭の片隅に、からまつの木が十本立っていました。スティーガアはバンガローを借りるにつきまして、所有者とどう契約したものですか、そのからまつを、どんなふうに処分しようが自由だという取り決めをしたのでした。それで、あの小娘のナンシイ・エルスが死んだと思われる日から、彼はそれを一本ずつ切り倒しはじめたのです。

一週間ほどのあいだは、毎日三回ずつ庭へ出て、からまつ切りを日課にしていました。のこらず切り倒してしまいますと、こんどはそれを二フィートくらいの薪にして、きちんと積み上げてしまいました。変わった仕事ですよ。なんのためだか見当もつきません。せっかく斧《おの》があるのだから、使ってみようというのだったかもしれません。それにしても、ただそれだけのことで、あんな骨の折れる仕事を二週間もぶっつづけにやれるものではありません。それはナンシイ・エルスのような小さな女ならば、なにも斧なんか使わなくても、造作なく殺して細々に切り刻むこともできたでしょう。

もうひとつ、こういう考え方もできましょう。死体を燃してしまうために薪が入り用だったってことです。しかし、彼はそれを使いませんでした。全部きれいに積み上げたままで、手をつけるようすはさらになかったのです。だれもが不審に思ったことですが、謎はいぜんとして謎のままでした。

そういった次第を、私はくわしくリンリイさんに話したのです。話はこれで全部だったと思います。ああ、そうそう、忘れていました。あやしいことがまだありましたっけ。スティーガアは肉屋が使う大型の肉切り庖丁《ぼうちょう》を買いこんだのです。犯罪者ってやつは、とかく非常識なことをするもんですが、このばあいはそうばかなことをしたともいえません。女のからだを切り刻むには、どうしたってあのくらいの刃物は必要なんでしょう。

ところがあいにく、それをきめ手にしてやつをつかまえるには、うまくない事実が反対側に控えているのでした。切り刻むとしたら、燃やすために細かくしたにちがいありませんが、そんなようすはまるっきりみえないんです。ときどき、ストーブから煙が立ちのぼりはしました。しかしそれは、料理のために火を使ったものということは、すぐにはっきりわかるのでした。

警察の連中は、さすがにそこは慣れたものです。村の巡査がいいだして、アザーソープ署の連中の手を借りたんですが、次のような方法でそれを確かめてしまいました。バンガローのまわりには、ちょっとした木立がぐるりととり巻いているのでしたが、そのうち手頃なのを、東西南北それぞれの方向に一本ずつ選んで、内緒でそっとよじ登ると、流れてくる煙の匂いをかいでみたのです。何度もくりかえしてやってみましたが、肉の焼ける匂いなんか一度だってしたことはなかったそうです。いつだって、あたりまえの煮たきの煙ばかりなんです。アザーソープの警察としては、なかなかねらいは鮮やかだったのですが、あいにくスティーガアを絞首台に送るだけのきめ手にはなりませんでした。

その後、ロンドンから本庁の連中がやってきまして、その事実をさらに確かめてみましたが、やつの逮捕の理由は、かえって根拠薄弱となったもようでした。では、なにがわかったかというと、警察はそっとバンガローと庭とのあいだに、人目につかぬように白墨《チョーク》の印をつけておいたのですが、何日たってもちっともそれが薄れていないのです。つまり、ナンシイが失踪してから、男は一度も戸外へ出たことがないということになるのです。そうそう。もうひとつ言い落としたことがあります。庖丁のほかに大鑢《やすり》が一丁ありました。しかしやすりの目には、骨をこすったらしい粉なんて、ぜんぜんついてはいませんでした。庖丁に血痕が見られなかったことも同様です。むろんそれは、よく洗ってあったのかもしれません。とにかくそのいっさいを、私はリンリイさんに話して聞かせたのでした。

さてここで、話をさきにすすめるまえに、そのときの私の気持ちを申しあげておきましょう。おせっかいなことかもしれませんが、事件をそのまま放っておくのは、危険なことだと考えたんです。私みたいな学問のない人間の言葉なんか、まじめに聞いてもらえぬかもしれませんが、なんにしてもこの男は人を殺したんです。かりにこの男が無実だったにしても、だれか凶悪な殺人鬼がこの事件の裏に潜んでいることに疑いはないんです。あの娘は殺されたんです。

あるいは世間は、これで事件は一段落ついたものと考えているかもしれませんが、殺人鬼はまだ、このさき何をするかわかったものじゃないんです。犯人の立場からすれば、一度踏み出したからにはなかなか止めることができんものです。そればかりか、人を平気で殺すような恐ろしい男が、警察の捜査網におびえはじめたとなると、かえってそのさき、どんな凶悪なことをやりだすか、わかったものじゃないのです。

人殺しの話は、小説本のなかで読むからこそおもしろいので、ご婦人たちにしても、夜分にひとりで炉辺で楽しむ方もあるようですが、これが現実の事件だったとしたら、そんななまやさしいものではありません。犯人がやぶれかぶれになったばあいとか、そうでなくとも、なんとかして、犯跡を隠したいとあせりだしたときなんぞは、どんなむちゃでもやりかねないものなんです。犯行まえの性格なんか、一変してしまうと見てまちがいないでしょう。これからのちもおなじような事件があったら、このことだけはお忘れにならぬよう、くれぐれもご注意申しあげておくしだいです。

で、私はリンリイさんにこういいました。

「なにか私の話で、目星のついたところはありませんか?」

「下水は調べたのかい?」

「警視庁から派遣された人たちも、やはりそこに目をつけました。アザーソープ署の連中にしたって、そこは職掌がらで、おなじことを考えました。つまり下水ってやつは、だれもが一度はあやしんで探ってみるところなんですが、細いパイプが庭の外まで導かれて、そこで下水だまりにつづいているだけで、べつになにひとつ流されたようすはみえないのです——ええ、つまりあやしいものはなにも流れなかったという意味なんですが……」

リンリイさんはそのとき、二つ三つ意見を述べていましたが、そのどれもが、警視庁の人たちがまえに調べたものばかりでした。

こんなことをいうのもおかしな話ですが、ここであのひとが拡大鏡でも取り出して、なによりさきに現場へ駆けつけてくれるとするると、私の話もおもしろくなるのですが、あいにくあのひとは、どっしりおちついたままで、現場で足跡の寸法を測ったり、警察が見落とした凶器を見つけ出したりしてくれるどころか、まるで腰をあげようともしないのでした。もっともあのひとに、拡大鏡の持ち合わせなんかなかったのも事実ですが——。

じっさいのところは、警察の連中はすでに、手にはいるかぎりの証拠をあらいざらい集めていたといってもよいのでした。そしてそのどの証拠も、彼が少女を殺したことを示してはいるんですが、いっぽうではまた、その死骸を処分していないこともはっきりしているんです。死骸はぜんぜん出て来ないのです。南アメリカへ行ったなんて、むろんうそっぱちでしょう。南アフリカなんて、なおのこと信じられません。それにあの山と積んだからまつの木の薪——だれもが手をつけたがる手がかりにちがいないんですが、さて、ではそれが何を教えてくれるかというと、ぜんぜん見当さえもつきかねるのでした。

といって証拠が不足というわけでもない。リンリイさんにしたって、現場へ行ってもっと証拠を集めたいなんていいはしませんでした。つまり問題は、集めた証拠をどう判断するかにあったのです。正直なところ、私が五里霧中であったように、警視庁の専門家たちも自信がもてないようすでした。リンリイさんも、その点やはりおなじところでまごまごしているふうにみえました。

　こうしたわけで、あのとき偶然、一見つまらぬようなことが、私の記憶に残っていたからよかったようなものの、それをリンリイさんに話すことがなかったら、おそらくあの事件は迷宮入りをしてしまって、似たようなたくさんの事件と同様に、闇から闇へと葬り去られてしまったにちがいありません。

　リンリイさんにしたって、最初のうちはたいして興味も感じていなかったようでした。でも私は一応、リンリイさんの関心をつなぎとめておくことさえできれば、いつかこの難事件も解決してくれるものと、あのひとの手腕だけは信じておりました。

「あんたはチェスの詰め手なら、わけなく解いてみせるじゃありませんか。この事件は、そんなにむずかしいんでしょうか？」

「冗談いっちゃいけない。こんな事件より、チェスのほうが十倍もむずかしいんだ」

「じゃ、こっちは早いところ解決してもらいたいものですな」

「そんなにきみが乗り気なら、どうだね。ぼくのために盤面の偵察をしてこないかね？」

　そういった言い方が、あのひとの癖なのでした。私たちはそのころ、半月もいっしょに暮らしたあとなので、私はすでに、その癖をじゅうぶんのみこんでおりました。つまりあのひとは、アンジのバンガローを私に見てこいといいつけたのです。たぶんみなさんは、なにも私なんかに頼まずに、あのひとが自分で見にいったらよさそうなものだと考えられるでしょうが……。

　でも、それにはこういうわけがあるのです。リンリイさんが自分で、その田舎《いなか》を飛びまわっていたのでは、けっして結論の出てくる見込みはないのです。あのひとの頭に、妙手妙案が浮かびあがるのは、暖炉の前に腰をおちつけて、静かに瞑想《めいそう》にふけるばあいにかぎるのです。そのかわり、そうした態勢をととのえようものなら、それはもうたいしたものなのです。とにかくそうしたわけで、私はさっそく、翌日の汽車で出発しました。アンジの停車場から、一歩足を踏み出しますと、私のすぐ鼻のさきに、ノース・ダウンズの丘陵がゆたかな起伏を見せてうねっているのでした。

「あれを登るのかい?」

私は赤帽にききました。

「へえ、そうなんで。あそこに小道が見えるだな。あいつをまっすぐ登っていくと、しばらくして、水松《いちい》の大木にぶつかるだ。そこを右へ曲がってもらいますべえ。とっても大きな木だで、見落とす気づけえはねえんだが、それからさきは……」

赤帽は親切にも私が道に迷わぬように、懇切《こんせつ》ていねいに教えてくれました。歩き出してみて、教えてもらったので大助かりだったと知りました。しかし、道を教わったからたどりつけたというのは、当時のアンジだからのことで、きょう日では、事件のおかげでこの土地もすっかり有名になって、手紙にしたって郡の名を書く手間もいらなければ、集配局のある近くの町を書き加える必要もなくなってしまいました。私の行ったのは、それ以前のアンジ村で、いまのようすと引き比べてみると、いまさらながら村の当局者が、この事件を土地の宣伝に利用した、その抜け目のなさに感心させられるしだいなんです……。

とにかく丘陵は、溢れるような陽光を浴びて、ゆたかな盛り上がりを見せていました。それにしても、こんなおそろしい人殺しのうわさの最中に、五月の花々が美しく咲き乱れて、ありとあらゆる種類の小鳥がさえずりあっている小道のありさまをお伝えしたところで、かえってみなさんをとまどいさせるようなものですから、情景の話はやめておくことにいたしましょう。

――女の子を連れこむには、絶好の場所だな。

私は思わずそうつぶやきました。こんな平和な、小鳥が夢中で歌をうたっているような美しい土地で、こともあろうに人殺しをするやつがあるかと思うと、私はなんだか無性に腹がたってきて、どうでもそいつを生かしておくわけにはいかない――そんな気持ちにまでさせられました。

で、バンガローに到着するやいなや、生垣を越えて庭に入りこんで、なかのようすをうかがってみました。しかしべつに変わったこともありません。すばらしい発見と思ったのも、よくよく注意してみれば、どれも警察がとうに目をつけておいたものばかりでした。それにしても、あのからまつの薪だけは妙にふしぎな存在に感じられて、いつまでも私の胸からその印象が消えませんでした。

私は生垣によりかかって、長いあいだこの事件について考えこんでみました。さんざしの花が、あまい香を送ってくるんですが、その茂み越しに、例のからまつの薪が山になっているのが見えるのです。そのまたさきの、つまりこの庭のむこうのはしには、こぎれいなバンガローが姿を見せています。こうして私は、はじめて現場の地を踏んで、この事件についてのいろいろの憶説を、胸のなかで残らずお復習《さらい》してみました。そしてその結果、私みたいなものが、なまじの思案をめぐらすより、そうした頭脳を使う仕事は、いっさいをあの、オックスフォードだかケンブリッジだかを卒業したというリンリイさんのほうにまかせて、私はただ見たとおりのことを、忠実に報告するだけにとどめておくのが賢明だとさとりました。

言い忘れましたが、その朝早く、ここへ出発するまえ、私は警視庁に寄ってきたのです。むろん、そこではかくべつお話しするようなことはありませんでした。むこうのきいていることは、私のほうだって知りたいことばかりで、私としてもなにひとつ満足な答えはできませんでしたし、そのかわりまた、むこうから教えてもらったところもありませんでした。

ところがアンジの村へ来てみますと、ようすががらりとちがっているのでした。だれもが親切で、いろいろと便宜をはかってくれるのです。駐在の巡査も、家具に手を触れぬことを条件にして、屋内にはいることを許可してくれました。おかげで私は、建物のなかから庭を見ることができました。やはり、ここでも、まっ先に目についたのは、例のからまつの切り株でした。それはずらりと、十個ばかり並んでいるのですが、切り口を見ると、慣れぬしろうとが、やっとの思いで切ってのけたといったようなのです。そこで私は次のように推断したのですが、リンリイさんものちにそれを聞いて、なかなかりっぱな観察眼だとほめてくれました。その私の推理ってのは、この男は木の切り方なんかよく知らぬのだということでした。

駐在の巡査も、その推理には同感のようすでした。で、私は調子にのって、使用した斧はかなりなまくらだといってみせました。しかし、こんどは巡査もすぐに同意はしませんで、なにか考えこんでいるようにみえました。

スティーガアという男は、ナンシイの姿が見えなくなって以来、一歩も外出はしなかったが、毎日のように庭へ出て、からまつの木を切り倒していた――そこまではお話ししましたね。ここへ来て、それがまちがいない事実だということをはっきり確かめました。アンジ村の巡査も話していましたが、警察は昼夜交代で、この家を見張っていましたので、彼が外出しなかったことはまちがいないそうです。

そのおかげで捜査の範囲もぐっと狭まりました。私としての心残りは、その発見をふつうの警官たちでなく、リンリイさんにしてもらいたかったのです。あのひとのことですから、それくらいのことは、しようと思えばわけなくできたはずです。

こうした話には、とかく小説みたいに意想外のことがつきものなんですが、今度の事件でも、この男が菜食主義者で、食料は八百屋から買い入れるだけだというのが、そもそもの露見の端緒になったのです。その奇妙な評判さえ立たなかったら、べつに警察から変な目で見られることもなく、案外うまくのがれてしまったかもしれないのです。肉屋のうらみから、足がついたのだといえるかも知れませんね。じっさい、世の中ってやつはつまらぬことがきっかけになって、ズデンと足をすくわれるようなことがあるものです。

なんにしても真正直に暮らしているのがなによりです。おや、おや、だいぶどうも話がわき道へそれてしまったようですな。しかし、話ってやつは、わき道にそれるのがまたおもしろいもんでして――もっと道草を食っていたいくらいなんですが、いつまでもそうしているわけにもいきますまい。では、本題にもどるとしましょうか。

私は、あらゆる情報を集めました。こうした犯罪事件では、手がかりっていう言葉を使うんだそうですな。もっともそのいわゆる手がかりは、いっこうに役にたちそうもないものばかりでした。しかし、とにかく入念に集めました。たとえば、彼が村でどんな買い物をしたか。そんなことまでのこらず調べあげたのでした。苦味《にがみ》の少ない塩を買っていったことも知りました。魚屋からは氷を運びました。それにさっきもいったように、八百屋から野菜物を大量に仕入れました。マージン・アンド・サンズという店でした。

それから私は村の巡査と話しあいました。スラッガアという名の男でした。私が納得のいかなかったのは、娘の姿が見えなくなったとき、なぜすぐに家宅捜査を実施しなかったかなんですが、それを彼に質問しますと、その答えはこうでした。

「そうもいかんのですよ。それに私どもとしても、あの娘の顔が見えないからといって、最初から殺人事件だなんて不審をいだくわけもありませんや。変だなという気になったのは、男のほうが菜食主義者だってことを聞いたときからですよ。私どもは捜査を開始しました。しかし、逮捕状を持っとるわけでもないんで、娘の行くえを尋問するわけにもいかなかったんです」

「で、屋内に踏み込んだとき、何を見つけました」私はスラッガアにききました。

「大きな鑢が一丁。それに例の肉切り庖丁と斧。この斧ってのは、娘をぶった切るために買いこんだにちがいないですよ」

「木を切るためだったかも知れませんぜ」

「そ、それは、そうとも考えられますが――」しぶしぶ彼は答えた。

「それにしても、何のために木なんか切ったのでしょうね？」

「それはあんた、署のお偉方にはご意見がおありのようだが、私どものような下っぱには説明しても下さらん」

ここで問題になっているのは、例のからまつの薪のことなんです。

「しかし、ほんとうにやつは切り刻んだのでしょうかしら？」私もきいてみました。

「南アメリカへ行くんだと、いっていましたがね」

そのほかどんな会話をしたかおぼえておりません。大ざら、小ざらの類は、どれもみな、きれいに洗ってあったといっていました。

そこで私は、調べあげた事実をリンリイさんに報告するために、日没頃の汽車に乗って帰途につきました。私としては、そのとき別れぎわに目についた晩春の夕暮れの光景を、ぜひお話ししておきたいのです。陰気なバンガローをとりかこんで、かえってそれを祝福するかのように、やわらかな、ものしずかなたそがれどきのひかりが、あたり一面にただよっていたその光景です……しかし、あなた方としては、やはり殺人事件のほうに興味がおありなんでしょうね。

で、私はいっさいをリンリイさんに話して聞かせました。話す必要もなさそうなことまで話したんです。しかしやっかいなことには、いいかげんで、話を切りあげようとすると、もっと詳しく、なにからなにまで話して聞かせろ、とあのひとはしきりにせがんでやまないんです。

「何が重要で何がはぶいてもよいことだと、その区別は微妙なので、きみにはとうていむりなんだ。メイドが掃き出した錫《すず》の鋲《びょう》一個から、迷宮入りになりそうな殺人事件が発覚したことだってあるんだからな」

理屈はなるほどごもっともだ。しかし、いくらイートンかハーロウの教育を受けた人かもしれないが、いってることに矛盾《むじゅん》があっては、私だって黙ってはいられませんよ。そもそもこの事件は、私がナムヌモ・ソースの話をしたのが、解決の発端になったってことはどなたも先刻ご承知のはずだ。スティーガアがそいつを二壜買っていったってことは、私でなければだれの注意もひかないことでした。それだというのに、私なんかには、何が重要で何がそうでないかわかりっこないなんて、リンリイさんもすこし言葉が過ぎやしないでしょうかね。

正直なところ私としても、ナムヌモ・ソースのことは話したくってうずうずしておりました。なぜって、私はアンジにいっていたその日だけで、五十壜も売りさばいてしまったんですからね。スティーガアが二壜買っていったってことを、うまく宣伝に使ったんです。もっともそれくらいの利用方法は、ばかでもないかぎり、私ども商売人にはお茶の子のことなんですがね。しかし、そんなことはリンリイさんにとってはどうでもよいことだったのです。問題はそれからさきにあるんです——。

元来、人間の腹のなかなんて、はたの者にはわかるはずはありません。だから、世界でいちばんはらはらさせるおもしろい事件でも、それが行動に出ないで心のなかの戦いにとどまっているかぎりは、だれの目にも触れずにすんでしまうものなんです。ただその夜、リンリイさんの胸のなかでは、それほど考えが活発に動いたとも思われません。食事のまえもその最中も、そしてまたそのあと暖炉の前で話しこんでいるあいだも、彼の思索はとんでもない障害にぶつかって、とんと行き詰まってしまったようすでした。

それは何かというと、どうやってスティーガアが死骸を処分したかという、その手段方法が見つからないというのではなく、なぜ二週間ものあいだ、日課のように毎日毎日木を切っていたかという、その理由なのです。現場へいって知ったんですが、彼はその代金だといって、バンガローの所有者に二十五ポンド支払ってあったそうです。それがリンリイさんを悩ませているのでした。

では、スティーガアはどういう方法で死骸を処分したかというと、それにはいろいろなやり方が想像されるんですが、それもいちいち警察にけちをつけられてしまっているんです。深夜、地の底ふかく埋めたんだろうといえば、白墨あとがちっとも乱されていないじゃないか、と否定されるんです。どこかへ運び去ったのだろうといえば、家から外へ出たようすは絶対にないと主張されるんです。じゃ、燃してしまったのさといえば、煙突の煙が低く流れたとき、すぐ匂いをかいでみたが、肉の焦げるようなものはなかった、その後も念を入れて、庭を囲んでいる立木に登ってみたが、やはりそんな形跡はみられなかったというのです。

本当のことをいって、私という人間はすっかりリンリイさんの手腕に惚れこんでしまっていました。それはあの人の頭のなかに、人並みはずれたすばらしいものが蔵されてるってことは、なにも私に教育がなくたってちゃんとわかっているんです。ですからこんな事件は、あのひとが即座に解決してくれるものとばかり信じていたのです。ところがいざ事件が起こってみると、警察のほうがどんどん先手を打ってしまうし、あのひとにはなかなかそれを追い越すようすもみえないので、すっかり悲観させられてしまっていたのです。

——だれかバンガローを訪ねてきた者はいないかと、リンリイさんは再三たずねました。バンガローからなにか持ち出した者はいないかともききました。そういわれても私には返事のしようもなかったのです。で、しかたなしに、あまり役にもたちそうもない意見を、二つ三つしゃべってみたり、もう一度ナムヌモ・ソースの話を始めようかなどと考えてみました。するとあのひとは鋭くそれをさえぎって、

「そのばあい、きみはどういう方法をとるね。スミザーズ君？　きみだったら、どんな方法でそいつを片づけるつもりだね？」

「私がナンシイ・エルスを殺したとしたらですか？」

私はききかえしました。

「そうさ」

「そんな大それたことをするわけがないから、考えたこともありませんよ」

あのひとはそれを聞いて、やれやれ困ったやつだといったふうのため息をもらして、私の顔をじっとながめていました。

「それは確かに、私には探偵になる素質なんかありませんとも」

なおもそんなことを言う私に、じれったそうに彼は首を振っていた。それからあのひとは、まだ一時間ほど、なにかしきりに考えこみながら暖炉の火を見つめていましたが、もう一度首

を振って立ちあがると、寝室へいきました。

その翌日の出来ごとを、私は一生涯忘れることはないでしょう。その日もいつものように夕方まで、私はナムヌモ・ソースの販売に飛びまわっていまして、九時ごろにリンリイさんといっしょに、夕食のテーブルにつきました。こうしたフラットでは、煮たきをするのはめんどうですから、私たちはいつも冷たい料理で間にあわせることにしていました。その夜もリンリイさんは、サラダを食べはじめました。いまでもそのときの光景を、目の前に見るようにまざまざと思い浮かべることができるんです……。

そのとき私は、アンジの村で、ナムヌモ・ソースをしこたま売ってきたことを思い出して、すっかり悦《えつ》にいっておりました。もっともあの土地では、こんどの事件以来、すっかりナムヌモの宣伝はきいているので、しろうとでも売りさばくのはやさしいくらいでしたが、とにかくその夜の私はすこぶる上機嫌だったのです。しかしまた事情がどうあろうとも、あんなちっぽけな村で、五十壜も――正確にいうと四十八壜なんですが――売るというのは、これはたしかに自慢してよいだけのことはあるのです。

で、私はそのことをついうっかり口に出しました。しかし、すぐに私は、ソースなんかリンリイさんにとっては、べつにおもしろくもなんともないことだと気がついて、いそいで話を切りあげました。ところがあのひとときたら、じつによく気のつくひとでして、そのときどんなことをしたと思います？　私がなぜ話をやめたか、そのわけをちゃんと心得ていたとみえまして、ついと手をさし出すとこういうのです。

「きみ、そのナムヌモの壜を取ってくれたまえ。サラダにかけるのだから――」

私はすっかりうれしくなって、うっかりそれをあのひとに手渡すところでした。だがナムヌモをサラダにかけるなんて、とんでもないことなんです。このソースは、肉を材料にした鹹味《かんみ》の料理にだけ使うものなんです。そのことは壜のレッテルにもちゃんと説明してあるのです。

で、私はあのひとにいいました。

「こいつは肉料理にだけ使うものなんです」

鹹味の料理ってのはどんなのか、私にもはっきり説明はできませんでしたが――。するととつぜん、彼の顔に異様な表情が浮かびあがりました。人間の顔がこうまで変わるものとは知りませんでした。

しかし、しばらくのあいだは、あのひとは黙ったままでした。ひと言もしゃべりませんでしたが、その表情はあのひとの気持ちを雄弁に語っていました。幽霊を見たひとのようだ――そういいたくなるような顔つきでした。いや、いや。それだけでは、まだじゅうぶんに言いあらわせてはいないようです。だれもこれまで見たことのないものを見た男、まさか見ようとは予想さえしなかったものに出っくわした男――そういったほうが適当かもしれません。

それから、いままでとはまるで変わった声――もっと押しつぶしたような、低い、ものしずかな声で言いました。

「野菜料理には使えないのかね？」

「ぜんぜん向かないんです」私は答えました。

それを聞くとあのひとは、急に咽喉《のど》のおくからむせび泣くような奇妙な音を発しました。私はこれまで、あのひとにこんなに激しい感情の動きがあろうとは、夢にも思っていなかったので、イートンやハーロウで教育を受けると、人間のこころは石に化して、冷静そのものにこり固まってしまうものだと信じていました。それだというのに、あのひとのいまの驚きようといったら――目に涙こそ浮かんではいませんが、すっかり興奮しきっているようすなんです。

それから一語一語、ゆっくり間《ま》をおいて、こうしゃべりはじめました。

「だれしもまちがいはあるものだ、たぶん彼はナムヌモを野菜料理に使ったのだろう」

「一度はね――しかし、二度と使うやつはいませんよ」

私はそんな言い方をしましたが、ほかになにか適当な文句があったでしょうか。

ところがあのひとときたら、私のその言葉に、なにか重大な意味でもあるかのように、一度だけはね――と何度も何度も、私の言葉を繰りかえしては考えこんでいるんです。そのうちにだんだん私までが、自分のその言葉に、じっさい、恐ろしい意味でも含まれているような気持ちにさせられてきました。

それからしばらく、あのひとは無気味に押し黙ったままでいますので、

「どうかしましたか?」

こんどは逆に、私のほうから声をかけました。

「スミザーズ君」彼は言いました。

「え?」

「いいかね、スミザーズ君、すぐアンジの食料品屋に電話して、きいてもらいたいことがあるんだ」

「なんですね?」

「スティーガアは、ソースを二壜買っていったそうだが、おなじ日に二壜いっしょに買ったと思うんだ。べつの日に一壜ずつ買いにきたのではないはずだが——それを確かめてほしいのだ」

私はあのひとがもっとつづけてなにかいうものと、しばらくそのまま待っておりましたが、ついに、なにもいうようすもないのです。で、戸外に出ていって、言われたとおりにしました。ちょっと通話には手間どりました。時間も九時をまわっていたもので、駐在巡査を呼び出して調べてもらうことにしました。そしてわかった結果は、六日間のあいだをおいて、一壜ずつ、べつべつの日に買っていったそうでした。で部屋へ帰って、リンリイさんにその旨を伝えました。私が戻ったときは、あのひとはにこにこしながら迎えてくれましたが、巡査に調べてもらった顚末《てんまつ》を話しますと、急にまた目の色が変わってきました。

あのひとのようにいちいち物ごとを真剣に考えては、生身《なまみ》のからだはすぐ病気になってしまいます。いつまでも黙って考えこんでいるので、

「ブランデーでもぐっとひっかけて、お寝《やす》みになったらいかがです」と、言いました。

すると、あのひとはそれどころじゃないといった顔つきで、

「警視庁《ヤード》から、だれかに至急来てもらいたいんだ。もう一度電話をかけてきてくれないか。すぐにひとり、ここまで出張してくれるようにって——」

「こんなおそい時間に呼んだって、警部なんか来てはくれませんよ」

あのひとの目はきらっと光りました。人が変わったように、毅然《きぜん》とした態度を示しまして、

「いいから、そういってみたまえ。ナンシイ・エルスはもうこの世にはいないんだって――いいかね。とにかくすぐにだれか来るようにいってみるんだ。ぼくはその男に理由を詳しく説明するよ」

それからまた、どうやら私のためにつけ加えたのでしょうが、こうもいいました。

「当分のあいだ、スティーガアから監視の目を離さんようにするのだな。そのうちに他の決め手を捜し出して押えつけてやるつもりだから――」

で、電話をすると、警視庁《ヤード》からはすぐに出張してくれました。アルトン警部がご自身でやって来られたのです。

待っているあいだ、私はさかんにリンリイさんに話しかけました。それはたしかに好奇心も手伝ってはいましたが、あのひとが暖炉の火をじっと見つめて考えこんでいるようすがあまりにも真剣すぎるので、その気分をほぐしてあげたいというのが本心でした。しかし、あのひとはなにをきかれても、説明する気持ちにはなれなかったようです。

「殺人ってやつは、むろんおそろしいことだ。しかしその痕跡《こんせき》を隠蔽《いんぺい》しようとしだすと、ますますもっておそろしい事態になるものだ」

それ以上はなにも言いたくないようすでした。

「話はいろいろある。が、聞かないほうがいいようなことばかりなんだ」

たしかにそのとおりでした。私もそれを聞かなかったほうがよかったと思います。本当をいうと、説明してもらったわけじゃないんです。リンリイさんがアルトン警部にいった言葉を、ちょっと小耳にはさんだことから、かってに想像してみただけなんです。それでもよけいなことをしたものだと、いまでは後悔しておりますよ。

あなたがたもこの辺で本のページを閉じて、このさきはお読みにならないほうがいいかもしれませんよ。ええ。いくら殺人事件の話がお好きな方でも、これからさきはいけませんね。あなたがたのお好きな人殺しの話ってのは、ちょっとロマンチックな味のきいたものでしょう。ところがじっさい社会で起こるやつは、もっともっと悪どくていやらしい、ぞっとするようなやつが多いんです。

アルトン警部がやってくると、リンリイさんは黙って両手を振って、寝室のほうを指さしました。そしてふたりしてそこへはいっていきまして、小声でしきりに話しこんでいました。私のところからは、なんの話なんだかひと言も聞こえませんでした。

寝室にはいっていくようすをみていましたが、警部ってのはいかにも元気のよさそうな、快活そのものみたいな人物でした。

やがてふたりは、また姿を見せて、私の前を通ってホールへ出ていきました。そのとき私は、ふたりがささやきあっている言葉を、ひと言だけ耳にしました。それは警部がもらした最初の言葉でした。

「しかし、なんですな、リンリイさん。なぜ、あいつは木なんか切り倒していたんでしょうね?」

リンリイさんは静かにいいました。

「ただ食欲をつけるだけのことですよ」

銀の仮面

ヒュー・ウォルポール
中村能三 訳

The Silver Mask　一九三二年

いわゆる「奇妙な味」の代表作の一つ。**ヒュー・ウォルポール** Hugh Walpole (1884.3.13-1941.6.1) はイギリスの著名な作家だが、この短編は発表当時から評判になり、のち、'Kind Lady' なるタイトルで、ブロードウェイの舞台にもかかった。この無気味な読後感は、何にくらべたらよいのだろうか?

ミス・ソニヤ・ヘリズがウェストン家の晩餐会《ばんさん》から帰ってくる途中、すぐ耳もとで人の声がした。

「おさしつかえなければ――ほんのちょっと――」

ウェストン家は通り三つしか離れていなかったので、彼女は歩いて帰った。そして、玄関までもう二、三歩のところまで来ていたのだが、夜はふけていて、あたりは人影もなく、キングス・ロードのざわめきも帷《とばり》をとおして聞くようにかすかだった。

「でも、あたし――」彼女はいいかけた。寒い夜で風がほおをさすようだった。

ふりかえってみると、それは、じつに美しい青年だった。まるで小説の主人公のような美しい青年だった。背が高く、ブリュネットで、青白くて、きゃしゃで、上品で――ああ！ なにからなにまでそろっている！――しかも、着ているものといえば、青い、みすぼらしい服で、むりもないことだが、寒さに震えていた。

「でも、あたし――」またそう言って彼女は歩きだそうとした。

「ええ、わかっています」とその青年はいそいでさえぎった。「だれでもそういいます、あたりまえです。ぼくだって、反対の立場にたてば、そういいますよ。でも、申しあげずにはいられないんです。手ぶらでは女房《にょうぼう》と子どものところへ帰れないんです。家には火の気もなければ、食べるものもなく、あるのは、夜露《よつゆ》をしのぐ天井だけ。ぼくがわるいんです、みんな。お情けにすがったりしたくはないのですが、助けていただきたいのです」

彼はふるえていた。いまにも倒れんばかりにふるえているのだ。思わず彼女は手をだして、ささえてやった。青年の腕に触れると、うすい袖《そで》の下でふるえているのが感じられた。

「だいじょうぶです——」彼は小さな声でいった。「腹がへっていて……つい今のような——」

彼女は豪奢《ごうしゃ》な晩餐をしてきていた。酒も、向こうみずなことをやりかねないくらいには飲んでいただろう。いずれにしろ、それと気づいたときには、もう暗緑色のドアをあけ、青年を家のなかへ通していた。なんとばかげたことをしたものだろう! それにしても、まったく年がいもないことをしたものである。もう五十にはなっているし、からだは頑健で、馬のように丈夫ではあるが(心臓がすこし悪いことをのぞけば)、非常識なことをしたりしない程度には聡明《そうめい》だったのだから。そんなばかげた女ではなかったのである。

聡明ではあったが、彼女には衝動的に親切気をだすわるい癖があった。若いときからそうだった。いままで犯した失敗といえば——それも、一度や二度ではなかった——すべて、知性が情に負けたことから起こったものであった。自分でもそのことは知っていた——身にしみて知っていたのだ——友人たちもそのことを、しょっちゅう口をすっぱくしていいきかせたものであった。五十回めの誕生日をむかえたとき、「とうとうこんな年になったんだから、もうばかなまねはできない」と彼女は自分にいいきかせたものだった。それなのに、もうこれなのだ。

こんな真夜中というのに、まるで見も知らぬ若い男を家のなかにいれるなんて。それも、どんな悪いやつかしれやしない。

いくらもたたないうちに、その男は、ばら色の長椅子に腰かけ、サンドウィッチを食べ、ウイスキー・ソーダを飲んでいた。彼は、彼女の調度の美しさに、まるで圧倒されたようすだった。「これが芝居をしているのだとすれば、なかなかうまいものだ」と彼女は心のなかで思った。しかし、その男は美術に対する目も知識も持っていた。その部屋にあるユトリロの絵が、初期の作品であり、この巨匠で重要なのは、初期のものだけであることや、窓の下でふたりの老人が話しているのは、シッカートの『中部イタリア人』のうちの作品であることを知っているし、頭部の塑《そ》像《ぞう》がドブソンの作であることや、すばらしい緑がかった青銅のおおじかが、カール・ミレスの作品であることもわかるのだった。

「あなた、芸術家ね、画を描くの？」と彼女はいった。

「絵描きなんかじゃありません、ぜげん、どろぼう、そのほかなんとでも――ろくでもないことなら」と彼ははげしい口調でいった。「それにもうおいとましなくちゃ」とつけくわえてソファから立ちあがった。

彼はすっかり元気をとりもどしたようだった。彼女には、これが、ほんの三十分まえは、自分の腕によりかかってささえてもらわねばならなかった、あの若い男であるとは、どうしても信じられないほどだった。それに、この男は紳士である。その点疑いの余地はなかった。しかも、若いラモン・ナヴァロやロナルド・コールマンには見られない、一世紀まえの美しさ、若いバイロンやシェリーの、目をみはるばかりの美しさをもっていた。

なるほど、彼は出ていったほうがいいのだ。彼女は（自分のためよりも彼自身のために）彼が金を要求し、脅迫がましいことをしなければよいがと願った。いずれにしろ、真白な髪、しっかりした、たくましい顎《あご》、しっかりした、たくましいからだつきの彼女は、どうみても脅《おど》しのきくような人間には見えなかった。彼のほうも、脅そうなどという考えは毛頭ないようだった。彼はドアのほうへ歩いていった。

「おお！」と、彼は驚嘆のあえぎをもらし、低い声をあげた。彼女の収集のうちでもいちばん美しいものの一つ、銀の道化役者の仮面の前で、彼は足をとめた――道化役者のすべてが、伝統的にそうであると考えられている、永遠の悲しみを思わせるものではなく、にこやかな、あかるい、陽気な顔だった。そして、それは、現存の偉大な面作りの大家、ソラトの傑作の一つだったのだ。

「ああ、それ、いいでしょう？」と彼女はいった。「ソラトの初期のもので、それでいながら、傑作の一つだと思っていますわ」

「銀にしたのが、あの道化の面にぴったりしていますね」と彼はいった。

「ええ、あたしもそう思いますわ」と彼女もいった。彼女は、その男の困っている事情や、気のどくなその妻子のことや、過去の身の上などについて、まだなんにもきいていないことに気づいた。そしてこのほうがいいだろうと思った。

「おかげでいのちがたすかりました」と彼は玄関の間でいった。彼女は手に一ポンド紙幣を握っていた。

「ええ、ええ」彼女はにこにこしてそれに答えた。「こんな夜ふけに、見も知らぬ人を家に入れるなんて、あたしばかですわね――すくなくとも、友だちはそういうにきまっていますわ。でも、あたしみたいなお婆さんに――こわいことなんかあるものですか」

「あなたの咽喉《のど》を切らないともかぎりませんよ」と彼はまじめくさっていった。

「そりゃできないことはないでしょう」と彼女はいった。「でも、そんなことをすれば、あなたのほうだって、ただじゃすみませんよ」

「いや、このごろじゃそうでもないんですよ。警察なんかには、犯人をつかまえる力はないんですからね」

「では、おやすみなさい。これをどうぞ、これだけあれば、からだを温めるたしにはなるでしょう」

彼は金を受け取ると、「ありがとう」と、むとんちゃくそうにいった。それから、ドアのところで立ちどまり、「あの仮面ですが、あんないいものはいままで見たことがありませんよ」

ドアがしまり、居間にもどった彼女は、吐息をついた――

「なんてかわいい若者だろう!」そういって、ふと、美しい白ひすいのシガレットケースがなくなっているのに気づいた。ソファのそばの小さなテーブルの上においてあったのだ。サンドウィッチをつくりに、食料品室に行くまえまで、そこにあったのを知っている。いまの男が盗んだのだ。彼女はそこらじゅうをさがした。やはりいまの男が盗んだのにちがいなかった。

「なんてかわいい若者だろう！」彼女は、二階の寝室にあがりながら考えた。

ソニヤ・ヘリズは見かけは皮肉屋で気のつよい女であったが、内心は愛情と理解を求めている女であった。それというのが、髪は白く、年も五十になりながら、見たところ活動的で、若若しくて、睡眠も食物もそれほどとらずにすませるし、踊れもするし、カクテルだって飲めるし、ブリッジだっておわりまでつきあえるのだが、内心は、カクテルもブリッジも好きではなかったからである。なににもまして、彼女は母性型であり、心臓が弱かった。精神的に弱いだけでなく、生理的にも弱かったのだ。心臓の病気がおこると、丸薬をのみ、横になって安静にし、見舞い客もよせつけなかった。彼女と同時代の、また、おなじ生活態度のすべての女性と同様、彼女は、もっとりっぱな生き方をするにふさわしいだけの勇気をもっていた。

要するに、彼女はしっかりした女ではあったが、それにはなんという理由もなかったのである。

しかし、ほかのあらゆるものにまして、彼女は母性型であった。すくなくとも、今までに二度、もうひと息彼女のほうから愛情をかたむければ結婚する機会はあったのだが、ほんとうに好きだった相手の男は、彼女を愛してくれなかった（それは二十五年まえのことだったが）。それで、彼女はそれ以来、結婚生活を軽蔑《けいべつ》するふりをしてきたのだった。もし子どもがあったら、その性格は満たされていただろう。ところが、その幸運にめぐまれなかったので、彼女は自分を利用し、ときには嘲笑し、彼女のことなんかあまり気にもかけない人々にまで、母性を発揮してきたのだった（表面は皮肉な無関心をよそおって）。彼女には「おめでたいお人好し」

というあだ名がついていて、友だちのほんとうの生活からは、いつも「仲間はずれ」なのであった。ヘリズ家の縁筋にあたる、ロッケージ家、カード家、ニューマーク家の連中は、食卓にはんぱの席ができたときとか、パーティーで人数がたりなくなったとき、あなうめをするためや、自分たちのためにロンドンで買い物をさせるとか、なにかおもしろくないことがあったり、人から悪口をいわれたりしたときなどの話相手のために、彼女をつかった。彼女は孤独な女だったのである。

それから二週間後、彼女は、またあのどろぼうの若者に会った。会ったといっても、ある日の夕方、彼女が晩餐の着がえをしていると、その若者がたずねてきたからであった。

「若い男のかたがおみえになっております」と召使のローズがとりついだ。

「若い男？　どなたかしら？」とききかえしはしたが、彼女にはわかっていた。

「ぞんじません、ソニヤさま、お名前をおっしゃいませんので」

階下におりてみると、彼はホールにいて、あのシガレットケースを手に持っていた。ちゃんとした身なりはしていたが、やはり空腹で、やつれて、せっぱつまったようすをしていて、しかも、信じられないほど美しかった。彼女はこのまえの部屋につれていった。彼はシガレットケースを彼女にわたした。「ぼく、盗んだんです」といったが、目は銀の仮面にやったままだった。

「なんという恥さらしなことでしょう！」と彼女はいった。「それで、こんどはなにを盗むつもり？」

「女房が、先週、すこし金をもうけましてね」と彼はいった。「それでここしばらく息がつけるんです」

「あなたはなんにも仕事はなさらないのですか?」と彼女はきいた。

「ぼくは絵描きなんです」と彼は答えた。「でも、ぼくの絵なんかだれひとり見向きもしてくれません。現代的じゃありませんから」

「お描きになったものをぜひ見せていただきたいと思いますわ」と彼女はいって、自分の気弱さをさとった。彼女に支配的な力をあたえているのは、彼の美貌《びぼう》ではなく、わんぱくな子どもが、母親がきらいなくせに、なにかにつけて助けを求めてくるといった、頼りない、しかも反抗的なところがあるからであった。

「すこしばかり持ってきたんです」と彼はいってホールへ行き、何枚かのキャンバスを持ってもどってきた。彼はそれをならべて見せた。ひどいものだった――あまったるい風景画とセンチメンタルな人物画だった。

「あまりよくありませんわね」と彼女はいった。

「わかっていますよ。でも、ぼくの審美眼が、きわめて洗練されたものであることはわかっていただいたと思います。ぼくは、最高の芸術品しか認めないんです。あなたのシガレットケースとか、あそこの仮面とか、ユトリロとか。でも、ぼくにはこんなものしか描けないんです。いいかげん腹がたちますよ」彼は彼女の顔を見て微笑した。

「どれか買っていただけませんか?」

「まあ、だって、あたし、ほしくないんですよ」と彼女は答えた。「ともかく、どこかに片づけておかなくちゃ」十分もすると客が来ることがわかっていたのだ。

「買ってください」

「いいえ、もちろん、こんなもの、まさか」

「いいでしょう、買ってください」彼は近寄って、子どもがねだるような調子で、がっしりした彼女の人のよさそうな顔をのぞきこんだ。

「そうね……いくらなの？」

「これが二十ポンドで、これは二十五――」

「まあ、ばかばかしい！　まるで一文の値うちもないのに」

「いつかは値が出ますよ。あなたは現代絵画を理解していらっしゃらないんですよ」

「この絵なら、はっきりわかりますよ」

「お願いします。一枚買ってください。牛が描いてあるのは、そう悪くないじゃありませんか」

彼女は腰をおろして、小切手を書いた。

「あたし、ほんとにばかですわ。これを持ってらっしゃい、そして、二度とあなたに会いたくないと思っていることを承知しといてください。ぜったいにですよ！　来たってけっしてなかには入れませんから。街《まち》で話しかけたってむだですよ。うるさくすると、警察にとどけますよ」

彼は満足なようすで、黙って小切手をおさめ、手をだして彼女の手をちょっとにぎった。

「いいぐあいに光線があたるところに掛ければ、この絵だってそうわるくはありませんよ――」

「あなたは新しい靴がいりますよ。ひどい靴じゃないの」

「おかげで靴も買えますよ」と彼は言って出ていった。

その夜、友人たちのひどい皮肉を聞きながら、彼女はその若い男のことを考えていた。彼女は名前も知らなかった。ただ、彼の告白で、彼がろくでなしであり、気のどくな若い妻と腹をすかした子どもをかかえていることを知っているだけだった。この三人をならべて想像した光景が、彼女の心について離れなかった。あのシガレットケースを返したところをみると、ある意味では彼も正直なのだ。いや、でも、返さなければ、二度と顔をあわせられないことを、もちろん、ちゃんと知っていたのだ。すぐに、自分がすばらしい金鉱だということを見てとったのだ。しかも、あんなひどい絵を買ってやった以上——そうはいっても、彼がまったくの、ろくでなしとは思えない。美しいものをあれほど情熱的に愛する人間に、まるでの、ごくつぶしなんてあるはずがない。彼が部屋にはいるやいなや、まっすぐ銀の仮面のところへ行き、まるで魂をうちこむようにして、じっと見つめていたあのようす！　彼女は、晩餐のテーブルについて、皮肉な言葉のやりとりをしながらも、銀の仮面が掛かっている青色の壁のほうをじっと見つめるときには、やさしい気持ちになっていた。そして、あの陽気そうな仮面には、どこかあの青年の面影があるような気がした。だが、どこだろう、道化の頬はふとっているし、口は大きいし、くちびるは厚いし——だけど、だけど、それでいながら——

それから数日、彼女はロンドンへ出るたびに、あの青年がいやしないかと、われにもなく、道行く人々を見た。そして、一つのことを発見した。それは、あの青年は、彼女が会っただれよりも、美貌の持ち主だということだった。しかし彼が彼女の心について離れないのは、その美貌のゆえではなかった。それは彼が彼女から親切にしてもらいたいと思っており、彼女のほうでもだれかに——それも、つよくつよく親切にしてやりたいと思っていたがゆえだった。

銀の仮面の丸い頰がほそり、そのうつろな目になにか新しい光がさしこんで、だんだん面持ちが変わっていくような幻想に、彼女はとりつかれた。それはたしかに美しかった。

しばらくすると、まえと同じように、まるで思いがけなく、その男がまた姿をあらわした。

ある晩、劇場から帰って、寝るまえのたばこを一本すって寝室に行こうと階段をあがりかけたとき、ドアをたたく音がした。来客はだれだって呼び鈴をならすしきたりだった——彼女がある日ぶらりと骨董《こっとう》店にはいって買ってきた、梟《ふくろう》のかたちの古風なノッカーに手をかけようとするものなどひとりもなかった。その音を聞いて彼女は彼にちがいないと思った。ローズは寝室にさがっていたので、彼女は自分でドアを開けにいった。やっぱり彼だった——そして若い女と赤ん坊がいっしょだった。彼らは居間にぞろぞろはいってきて、ぎごちなく暖炉のそばに立っていた。彼女が最初に、はっと恐怖をおぼえたのは、この三人が一群となって暖炉のそばにいるのを見たその瞬間だった。そのとたん、彼女は、自分がいかに弱い女であるかに気づいた——彼らをひとめ見ると、自分が水になったような気がした。五十にもなり、気ままに生きてきた、心臓の動悸《どうき》がすこしはげしいのを別にすれば、しごく健康な、このソニヤ・ヘリズが——そうだ、水のようになってしまったのだ。彼女は、まるで、だれかが耳もとで用心しろと囁《ささや》いたような気がした。

若い女は人の目にたつ女だった。髪は赤く、色は白く、ほっそりとして品がよかった。赤ん坊はショールにくるまって、眠っていた。ソニヤは、飲みものと、食べのこしてあったサンドウィッチをだした。青年は、例の人を魅するような微笑をうかべて彼女を見つめた。

「ぼくたちは、今夜は物もらいに来たのではないんです」と彼はいった。「あなたに女房を見ていただき、女房にはあなたの美術品を見せてやろうと思ったのです」

「そうなの」と彼女はきつい語調でいった。「ほんのちょっとのあいだだけですよ。もうおそいし、あたし、もう寝ようとしていたところなんですから。それに、もう来ないようにといったでしょう」

「エイダがむりにせがむものですからね」と彼は若い女のほうに顎をしゃくってみせて言った。「とてもあなたに会いたがるものですからね」

若い女は一言も口をきかず、不機嫌そうに目の前を見つめていた。

「それならそれでいいんだけど、でも、すぐ帰ってください。ところで、あなたの名をまだうかがっていませんでしたわね」

「ヘンリイ・アボットといいます。そして、あれがエイダで、赤ん坊もヘンリイっていうんです」

「わかりました。あれからどうしてましたの？」

「ええ、おかげさまで。腹いっぱい食べていましたよ」

彼はそういったが、すぐ黙りこみ、女も口をきかなかった。気まずい沈黙がちょっとつづいた後、ソニヤ・ヘリズは帰ってはどうかといった。彼らは動こうともしなかった。三十分たつと彼女は帰ってくれと強く言った。彼らはたちあがった。だが、ドアのそばまで行くと、ヘンリイ・アボットは顔で机のほうをさした。

「あなたの手紙はだれが書くんですか」

「だれも。あたしが自分で書くんですよ」

「人を雇わなきゃいけませんね。手間がはぶけますよ。ぼくがやってあげましょう」

「いいのよ、そんなこと。必要がありませんから。では、おやすみなさい。さようなら——」

「ぼくがしてあげますよ。それに、報酬なんかお払いになる必要はありません。どうせ遊んでいるんですから」

「とんでもない……おやすみ、さよなら」彼女は彼らをしめだした。彼女は眠れなかった。ベッドに横たわって、彼のことを考えていた。心がみだれていた。一つには、あの三人に対する身内も温まるような母性的な心優しさのためであり（あの若い女と赤ん坊は、あんなに頼りなげに見えたではないか）、一つには、血も凍るような不安のおののきのためであった。ともあれ、彼女は、もう彼らには会いたくないものだと思った。だが、はたしてそうだったろうか？　明日になれば、スローン街を歩きながら、ひょっとしたら彼ではなかろうかと、ひとりひとりの顔をのぞきこんでいるのではないだろうか？

それから三日後の朝、彼がやってきた。雨だったので、彼女は、その朝は支払いの計算をすますつもりにしていた。机にむかっていると、ローズが彼を案内してきた。

「手紙を書かしていただこうと思って来ましたよ」と彼はいった。

「いけません」と彼女は強くいった。「さあ、ヘンリイ・アボット、帰ってください。もうたくさんです——」

「たくさんなんて、そんなことがあるものですか」と彼はいって、机のまえに腰かけた。

彼女は一生涯、このことを恥ずかしく思うだろうが、三十分後には、ソファの隅《すみ》にすわりこんで、彼に口述をしていたのだった。自分でも認めたくはなかったのだが、彼がそうしてすわっているのを見ているといい気持ちだった。彼女にとっては、彼は仲間であった。どこまで落ちぶれはてていたにせよ、たしかに紳士だった。その朝の彼の態度はりっぱなものだった。字もうまかった。また、言葉づかいもちゃんと知っているようだった。

それから一週間後、彼女は笑いながらエイミイ・ウェストンにいった。「ねえ、あなた、ほんとと思う？　あたし、秘書を雇うことにしたの。とてもきれいな若い人——なにもそんな軽蔑したような顔をなさらなくてもいいでしょう。あたしには、美しい若い人なんて、なんの意味もないこと、知ってるじゃないの——おかげで、いろんなめんどうなことをしないですむわ」

三週間、彼の態度はりっぱなものだった。きちんときまった時刻に出てくるし、無礼なことはしないし、さしずどおりなにもかも片づけた。四週間めのある日、一時十五分まえごろ、彼の妻がやってきた。このときの彼女はびっくりするほど若く、十六歳ぐらいに見えた。質素な灰色の木綿服を着ていた。みじかく刈った赤い髪が、白い顔のまわりで、目のさめるようにゆれていた。

青年は、ミス・ヘリズが、ひとりで昼食をすることになっているのをすでに知っているはずだった。質素な食器類をならべて、一人分の支度《したく》がしてあるのを見たはずだった。食事をしていくように、ふたりにすすめないのは、どうもまずいような気がした。それで、気がすすまないながら、彼女はすすめた。食事は気まずかった。ふたりがいっしょにいると、たいくつだった。男は妻がいると、ほとんど話をしなかったし、女は一言も口をきかなかったからだった。それにこの夫婦はなんとなく不吉な感じだった。

食事がすむと、彼女はふたりを帰した。ふたりはさからわずに出ていった。しかし、その日の午後、買い物をしながら歩いているとき、彼女は、これっきり彼らとはなんとしても離れなければならぬと決心した。彼をそばちかくおいておくことが、楽しかったのは事実だった。あの微笑、いたずらっぽいユーモラスな言葉、自分はろくでなしの宿なしで、世間を食いものにはしているが、彼女が好きだから彼女だけには手出しをしないといった態度――こうしたことすべてが、彼女には魅力だった――しかし、彼女がじっさいに不安を感じたのは、この何週間かのあいだ、彼が金の要求をすこしもしなかったこと、金にかぎらず、なにも要求しなかったことだった。なにか考えがあるにちがいない、なにか心に計画していることがあって、ある朝、その恐ろしいたくらみで自分をびっくりさせるにちがいない。あかるい陽光、車馬のかすかな音、木々のそよぎのなかにあって、彼女は、一瞬、かわりはてた自分を見ておどろいた。なんと弱々しくふるまっていることか。頑丈《がんじょう》な、がっしりした、気の強そうなからだ、はれやかなばら色の頬、かたく白い髪――こうしたものはすっかり消えうせ、そのかわりに、そこには、公園の手すりにすがりつかんばかりにして身をささえ、目に恐怖の色をうかべ、膝をふるわしている、臆病そうな老女がいるのだ。なにをこわがることがあろう。なにも悪いことをしたおぼえはないのだ。警察だってすぐそこにある。今までに臆病者だったことはない。しかし、家へと帰る彼女は、ウォルポール街の、あの住み心地のいい家を出て、どこか、だれにも見つからないところに身をかくしたいという、妙な衝動を感じた。

その夜、また例の三人、良人《おっと》と妻と赤ん坊があらわれた。彼女は本でも読んで、ゆっくり宵をすごし、『早寝』でもしようと、くつろいだところであった。そこへドアをノックする音が聞こえたのである。

今夜は、彼女も彼らに断固とした態度をとった。彼らがひとところに集まって立つと、彼女はたちあがっていった。

「ここに五ポンドあります。そして、これが最後ですよ。もし今度あなたたちのひとりでもこの家に来たら、警察を呼びますからね。さあ、出て行ってください」

若い女がかすかにあえいだと思うと、気をうしなってくずおれた。うそ偽りのない失神だった。ローズが呼ばれた。つくせるだけの手がつくされた。

「ただ、ろくに食べていなかったからですよ」とヘンリイ・アボットはいった。けっきょく(この失神が決定的だったので)エイダ・アボットは来客用のベッドに寝かされ、医者が呼ばれた。診察がおわると、医者は安静と栄養を要するといった。これが、おそらく、この事件の別れめだったのである。ソニヤ・ヘリズがこの危機にのぞんで、躊躇《ちゅうちょ》するところなく、失神なんかかまわずに、アボット一家を、冷たい、無情な街頭に追いだしていれば、いまごろは元気に、友人たちとブリッジを楽しんでいたことであろう。ところが、ここで彼女の母性的性格がつよくあらわれて、そうした処置をとらせなかったのである。若い女は、目をとじ、枕《まくら》と変わらないほど青白い頬をし、消耗《しょうもう》しきって寝ている。赤ん坊は（これほど静かな赤ん坊はなかった）、母親のベッドのそばの子供用ベッドに寝ている。ヘンリイ・アボットは、階下で口述の手紙を書いている。一度、ソニヤ・ヘリズは、例の銀の仮面を見あげ、道化の顔の微笑にはっと息をのんだ。今の彼女には、それが痛烈なうす笑い――ほとんど嘲笑かと思われた。

エイダ・アボットが卒倒してから三日後、その伯父と伯母だというエドワーズ夫妻が来た。エドワーズ氏というのは、元気そうな、はでなチョッキを着た、赤ら顔の、大柄な男で、ちょっとみると、居酒屋の亭主のような感じだった。ひどく瘠《や》せていて、ひらべったいが、感情的な胸に、大きな古風なブローチをつけていた。ふたりはソファにならんで腰をおろし、かわいい姪のエイダを見舞いに来たのだと説明した。エドワーズ夫人は大声で話し、エドワーズ氏はひどくなれなれしくした。まのわるいことには、ちょうどそのとき、ウェストン夫人と、もうひとり友人がたずねてきた。ふたりはそうそうにして帰ってしまった。エドワーズ夫妻を見て、あからさまに驚きの色をみせ、ヘンリイ・アボットのなれなれしい態度に、ひどくあきれたらしかった。ふたりがとんでもない想像をしたのが、ソニヤ・ヘリズにはわかった。

一週間たっても、エイダ・アボットは、まだ二階で寝ていた。動かすことなど思いもよらないようすだった。エドワーズ夫妻はしょっちゅう見舞いに来た。あるときなど、ハーパー夫妻とその娘のアグネスをつれてきたことがあった。かれらはいろいろと弁解したが、「自分たちがこれほどエイダのことを心配しているのだから、じっとしてはいられない気持ち」は、ミス・ヘリズも理解していただきたいといった。みんなは来客用の寝室にあつまり、目をとじた、青白い顔を、気づかわしそうに見まもっていた。

そのうちに、二つの事件がいっしょにおこった。ローズが暇をとったことと、ウェストン夫人が来て、率直に話していったことだった。夫人の話は、「世間の人がなんといっているか、あなただってわかっているでしょう」という、きわめて不吉な言葉からはじまった。世間では、ソニヤ・ヘリズが、街の与太者、それも息子といってもいいほどの若い男と、同棲《どうせい》しているとうわさしているというのだ。

「あの連中は、みんなすぐに追いだしてしまわなくちゃ」とウェストン夫人はいった。「でなきゃ、あなたにはロンドンに友だちがひとりもいなくなりますよ」

ひとりになると、ソニヤ・ヘリズはどっと泣きくずれた。(泣くなんて)、この何年にもないことだったのだ。どうしたというのだろう。意志や決断力が失《う》せたばかりでなく、からだの調子がわるいのだ。心臓がまたわるくなった。眠れない。家までががたになってしまった。なにもかも埃《ほこり》だらけだ。ローズにまた働いてもらう方法はないものだろうか。ミス・ヘリズはおそろしい悪夢の中で暮らしていた。このおぞましい美貌の青年は、彼女に対して、なにか権威をもっているようだった。といって、なにも脅すわけではなかった。ただ、にこにこ笑っているだけである。また、彼女が彼を愛しているなんてことも、ぜったいに考えられなかった。なんとかして、こんな状態はおしまいにしなければ、だめになってしまう。

二日後、お茶のときに、機会がおとずれた。エドワーズ夫妻がエイダの見舞いに来ていた。エイダは、まだ元気がなく、顔色がわるかったが、やっと階下におりられるようになっていた。ヘンリイ・アボットも、赤ん坊もいっしょだった。ソニヤ・ヘリズは、ひどくからだのかげんがわるかったが、元気をだしてみんなに話しかけた。とくに、鼻のとがったエドワーズ夫人を相手にした。

「わかっていただきたいんですけど」と彼女はいった。「あたしだって、ひとに不親切にしたくはありません。でも自分の生活というものもありますからね。ずいぶん忙しいからだですのに、こんなことを背負わされてはたまりませんわ。人情なしだなんていわれたくはありません。少々のことなら、よろこんでお役にたちます。でも、アボットの奥さんも、もう家にお帰りになってもいいくらいには丈夫になったし――あたし、みなさんとお別れしたいと思うんですけど」

「そりゃよくわかっておりますよ」とエドワーズ夫人は、ソファに腰かけたまま、ヘリズを見あげながらいった。「あなたには、ほんとに親切にしていただいて。エイダだって、きっとそれは、わかっておりますわ。でも、いまあの子を動かすことは、殺すようなものですわ。ちょっとでも動かしたら、その場で倒れてしまいますわ」

「ぼくたちには行くところがないんですよ」とヘンリイ・アボットがいった。

「だって、エドワーズの奥さんが――」とミス・ヘリズは言いかけたが、怒りがこみあげてきた。

「わたしの家は、二部屋しかありませんのでね」とエドワーズ夫人がしずかにいった。「申しわけありませんけど、今のところは、主人が一晩じゅう咳《せき》をしますし――」

「まあ、でも、あんまりじゃありませんか」とミス・ヘリズは叫んだ。「こんなことはもうたくさんです。いままでだって、充分なことはしてきたつもりです――」

「ぼくの給料は」とヘンリイが言った。「ずっとはじめからの」

「給料ですって！　払いますとも――」ミス・ヘリズは言いかけて、口をつぐんだ。彼女はいくつかの事実に気づいたのだ。コックが、その日の午後、暇をとったので、自分はこの家にひとりきりであることに気づいたのだ。この連中が、ひとりとして動揺していないのに気づいたのだ。彼女の持ち物――シッカートやユトリロやソファ――が、不安に満ちていることに気づいたのだ。彼らの沈黙、彼らのびくとも動かないようすを見て、気味がわるくなった。彼女は机のほうへ歩いて行ったが、動悸がはげしくなり、心臓がしめつけられるようで、激しい苦しみがからだじゅうを走った。

「どうぞ」と彼女はあえぐようにいった。「引き出しの中に――小さな緑色の壜《びん》が――はやく、どうぞ、どうぞ！」

彼女が最後に意識しているのは、ヘンリイ・アボットのおちついた美しい顔が、自分をのぞきこんだことだった。

一週間後、ウェストン夫人がたずねると、エイダ・アボットが玄関のドアをあけた。

「ミス・ヘリズのようすを見に来ましたの」と彼女は言った。「近ごろずっと会いませんし、何度か電話をかけたんですけど、いっこうに通じないものですから」

「ミス・ヘリズは、おかげんがひどく悪いのでございます」

「まあ、それはお気のどくに。お目にかかれませんかしら」

エイダ・アボットは安心させるように、しずかな、やさしい調子でいった。「お医者さまが、当分のあいだ、どなたにも面会をお断わりするようにとおっしゃいますので。お名前を教えておいていただけませんかしら。よくおなりになりましたら、すぐお知らせいたしますけど」

ウェストン夫人は帰った。そして、そのことを友だちに話した。「ソニヤも気のどくに、病気がひどいんですって。あの人たちが看病しているらしいのよ。よくなったら、すぐ見舞いに行ってあげましょうよ」

ロンドンの生活はめまぐるしく動く。ソニヤ・ヘリズは今までだって、そう重大な関心をもたれる女ではなかった。ヘリズ家の親類がようすをたずねてきた。そして、病気がよくなりしだい、こちらから——というしごく丁重な返事をうけとった。

ソニヤ・ヘリズは床《とこ》についていたが、それは自分の部屋ではなかった。最近まで召使のローズがつかっていた、狭い屋根裏部屋だった。はじめのうち、彼女は妙に虚脱状態で寝ていた。病気だったのだ。眠ってはさめ、そして、また眠った。エイダ・アボットが、ときにはエドワーズ夫人が、ときには見知らぬ女が付き添っていた。みんなひじょうに親切だった。医者を呼ばないでいいかしら、というと、医者なんか呼ぶ必要はない。してもらいたいことがあったら、自分たちがなんでも世話をしてあげるからというのだった。

そのうちに、彼女も元気が出てきた。なんで自分はこんな部屋にいるんだろう。友人たちはどうしたんだろう。あの連中が運んでくれる、このひどい食物はどうしたことなんだろう。あの女たちは、この家でなにをしているんだろう。

彼女はエイダ・アボットとひと騒動おこした。ベッドから起きようとしたら、エイダがおさえつけてしまったのだ——それも、やすやすと。からだからすっかり力が消えうせたような気がした。彼女は抵抗した。弱ったからだで、せいいっぱいにはげしく抵抗して、それから泣いた。身も世もなく泣いたのだ。翌日、ひとりきりのときを見はからって、ベッドから抜け出した。ドアには鍵がかかっていた。彼女はドアをたたいた。彼女がたたく音のほかは、物音ひとつ聞こえなかった。心臓が、また、おそろしい、しめつけられるような動悸をうちだした。彼女はようようにして、またベッドにもどった。そして、そのまま、弱々しく泣いた。エイダがパンとスープと水を運んできたとき、ドアには鍵をかけないように、自分は起きて、風呂《ふろ》にはいって、階下の自分の部屋に行くといった。

「まだそんなによくなっていらっしゃらないんですよ」とエイダはしずかにいった。

「いいえ、よくなっていますよ。起きたら、あんたたちを監獄に入れてやるから、こんなことをして——」

「そんなに気をたかぶらせないで。心臓にさわりますわ」

エドワーズ夫人とエイダとで、からだを洗ってくれた。食べものは充分にくれなかった。彼女はいつも腹をすかしていた。

夏になった。ウェストン夫人はエトリタートに行ってしまった。みんなロンドンを離れた。「ソニヤ・ヘリズはどうしたのかしら」とメーベル・ニューマークは、アガサ・ベンスンに手紙で言ってやった。「もうずいぶんながいこと会わないんだけど……」

しかし、みんなようすを問い合わせる暇がなかった。なにかしら用事がたくさんあるからだ。ソニヤはいい人にはちがいないが、それかといって、だれも気にかけるものはなかった……

一度、ヘンリイ・アボットが会いに来た。「おからだがわるくて、いけませんね」と彼は微笑しながらいった。「ぼくたちでできるだけのことはしているのです。こんなにひどい病気のとき、ぼくたちがいてよかったですね。この書類に署名していただけませんか。全快なさるまでは、だれかが家事をみなければなりませんから。もう一、二週間もすれば、下におりられるようになりますよ」

おびえた目を、大きく見ひらいて相手を見ながら、ソニヤ・ヘリズは書類に署名した。

秋にはいってはじめての雨が、街々に降りそそいだ。居間では蓄音器が鳴っていた。エイダと若いジャクソン・マギーとたくましそうなハリー・ベネットがダンスをしていた。家具はみんな壁ぎわに投げだされていた。エドワーズ氏はビールを飲んでいた。エドワーズ夫人は暖炉の前で、足の先をあたためていた。

ヘンリイ・アボットがはいってきた。ユトリロの絵を売ってきたところだった。彼は拍手をもって迎えられた。

彼は銀の仮面を壁からはずして、階上へあがっていった。最上階まであがると、部屋にはいり、裸電灯のスイッチを入れた。

「おお、だれ――なにしに――」ベッドから恐怖におびえた声がした。

「なんでもないんですよ」と彼はなだめるようにいった。「もうすぐエイダがお茶を持って来ますよ」

彼は金づちと釘《くぎ》をとりだし、しみだらけの壁紙の、ミス・ヘリズからよく見えるところに、銀の仮面をかけた。

「これがお好きだと知っているものですから」と彼はいった。「ごらんになりたいだろうと思いましてね」

彼女は答えなかった。ただ、目をみはっているだけだった。

「あなたには、なにかながめているものがいりますよ。病気がとても重いんですから、二度とこの部屋から出られないんじゃないかと思うんです。それで、こうしておくといいでしょう。ながめているものがあって」

彼は出て行った。しずかにドアをしめて。

疑惑

ドロシー・L・セイヤーズ
宇野利泰 訳

Suspicion　一九三三年

ドロシー・L・セイヤーズ Dorothy L. Sayers（1893.6.13-1957.12.17）はイギリスの女流作家。『ナイン・テイラーズ』をはじめとする重厚な本格長編で知られているが、本編のような痛烈な犯罪小説も発表している。一読、背筋に寒さを覚えるような、不気味な恐怖小説ともいえよう。クイーンのノートによると、本編は〈ＥＱＭＭ〉の前身、〈ミステリ・リーグ〉にセイヤーズが寄稿したもの。

列車のなかはたばこのけむりが濛々《もうもう》と立ちこめて、ママリイ氏はしだいに胸がむかついてくるのを感じていた。どうやら、さっきの朝食のせいらしい……

しかし、べつにわるいものを食べたとも思えない。まず黒パン。これはヴィタミンが豊富だと、先日のモーニング・スター紙で読んだばかりである。かりかりに揚げたベイコン。ほどよくゆでた卵が二つ。それに、サットン夫人独特のいれかたによるコーヒーだった。サットン夫人という家政婦は、ほんとの意味で掘り出し物だった。この家政婦のために、彼ら夫妻はどのくらい助かっているか知れなかった。エセルはこの夏に神経的な病気をわずらったが、それ以来ずっと健康がすぐれなかったので、どうしてもしっかりした家政婦がついていてくれなくてはやっていかれないのだった。

だいたいこの節のように雇い人がすっかりわがままになって、ちょっと叱言《こごと》をくってもすぐ暇をとって出ていくような時代では、いつも不慣れな、新しい家政婦を相手にして暮らさねばならぬので、彼女みたいな神経の繊細な女性には、毎日気持ちを緊張させているだけで、よほどからだにこたえることだった。

胸のむかつきは、ますます激しくなってくる。だが病気というほどでもあるまい。なんとかがまんしてみよう。このまま会社へ行って、事務所で苦しむのも楽ではないが、そうかといってこのまま家へ引き返せば、当然エセルを心配させることになる。ママリイ氏にとっては、エセルにそんな思いをさせるくらいなら、彼自身の人生をなげうってしまったほうがましだった。ママリイ氏の妻をいとおしむ気持ちは、それほど深いものだった。

　彼は錠剤を一粒、口に含んだ。近ごろいつも持って歩くことにしている消化剤だ。それから朝刊紙を広げた。新聞にはべつに変わった記事もなかった。下院で政府が使用するタイプライターについて質問があった。全英履物《はきもの》協会の展覧会が開催され、会長に奉戴《ほうたい》された皇太子殿下《プリンス・オブ・ウェールズ》の笑顔が写真にのっていた。自由党では、またしても分裂騒ぎが起こった。リンカーンで一家毒殺事件があって、当局は容疑者とみなす婦人を追跡中である。某工場に火災事故が発生して、ふたりの少女が焼死した。人気絶頂の映画女優が、四度目の離婚判決を得た、等々。

　ママリイ氏は、パラゴン停車場で電車に乗り換えた。胸のむかつきはますますはげしくなって、いまにも嘔吐《おうと》しかねぬ状態だったが、どうにか会社の事務所まではたどりつくことができた。顔はまっさおだったが、机にすわるといくらかおちついてきた。そこへ同僚がやってきた。

「やあ、おはよう、ママリイ君」ブルックス氏は例によって大声でいった。「寒かったろうね？」

「いやな天気だね、まったく」

「ほんとうだよ。たまったもんじゃない。しかし、きみ。球根は、植えおわったんだろうね？」

「まだ全部は済んでいないのだ」ママリイ氏は正直にいった。「じつのところ、ぼくはこのところ、どうも気持ちが――」

「それはいかん」同僚はみなまでいわせずに、「そいつはいかんぞ、きみ。早くしなければだめだ。おれなんか先週すっかり植え終えてしまった。これでおれの住居も、春になったらきれいな花園に変わるんだ。街《まち》なかの庭としては、まず申しぶんのないものさ。それはきみみたいに田園生活をしている者にはかなわんがね。じっさい、きみんとこはうらやましいな。ハルよりましじゃないか？　しかしおれたちにしたって、並木道の辺まで出れば、新鮮な空気だってたっぷり吸えるんだ。ときに、奥方はどうだい？」

「ありがとう。だいぶよいようだ」

「それはよかった。たいせつにしてもらいたいね。この冬はいつものように丈夫でいてくれなくては困るぜ。演劇協会は、どうしてもきみの奥さんが必要なんだ。じっさい去年の『ローマンス』を拝見したが、あの演技は忘れられんね。奥さんとウェルベックの倅《せがれ》とで、舞台をすっかりさらってしまったっけ。ウェルベックといえば、きのうもきみのところへ見舞いに行ったといっていたが――」

「いや、ありがとう。家内がお交際《つきあい》のできるようなからだになるのも、もう間もないことと思うんだ。いまのところ外出まで医者に止められているくらいで、神経を使うことは厳禁だそうだ。なにも考えずにぼんやりしていなければならんのだ。飛びまわったり、仕事をし過ぎたり――そういうことの絶対にないようにといわれている」

「そうだろう。それが当然だ。神経の過労がいちばんからだに毒だからな。おれもそれに気がついたんでね、数年まえから、絶対に気苦労をせぬことにきめている。その結果、どうだ。このとおり元気旺盛、健康そのものだ——それはそうと、きみはちょっと変だぞ。どこか悪いのじゃないか?」

「消化不良の気味でね」ママリイ氏は答えた。「大したことじゃないが、肝臓がちょっと痛むんでね」

「ほほう。そうか。肝臓がわるいのか」

ブルックス氏てのは、何事によらず一言吐かずにはいられぬ性分と見えて、「そいつはいかんぜ。人生の幸不幸はすべてこれ、肝臓の状態いかんにかかわる。ハッハッハッ。まあ、心配するほどのことでもなさそうだ。そろそろ仕事にとりかかろうか。ときにフェラビイの契約書はどこにあったね?」

ママリイ氏の気分は、とてもまだ彼の話にあいづちを打つまでには回復していなかったので、これでやっと放免になったと、はじめてホッとすることができた。それから三十分ほど、ふたりはおとなしく土地売買契約書の作成にかかっていた。が、ブルックス氏はいつまでも黙ってはいられなかった。

「おい、きみ。お宅の奥さんは、いい料理女《コック》を知らんかね?」

「知らんだろうね。当節はなかなかいいのが見つからんものだ。ぼくたちもやっと最近雇い入れたばかりさ。だけど、なぜなんだい? きみのところには、むかしからの料理女《コック》がいるじゃないか。暇をとっていったのか」

「とんだ見当ちがいさ」ブルックス氏は大声で笑って、「おれんとこのあの料理女《コック》は、おれたち以上にうちの主《ぬし》さ。あいつがうちを出ていったら、おおかた大地震でもあるだろう。そうじゃないんだ。ほしがっているのは、フィリップソンのところなのさ。あいつんとこで家政婦が結婚するんだそうだ。これがまたたいへんな家政婦だったがね。それでもいなくなると、やはり不便で困るものだ。おれはこないだ、そういってやったよ。おい、フィリップソン。家政婦をさがすのもいいが、素姓の知れないのを雇うのだけはよせよ。うっかりすると、例の毒殺魔を背負いこむぞってね。

なんていう名だったかな、あの女は。ええと、そうだ、アンドリューズっていったな。気をつけてくれよ。まだきみの葬式に花輪を送るのは早いからな――おれがそういって注意してやるとね、フィリップソンのやつ、ハッハッハッと笑いおるんだ――笑いごとじゃないぞ！　おれは怒ってやったよ。それにしても、警察はなんてだらしのない代物《しろもの》なんだろう。なんのためにわれわれに税金を払わせているのかわからんじゃないか。もう一月もたつっていうのに、いまだにつかまえられんのだからな。世間のうわさでは、その女たるや平気な顔でその辺をうろつきまわっているそうだ。それもコックの職をさがしてね」

「とうにもう自殺でもしてしまっているんじゃないかね？」

ママリイ氏がいった。

「自殺だァ？　冗談じゃない。川のほとりに外套《コート》が落ちてたそうだが、あれはきみ、警察の目をくらますための仕事さ。ああいったタイプの人間は自殺なんかするものか」

「どういうタイプさ？」

「砒素《ひそ》マニアだよ。ああいうやつらは、自分自身にはおそろしいくらい用心ぶかいものだ。いたちみたいに狡猾《こうかつ》でね。なんとしてでも早くつかまえることが第一だよ。でないとまた犠牲者がふえることになる。おれはフィリップソンにそういったが――」

「きみはやはり、アンドリューズ夫人って女のやったことと思うかね？」

「あたりまえさ。それにきまっているよ。初め自分の父親といっしょに暮らしていたんだが、とつぜんその父親が死んでしまった――あとにはちょっとした財産が残してあった。女はそこでかなり年配の男と所帯をもった。ところがこれがまたじきに死んでしまう。それから次はあの女を雇った家の夫婦だ――砒素中毒で亭主は死亡、細君は重態だそうだ。料理女《コック》は逃走した。一目瞭然《りょうぜん》じゃないか。それをきみという人間は、その女がやったんだろうか？　なんて、どうかしとるぜ。死んだ父親にしろ前の亭主にしろ、死骸をひとつ掘り出してみるさ。砒素中毒の痕跡《こんせき》がはっきり残っているにちがいない。ああいう犯罪は、一度やりはじめると後をひいて、幾度もくりかえしたくなるものらしいからな」

「そうかも知れんな」

ママリイ氏は新聞紙を取りあげてその女の写真をながめていたが、

「こうやって見ると、ちっともわるい女のようじゃないがな。人のよさそうな、優しい顔をしているじゃないか」

「口もとがいかんよ」ブルックス氏は断定を下した。人の性格は口もとに現われるというのが、彼年来の持論なのだ。「おれはこういった人相の人間は絶対に信用せんことにしとる」

時間がたつにつれて、ママリイ氏の気分はなおっていった。それでも昼の食事は用心して、煮魚《にざかな》とカスタード・プディングだけにして、食後も、運動を避けてなるたけじっとしていた。ありがたいことに、煮魚とカスタード・プディングは無事に胃におさまって、ここ半月ばかりのあいだ、癖みたいになっていた食後のむかつきも味わわずに済んだ。

退社時刻が近づいたころには、ママリイ氏の健康は完全に回復していた。エセルのために、金色に輝く黄菊を一束買い込んだ。汽車を降りて家路をたどるあいだ、彼の気持ちはまったく明るかった。

居間にはいってみると、驚いたことに妻の姿が見えなかった。菊の花束を握りしめたまま、廊下を駆け出して台所のドアを開いた。

なかには料理女《コック》しかいなかった。女は食卓を前に、扉口《とびらぐち》には背を向けていたが、ママリイ氏がはいっていくとおどおどしたようすで立ちあがった。

「お帰りなさい。ちっとも存じませんで。お玄関の開く音が聞こえませんでしたので――」

「奥さんはどこにいるんだ？　また、ぐあいがわるくなったのか？」

「ええ。頭痛がなさるそうで、ベッドにお連れしました。四時半にお茶を差しあげましたが、いまはおちつかれまして、おやすみになっておいでのようです」

「そいつァ困ったな」

「食卓のお支度《したく》で、お疲れになったのではございませんかしら。そんなにお働きになってはいけませんと、何度もご注意申しあげたのですが、奥さまはどうも、じっとしてはいらっしゃれない性分とみえまして――」

「そうなんだ。おまえのせいじゃないさ。おまえはじっさい、よく働いてくれるよ。心配せんでもよろしい。ちょっとようすを見てこよう。眠っていたら、そっと引き返してくる。ああ、おまえ、晩の料理は何にしてくれたね？」

「おいしい肉パイを作っておきました。きっとお気に召すと思いますわ」

サットン夫人はそういったが、その言葉の調子では気に入らぬとでもいおうものなら、すぐさまかぼちゃか四頭立ての馬車に変えてしまいかねぬようすだった。

「ああ、パイか！　ぼくは――」

「またパイかとおっしゃるようですが、ごらんになっていただきましょう。こんなに軽く、こんなに美しく出来ておりますわ」

料理女《コック》は抗議でもするように、調理窯《がま》の扉をぱたんとあけてなかを見せた。

「バターで作っておきました。ラードは消化にわるいって聞きましたから――」

「けっこう、けっこう。きっとうまいことだろう。最近までそんなことを感じたこともないのだが、どうもラードはぼくの胃にあわんようだ」

「ええ、ええ。それは旦那《だんな》さまばかりじゃございません。ラードが性にあわないって方は、よくあるものです。それに肝臓がお痛みになるそうですが、この寒さではむりもありません。だれだってどこかぐあいのわるいところが出てきますもの」

彼女は食卓へ戻って、いままで読んでいた絵入り新聞をかたづけだした。

「奥さまのお食事は、寝室へお持ちしましょうか？」

ママリイ氏はようすを見てくるといって、足音を立てぬように階段を登っていった。エセルは羽根蒲団《ぶとん》にくるまって、丸くなって眠っていた。大きなダブルベッドのなかで、抱きしめたらいまにもつぶれてしまいそうに華奢《きゃしゃ》だった。ママリイ氏がはいっていくと、その華奢なからだを動かして笑顔をみせた。

「エセル、かげんはどうだね？」

「いつお帰りでしたの。あたし、すっかり眠ってしまいました。疲れたせいか、頭が痛くてたまりませんの。サットン夫人にやっとここまで連れてきてもらいましたの」

「あまり働きすぎるからだよ」

良人《おっと》は彼女の手をとってベッドの端に腰をおろした。

「ええ——これから気をつけますわ。まあ、ハロルド！　なんて、きれいなお花でしょう。あたしに買ってきてくだすったの？」

「そうさ、みんなきみのだよ」ママリイ氏はやさしくいった。「そのかわり、なにかおかえしをもらえるだろうね？」

夫人はほほえんだ。ママリイ氏は何度となくくりかえして、そのおかえしを受け取った。

「これでよくって？　では、あたし起きますわ」

「まだ寝ていたほうがいいよ。食事はサットン夫人に運ばせるから」

彼女はなかなか承知しなかった。しかし、ママリイ氏も強硬だった。軽はずみなことをすると、演劇協会の公演に出られなくなるといいきかせた。彼女の出演は事実、町の人々が希望しているところだった。先日、ウェルベック家の人たちが見舞いに来たときも、彼女が主役に扮しなくては劇が引き立たないといっていた……

「ほんとうでしょうかしら？」エセルはうれしそうに笑顔をみせていった。「ほんとにみなさんがそんなにあたしに期待してくださるんなら、こんなうれしいことはありませんわ、いいわ。それならあたし、おとなしく寝ていますわ。ですけど、あなたのおかげんは、きょうはいかがでしたの？」

「そうわるくもなかったよ」

「お腹《なか》はお痛みになりませんでして？」

「すこしは痛んだがね。でも、もうすっかりよくなった。ちっとも心配はないんだよ」

その翌日と翌々日は、ママリイ氏は珍しく、気分のわるさを味わわずにすんだ。新聞で読んだところを、さっそく試してみたのだった。オレンジ・ジュースを飲むのがよいというのである。そして、試してみた結果は上々だった。ところが、木曜日の夜になると、急に彼は劇烈な腹の痛みを訴えた。エセルは驚いて、医者を迎えに飛んでいった。

医者は脈をとり、舌を診《み》ていたが、べつに心配することはないといった。夕食に摂《と》ったものは豚の脚肉とミルク・プディング。それから寝るまぎわに、新聞に書いてあったとおり、大きなコップにオレンジ・ジュースをたっぷり飲んだ。

「それですよ、原因は」ドクターのグリフィスがいった。「オレンジ・ジュースは、たしかに衛生的な飲み物です。豚の脚肉も栄養充分。ところがこの二つがいっしょになると、結果がよくない。ふしぎなもんですな。豚肉とオレンジとがまざりあうと、肝臓にひじょうな害をおよぼすんです。なぜだかその理由はまだ判明しませんが、とにかくそういう結果になるんです。しかし、ご心配はありませんよ。明朝、処方箋《しょほうせん》をさしあげます。一日二日、流動食をつづけていただくんですな。豚肉は当分控えてもらいましょう。

奥さま、ご心配はありませんよ。ご主人は完全に健康体です。ご注意の必要のあるのは、むしろ奥さまのほうですぞ。ほら、そのまぶたのまわりに黒い輪が出来とるでしょう。それがいけませんな。夜、お寝《やす》みになれますか？――ふーん、やはり眠れん。そうでしょうな、薬はちゃんと召しあがっていますか？　そう。それならばよろしい。ご主人のことは決して心配なさらんで。じきにお起きになれますとも」

医者の診断は正しかった。ただ、彼のいうほど簡単にはいかなかった。食事は指定されたとおりパンとミルク、それにサットン夫人が念入りにこしらえた肉スープだけで、エセルにベッドまで運んでもらっていたが、金曜日は一日じゅう不快な気分で過ごした。土曜日の午後になって、やっとベッドを離れて階下《した》まで降りてみたが、足もとがふらふらしてからだはすっかり衰弱してしまったようだった。

それでも書類に彼の署名がいるといってブルックスが使いをよこしたのでその書類を片づけ、そのあとで家計簿をつけた。エセルはもともと家計簿をつけるのが大きらいの性分で、いつもママリイ氏が代わって記入していた。肉屋、パン屋、牛乳屋、石炭商――そうした請求書をマリイ氏は入念に調べていった。

「ほかにもうないかね？」

「ええ、あとはサットン夫人の給料だけ。もう一月分の支払い時期が来ていますの」

「そうだったな。きみはあの家政婦がずいぶん気に入っているようだね」

「ええ、とてもよ。あなただってそうじゃありません？　お料理もじょうずですし、やさしくて、よく気がつくし――あんないい家政婦を一目で採用したっていうのは、みんなあたしのお手柄なのよ。ほめていただきたいと思うわ」

「ほめてあげるとも」

ママリイ氏は心の底からそういった。

「あのときは、ほんとに神さまのおかげでしたわ。あの憎らしいジェインにいきなり暇をとっていかれたときは、あたしどうしていいのか、ほんとうに困ってしまいましたわ。それでも推薦状ひとつ持っていないひとを使うのは、ずいぶん冒険すぎて危険なんでしたけど、話を聞けば母親ひとりを世話しながら暮らしていたそうで、推薦状のもらいようがありませんものね」

「それはそうだよ」

ママリイ氏はうなずいた。あのときは彼もたしかに不安な気持ちを感じていた。しかし、彼はあえてそれを口にしなかった。いずれはだれかを雇わぬわけにはいかなかったからだ。そしてその後きょうまで働いてもらった結果、よけいなことをいわないでよかったと思った。一度サットン夫人の教区の牧師に照会してみたが、彼女の料理の腕前は不明といってよこした。エセルもいっていたが、牧師にはそこまではわかるはずがない。だがママリイ家としては、その料理の点がいちばん聞きたいところだったのだ。

ママリイ氏は彼女の給料を数えていた。

「ねえ、エセル。月給を渡すとき、いってくれたまえ。あの家政婦はぼくが起きるまえに新聞を読むらしいんだ。それはそれでいいが、あとをきちんとたたんでおいてもらいたいんだがね」

「あら、あなた。ずいぶんきちょうめんでいらっしゃるのね」

ママリイ氏はため息をついた。朝ごとの新聞紙が処女のように清潔な感じで手もとまで届くことが、彼にとってはどんなにたいせつなことであるか、それをエセルに説明するのはたいへんな努力のいる仕事だった。女というものは、こうしたことにはぜんぜん理解を欠くものなのだ。

日曜日になると、ママリイ氏はすっかり回復していた。ほとんどもとのからだにもどったようで、朝食のまえベッドのなかで〈ニューズ・オブ・ザ・ワールド〉紙をひろげた。殺人事件をひろっては読みふけった。ママリイ氏は以前から殺人事件が大好物だった。こうした記事というものは平和な、そしてそのかわりにおそろしくたいくつなこの郊外のハルでの日常生活に、ときならぬスリルを与えてくれるのである。

ブルックスの予言はみごと適中した。警察当局はアンドリューズ夫人の父親と雇い主の遺骸を発掘してみたが、その結果、砒素中毒の徴候が歴然と現われているのを発見した。

彼は夕食のとき食堂におりてきた。食卓に並べられたのは、馬鈴薯《ばれいしょ》を添えたサーロインステーキとヨークシャア・プディング。そのあとにアップルパイが出た。三日のあいだ病人用の流動食ばかり食べさせられていたので、脂身《あぶらみ》をチリチリに揚げたのだの、脂肪のない肉にざっと火を通したのだのを味わえるのは、なんともいえずうれしいことだった。さすがに量だけは適当にかげんしたが、味覚のほうは貪婪《どんらん》に働かせた。一方エセルは、やや食欲を欠いているようにみえた。もっともそれはあまり目立ちはしなかった。というのは、もともと彼女は食物の好ききらいが激しかった。それに肥満するのを不必要なくらい恐れていたので、肉はあまりとらぬ習慣だったのである……

その日の午後はよく晴れていた。三時ごろになって、今夜の料理はローストビーフだと見当がついたとき、ママリイ氏はふと、残りの球根を植えてしまおうという気になった。さっそく、園芸用の上っ張りを羽織って、植木鉢をしまってある小屋へ出かけていった。チューリップの袋と鋤《すき》を取りあげたが、ズボンの新しいのをはいているのに気がついて、作業中汚さぬように、膝《ひざ》の下に蓆《むしろ》を敷こうと考えた。

さァて、蓆はどこへしまったかな? 彼にははっきり思いだせなかった。たぶん鉢を並べた棚の下へつっ込んでおいたはずなんだが——かがみこんで、手探りでその辺を捜してみた。あッ、あった。やはりここに入れてあった。引っ張り出そうとすると、そのうえでなにかの罐《かん》が手に触れた。注意してそれを取りあげた。なんだろう？——ああ、そうだ。除草剤の使い残りだったのだ。

ママリイ氏は鑵を手にして、ピンク色の貼紙《ラベル》を読んだ。大きな活字で、目立つように『除草用砒素剤、劇毒』と印刷してあった。それを読んだ瞬間、アンドリューズ夫人の犠牲者たちも、これとおなじ劇薬で殺されたことを思い出してどきっとした感じを受けた。しかしまたおかしなもので、あの重大事件とおなじような結果がこの静かな家庭にも起こりうる可能性がないでもないと知ると、興奮に似たものさえ味わわされた——が、これは！　彼はそのとき、軽い不安を覚えた。固く締めておいたはずの鑵の栓《せん》が、すっかりゆるんでいるではないか……

「これはうっかりしたな」彼は口のなかでつぶやいた。「これでは効《き》き目がなくなってしまうぞ」

彼は栓をはずして、なかをのぞいてみた。中味は半分ほど残っていた。で、栓をはめ直して、念のために鋤の柄でどんとたたいてから、水道の蛇口《じゃぐち》へ行って水をじゃぶじゃぶ流して、手を洗った。少しでも薬がついていては危険だと、ていねいなうえにもていねいに洗い落とした。

ちょうどチューリップを植えおわったとき、ウェルベック夫人が息子を連れて訪ねてきた。それと聞いて応接間へ戻ってきた。この母子を相手に世間話をするのは時間つぶしにはおもしろいので、いつもならば喜んで迎えるのだったが、きょうはすこし彼の気持ちがおちつかなかった。それに訪問するなら訪問すると、前もって知らせておいてくれればよかった。そうすれば、爪《つめ》に埋まった庭土をもっときれいに洗い落としておいたのに……

ウェルベック夫人は、じつに話好きな女だった。相手の顔色もなにもなく、自分のいいたいだけのことを、ただもうべらべらとまくしたてるタイプなのだ。きょうの話題はリンカーン毒殺事件で、ママリイ氏の気持ちなどには頓着《とんじゃく》なくしゃべりつづけていた。お茶の席で、これくらい不適当な話題はないのに――ママリイ氏ははらのなかでそう考えていた。

話は砒素を飲まされたときの徴候のことになった。ママリイ氏自身が最近よく似た不快感に悩まされていたところなので、急にまた胸がむかついてきた。ママリイ氏だけではなかった。エセルにとってもたまらなくいやな刺激だった。ことに犯人はまだこの近所をうろついているそうだといわれて、この神経質な婦人は想像以上におびえたようだった。相手は平気な顔でしゃべりつづけた。エセルの顔が真っ青になって震えているのは、一目見れば気がつくはずなのに……

夫人の話を止めさせなければならぬ。ほっておけばいつかのように、エセルにヒステリー発作が起こる結果になろう。

彼はいきなり会話のなかに口を入れた。

「ウェルベックの奥さん。れんぎょうの挿木《さしき》でしたら、いまがちょうど時期なんですよ。いっしょに庭までおいでなさい。取って進ぜましょう」

エセルとウェルベックの息子とのあいだに、やれやれといったまなざしが取り交わされるのを彼は見た。息子のほうも母親のこころなさにあきれかえって、はやく話題を転換させなくてはと、さきほどから気をもんでいたらしい。ウェルベック夫人はとつぜんほかの話題が飛び込んできたのでちょっと驚いた顔をみせたが、それでもすなおに主人のすすめにしたがって庭に出ていった。そしてこんどの話は園芸の自慢に移った。得意そうに挿木の腕前をさかんにまくしたてながら、同時に小石を敷いた庭の小道が、じつによく手入れが行き届いていると、ママリイ氏の丹精《たんせい》をほめたたえるのも忘れなかった。

「わたしのところでは、雑草がふえて困るんですよ」彼女はくりかえしてそんなことをいっていた。

ママリイ氏は除草剤の効用を一席述べて、推奨した。

「あら、あの薬ですの?」夫人は大きく目を見張った。震えながら彼を見やって、「あれはだめよ。あれでしたらごめんですわ。千ポンドのお金をいただいても、あればかりは家へ置けません」

ママリイ氏も笑って、

「それはどこの家でも同じことですよ。うちでも手の届かぬところにしまいこみました。いくらぼくが不注意な人間でも、あいつだけは用心しますからね」

彼は急に口をつぐんだ。さっき見た問題の罐の、栓がゆるんでいたのを思い出したからだ。それは彼の記憶によほど強く影響したとみえて、いろいろな妄想《もうそう》があとからあとへとひっきりなしに湧きあがった。が、ママリイ氏はわざとそれを振り捨てるようにして、挿木の切り枝を包むために新聞紙を取りに台所へはいっていった。

彼らが母屋《おもや》に近づくのが応接間の窓から見えたとみえて、若いウェルベックは立ちあがると、エセルと別れの挨拶《あいさつ》を交わした。そしてすばやく家の外へ出ると、母親がまだ部屋にはいらぬうちに、なにかしきりにしゃべりながらじょうずに戸外へ連れ出してしまった。

ふたりが帰っていってから、ママリイ氏は後片づけをしていた。そのときふと、さっき新聞紙を取り出したとき、引き出しをかきまわしたままにしておいたことを思い出して、もう一度台所へ引き返した。そのとき彼にはちょっと気になったことがあったのを、確かめてみたい気持ちがあったのだ。そこで新聞紙を一枚一枚ひろげてみると、やはり彼がさっき気にしたことは事実であった。引き出しのなかの新聞紙はどれもみな、アンドリューズ夫人の写真とその毒殺事件が、ひとつ残らず切り抜いてあるのだった……

ママリイ氏はそのままへたへたと暖炉の前にすわりこんだ。むしょうに火がほしくてたまらなかった。みぞおちのあたりに、冷たい塊《かたまり》が飛び込んできた感じだった――これ以上、つっこんで調べるのが、奇妙にこわくてならなかった。

彼は新聞で見たアンドリューズ夫人の写真を思い出そうと努めた。ブルックスに向かって、人のよさそうなやさしい顔だといったのをおぼえていた。それから彼は、女が姿を消してからどのくらいの日数がたっているか、数えてみた。あのとき、もうかれこれひと月近いと、ブルックスはいっていた。あれからすでに一週間ばかりたっている。だからきょうからの計算にすれば、ひと月をすこし越すことになる。一カ月。彼はちょうどいま、サットン夫人に一月分の給料を支払うところなのだ。

エセル！

その名前が、彼の頭脳の入り口をしきりとたたいていた。どんな犠牲を払っても、この恐ろしい疑惑と闘わねばならぬ。それも彼ひとりでだ——彼女を心配させるわけにはいかぬのだ。彼女に恐怖感を与えるようなことは絶対に避けねばならない。しかしまた、彼の疑惑の根拠ももっとよく確かめてみる必要がある。こんなめったにお目にかかれぬくらい忠実な料理女《コック》を、大した根拠もなくただの疑心暗鬼から暇を出したとあっては、本人はもちろん、この家の主婦に対してもこのうえもない残酷な話だ。それにまた、どうしても暇をやるなら、万事彼のとほうもない気まぐれから出たことにしておかなければならない。それでなければ、エセルに恐怖心を植えつけることになる。だからやっかいなことだが、暇を出した理由をエセルに説明するわけにいかぬのだ。

しかし、かりにもこの恐ろしい疑惑が真実だったとしたら、エセルを生命の危険から救うためには、一刻も早くあの女をこの家から追いはらわなければならぬ。彼はリンカーン事件の被害者を考えた——男は死亡し、細君の生命だけが助かったのはほんとうに奇跡だった。これ以上恐ろしい、これ以上危険なことがあるだろうか！

ママリイ氏は急に心細くなってきた。同時に激しい疲労を覚えた。ここ数日来の病気が彼の元気を失わせた原因であろう。

この病気——いったいおれはいつからこんなふうになったんだろう？　最初の発作があってから、たしかもう三週間になる。それからずっと胃のぐあいがわるくて悩みつづけた。胆嚢《たんのう》がどうかしたらしい。激しい苦痛に襲われるというわけではないが、いつまでもはっきりしないところをみると、たしかにこれは胆囊系統の病気にちがいない。

彼はそれでも元気を出して、だるいからだを引きずるようにして居間に戻っていった。エセルはソファの隅《すみ》にうずくまっていた。

「疲れたかね、エセル？」

「ええ。すこしね」

「ああしゃべられては、だれだって疲れるよ。すこし控えてもらわんことにはねえ」

「そうですわね」彼女はさもだるそうに頭をあげて、「でも恐ろしい事件ですのね。あたし、こんな話はこわくていやですわ」

「そうだとも。あんな話は聞かぬほうがいいんだ。しかし、こうした事件が近所に起こると、とかくだれでもおしゃべりがしたくなるものだ。早くあの女をつかまえるんだな。ああいうことを考え出すと――」

「いやよ、あたし。あんな恐ろしいことは考えるのもいや。その女って、きっとものすごいひとにちがいないわ」

「ものすごい――か。ブルックスもいつかそんなことをいっていた」

「ブルックスさんも、おもしろがってあたしをおどかすのよ。もういや。あの話はなさらないで。あたし、なにも聞きたくないわ。なんにも聞きたくないの！」

口調はしだいにヒステリックになっていった。

「そうだ。なにも聞かぬことだ。もうこわい話はやめにしようね」

やめるに越したことはない。話してみたってなんの役にも立たぬことだ。

エセルはさきに寝室にはいった。いつも日曜日はエセルがさきにさがって、あとはママリイ氏がサットン夫人の帰ってくるまで起きて待っているのだ。だが今夜だけは、病人の良人をひとり残すのをエセルはすこし気にしていた。ママリイ氏は、もう自分はすっかりなおったのだから気にしないで早く寝なさいと、すすめていった。

じっさい彼はすっかり健康にかえっていた。しかしそれはからだの上のことで、神経はまだ病的に尖ったままだった。そのいらだった神経が、サットン夫人の口からなぜ新聞紙を切り抜いたか、その説明を求めずにはいられなかった。——サットン夫人はなんと返事をするだろうか？

これからが、ウイスキー・ソーダを飲む時間だった。十時十五分まえになると、庭木戸がぎいっと鳴った。足音が小道の砂利《じゃり》を踏んで、勝手口のドアがきしんで開いた。かけがねを掛け、かんぬきを通す音がして、それからまたしばらくは死んだように静かだった。いまごろサットン夫人は帽子を脱いでいるのだろう。いよいよそのときが来たのだ！

足音が廊下に響いて、ドアが開いた。サットン夫人が黒い外出着で扉口に立っていた。ママリイ氏は彼女と顔をあわせたくなかった。が、顔をあげた。丸顔で、目は縁付き眼鏡《めがね》の奥にかくれてはっきりと見えなかったが、口もとがなるほど、きつい感じだった。前歯が大半抜けているので、そんなふうに見えるのであろうか。

「なにかまだご用がございますか？　わたくし、寝《やす》ませていただきますが」

「なにもないよ、おやすみ、サットン夫人」

「きょうはご気分がおよろしいようですわね、旦那さま」

彼の健康をしんけんに気にしてくれるのが、かえって彼には薄気味わるく思われた。目の色は厚い眼鏡の奥ではっきりとはのぞけなかった。

「ああ、すっかりよくなったよ。おまえにも心配させたな」

「奥さまはまだおわるいようでございますね。熱いミルクかなにか、お持ちしましょうか?」

「いやいや。それにはおよばぬさ」

彼はあわてていった。相手は失望したようすだった。

「では旦那さま。お寝《やす》みなさい」

「おやすみ。ああそれから、おまえ——」

「はい?」

「いや、なんでもないんだ」ママリイ氏はいった。

「なんでもないんだよ」


翌朝、ママリイ氏は、事務所で熱心に新聞を読んでいた。あの毒殺犯人の記事だ。この週末にうまく捕えられてくれればよいと思っていたのに、彼の望むようなものは載っていないで、某会社の社長がピストル自殺した記事が紙面の大半を埋めていた。数百万におよぶ欠損が原因なのだが、株主にもおびただしい損失を与えたことが書き立ててあった。自宅から持ってきた新聞でも、ここへ来る途中で買ってきたものでも、リンカーン毒殺事件は裏ページの片隅へ追いやられていた。もうなかば飽きられた形で、警察は犯人を捜し出すのにいまだに成功していないと、簡単に記してあった。

それから数日間、ママリイ氏はひじょうに不愉快な日を送った。がんらいママリイ氏は、朝早く起きては台所を歩きまわる癖があってかねてエセルを悩ませていたものだが、その悪癖がますます激しくなった。だがサットン夫人はひとことも苦情はいわなかった。それどころかむしろおもしろそうにながめているようだった。しかしそんなことをしたところで、考えれば無意味な話だった。毎日九時半から六時までのあいだは、いやでも家をるすにして事務所に出勤しておらねばならぬからだだから、朝食だけを監督したところでなんの役にたつものでもない。

事務所からは絶えずエセルに電話した。あまりそれがひんぱんなのでブルックスから冷やかされもしたが、彼はちっとも意に介さなかった。彼女の声を聞くだけでも、無事だと知って安心できるのだ。

なにごとも起こらなかった。次の木曜日、彼はひょっとするととんだ見当ちがいをしていたのかと考えはじめた。その夜はおそく帰宅した。ブルックスに、近日結婚することになっている友人と男同士の最後の晩餐《ばんさん》をしようじゃないかとすすめられたのだ。それでも時計が十一時を打つと、今夜は夜通し飲み明かそうという相手をむりに振り切るようにして帰ってきた。家内はみな寝しずまっていた。テーブルの上にメモがおいてあって、サットン夫人の筆で台所にココアが用意してありますから、温めてお飲みくださいと書いてあった。

彼はそれを手にすると、ストーブの前へ行って、ゆっくりと味わった。一口飲んで、カップを置いた。気のせいであろうか、舌を刺すような味がした。彼はもう一口、口に含んで、舌の先で味わってみた。やはり舌を刺すいやな感じがした。彼はいそいで立ちあがると、流し場に走りよって口のなかのものを残らずはき出した。

しばらくじっと立ったままいろいろと考えていたが、急に人形のように機械的な動作で活躍をはじめた。食器棚から薬の空壜《あきびん》をおろして、水道の水でよく洗った。それからカップの中身をこぼさぬようになかに入れて、ポケットに滑り込ませた。それがすむと足音を忍ばせて、裏口から外へ出た。かんぬきを音を立てずに引き抜くのに骨を折った。庭も忍び足で植木小屋へはいった。かがみこんでマッチをする。除草剤の罐がある場所は忘れてはいない。いちばん奥の、植木鉢を並べた棚の下だ。気をつけて取り出さねばならぬ。マッチの炎が指を焼いて消えた。が、もう一本のマッチをすらないでも、求めているものを取り出すことはできた。栓はまたしてもゆるんでいた!

ママリイ氏は茫然《ぼうぜん》としてつっ立っていた。小屋のなかはしめっぽい土のにおいが立ちこめていた。夜会服に外套のまま、片手に薬剤の罐を、片手にマッチ箱を握ったまま立っていた。戸外へ飛び出して、大声でこの重大発見を叫んでみたい気持ちをぐっと抑えながら……

が、それはやめにして罐をもとの場所に戻すと、しずかに母屋へ引き返した。庭を横切るとき、サットン夫人の部屋の窓がひとつだけ明るく闇に輝いていた。その明るさが、いまさっき、植木小屋の闇のなかで起こった事件よりも、彼にはかえって無気味に感じられた。あの女はあの窓から、おれの行動をのぞいていたのではなかろうか？

エセルの窓は暗かった。これはまず安心。彼女が毒を飲まされていれば、あの窓には電灯がこうこうと映って、医者を呼ぶとか、あれだこれだと、ちょうど彼が毒を飲まされたときのように、部屋中が大騒ぎになっているはずだ。毒を飲ます――そうだ。恐ろしい言葉だが、いまはもうこの恐ろしい言葉を確信をもって使用することができるのだ。

もとの平静な気持ちに返って、彼は台所に戻っていった。鍋《なべ》やカップをきれいに洗って、もう一度ココアを沸かした。が、飲まずにそのまま鍋に残しておいた。それから足音を立てぬように気をつけて寝室にはいった。しきいをまたぐと、エセルの声がひびいた。

「おそかったわね、ハロルド。あなた、わるいひとよ！　あたしだけ、ひとりぼっちにしておいて。でも愉快にお過ごしになれまして？」

「おもしろかったよ。ぐあいはどうだね？」

「とても、よろしいの。あなた、階下《した》に召し上がるものがあるはずよ。サットン夫人がなにか温かいものを用意しておくと、いってましたわ」

「いいんだよ。ぼくは咽喉《のど》は渇《かわ》いてはいないんだ」

エセルは笑って、

「あら、それでわかりましたわ。今夜はたくさんお飲みになったのね」

ママリイ氏はべつにそれを否定しようともしなかった。服を脱いでベッドにはいると、妻のからだをぐっと引き寄せた。死の恐ろしい手が、彼のたいせつなものを奪い去っていくのを防ぐかのように……夜が明けたら、さっそく行動を開始しよう。さいわいにして後手を踏まずにすんだ。これは神さまのおかげだ。いくら感謝しても感謝しきれぬ気持ちだった。


化学者のディムソープ氏は、ママリイ氏の大の親友だった。むかしはよくふたりで河岸に出かけたものだ。小さな酒場だったが、うす汚いテーブルをはさんで、あぶらむしだの、あぶら菜のこぶ病だのについて、議論を闘わしたものだった。ママリイ氏は出勤の途中、回り道をしてディムソープ氏を訪れた。率直に事情を述べた。ディムソープ氏はココアの壜を受け取って、彼の周到な処置を称賛し、分析を約した。

「夕刻までにはやっておくよ。その結果、きみの疑惑が不幸にして適中すれば、すぐ警察に届けることになるな」

ママリイ氏は礼を述べてそのまま事務所に向かった。仕事は一日じゅう手につかなかった。しかし、手につかぬものは彼ばかりでもなかったので助かった。ブルックス氏も、昨夜は真夜中まで底抜け騒ぎをやっていたとみえて、彼以上に元気がなかった。四時半になると、ママリイ氏はさっさと机の上を片づけて、きょうは人に会う約束があるから早退けすると、きっぱりいいきって立ちあがった。

ディムソープ氏は分析の結果を用意して待っていた。

「これはもう疑問の余地などないぜ。マーシュ・テスト*をやってみた。その結果、驚くほど多量の毒物が検出された――きみに不快な味感を与えたのはとうぜんのことだよ。あの小さな壜だけで、砒素含有量が四グレインから五グレインもあるんだ。ほらね。ここに砒素鏡が出来ているだろう。これがそれなんだよ。よく見ておきたまえ」

ママリイ氏は細いガラス管の底に、不吉な暗紫色のよごれを見た。

「すぐに警察を呼ぶか？」化学者はきいた。

「いや――ぼくははやく家へ帰りたいんだ。なにが起こっているか、そいつが心配だ。汽車はまだ間に合うだろう」

「では、そうしたまえ。警察にはぼくが知らせておくよ」

列車は各駅ごとに停車して、ママリイ氏にはがまんできぬほどじれったかった。エセル――毒――死。エセル――毒――死。車輪の響きがそう聞こえた。転ぶようにして駅を飛び出すと、家をさしてひた走りに走った。玄関に自動車がとまっていた。街角を曲がったとたん、それが目にはいって彼はなおさらあわてた。ついに間に合わなかったか！　医者がもう駆けつけてい

＊訳註　マーシュ・テストは、砒素検出法としては代表的なもので、検出せんとする物質に、金属亜鉛と稀硫酸とを加えて、水素ガス発生装置のなかに入れる。もし砒素が含有されていれば、装置内で遊離した水素と化合して、砒化水素を発生する。このガス体をしてガラス管を通過せしめ、同時にこれを加熱するときは砒化水素がふたたび分離して、管の底に砒素鏡のかたちで金属砒素を定着せしめる。この方法はその後さらに近代化され、いろいろ複雑な装置が案出されたが、原理はすべて同一である。

る。なんておれはばかだったんだ！　まごまごしていたばかりに、とうとう取り返しのつかぬことにしてしまったか！

あと百五十ヤードほどのところで、玄関のドアが開くのを見た。男の姿が現われた。エセルが送り出しているのだ。男はそのまま車に乗って走り去った。エセルはすぐになかにはいった。無事だった！　エセルは無事だった！

彼は帽子と外套を玄関に掛けて、胸の動悸《どうき》をゆっくりしずめてから、居間へ通っていった。妻はすでに暖炉の前の椅子に戻っていたが、はっとしたような表情で良人を迎えた。お茶の道具がテーブルの上に載っていた。

「お早かったのね」

「あ、仕事が暇だったのでね。だれかお茶に招《よ》んだのかい？」

「ええ。ウェルベックの息子さんをお招びしました。お芝居の打ち合わせですの」

彼女の言葉は短かった。が、ちょっと興奮したようすが見受けられた。

不安がママリイ氏を襲った。客が来ていたにしても、事故は防げたとは限らない。彼のそういった懸念がついそのまま、きびしく表情に現われたと見えて、エセルは驚いたように顔をあげた。

「どうかなすったの、ハロルド？　お顔の色が変ですわ」

「エセル！　聞いておいてもらいたいんだ」

彼は椅子にかけて、手と手のあいだに彼女の手をやさしくはさんで、「いやな話だが、ほっておくわけにはいかぬのだ」

「奥さま！」

扉口に当の料理女《コック》が立っていた。

「あッ、旦那さま。お帰りでしたか。ちっともぞんじませんで——お茶を召し上がりますか？　それとも、お道具はひとまず下げましょうか？　あの、奥さま、たいへんなお話がありますのよ。いまわたくし、買い出しから戻りましたんですけど、魚屋の店でグリムズビイから帰ってきたという若い人に聞きました。あの恐ろしい女がつかまったんですって。例の、アンドリューズ夫人ですわ。でも、ようございましたわね。あんな女がうろうろしていたんでは、わたくし、心配で心配で、おちおち寝てもいられない気持ちでした。でも、これでもうだいじょうぶですわね。なんでも年寄りのご婦人がふたりして住んでいる家に、家政婦になってはいりこんでいたそうですわ。毒薬だってちゃんと身につけていたそうです。若い娘が見つけたんですけど、賞金がたくさんいただけますことね。わたくしもずいぶん気をつけてたんですけど、ずっとグリムズビイにいたのでは、いくらこの辺を捜したって、見つけられるはずはありませんでしたわ」

ママリイ氏は椅子の腕を握りしめた。狂気じみた誤解だった！　彼は声をあげて叫びたかった。街のニュースにすっかり興奮しきっている善良そのもののようなこの女に、こころから素直にわびたかった。すべては誤解だったのだ！

がしかし、そうとすればあのココアはどうしたのだ？　ディムソープ氏は？　マーシュ・テストは？　五グレインの砒素は？　だれがいったいあれを――？

彼はぎょっとして妻をふりむいた。そのときはじめて、彼女の目のなかに、いままで彼が思ってもみなかったものを見た……

いかれたお茶会の冒険

エラリー・クイーン
中村有希 訳

The Adventure of The Mad Tea-Party
一九三四年

エラリー・クイーン Ellery Queen（フレデリック・ダネイ Frederic Dannay 1905.10.20-1982.9.3、マンフレッド・B・リー Manfred Benjamin Lee 1905.1.11-1971.4.3）の初期の作品だが、作者自身が自選短編集の中にも選んでいるほどの自信作であり、とくに愛着をもっているようである。英米国民が子どもの頃から親しんでいるルイス・キャロルの『不思議の国のアリス』をふまえ、趣向をこらした力作である。

くすんだ褐色のレインコートに身を包んだ長身の青年は、こんな土砂降りは初めてだ、と考えていた。漆黒の空から唸りをあげて洪水のごとく落ちてくる水は、駅のランプの弱々しい黄色い光の中で鈍色《にびいろ》にきらめいている。ニューヨークはジャマイカ地区からの鈍行列車の赤いテールランプは、ついに西の闇《やみ》の中に消えてしまった。小さな鉄道駅を囲むまばらな明かりの奥は深い闇で、何も見えないが間違いなく大雨である。長身の青年は駅のひさしの下で震えながら、どうして自分は、こんな最悪の天気の日にロングアイランドのど田舎《いなか》にやってこようなんて正気の沙汰《さた》じゃないことをしちまったんだろう、と思わずにいられなかった。そもそもだ、あいつめ、オウェンはどこにいるんだよ？

もう電話ボックスを探して、断りを入れて、次のニューヨーク行きの列車に乗って帰ろう、とみじめな気持ちで決心したその瞬間、車高の低いクーペが一台、水を跳ね飛ばしながら闇の中からしゅうしゅうと音をたてて現れたかと思うと、急ブレーキをかけて停まり、運転手のお仕着せ姿の男がひとり飛び出して、砂利《じゃり》の上を走り抜け、ひさしの下に駆けこんできた。

「エラリー・クイーン様でいらっしゃいますか？」男は息を切らしてそう言いながら、帽子を振って水を切った。血色のよい顔をした、細い眼の、金髪の青年だ。

「そうだよ」エラリーはため息まじりに言った。ちっ、逃げ遅れたか。

「ミランと申します。オウェン様の運転手です」青年は言った。「本人がお出迎えできなくなりまして申し訳ございません。来客があったものですから。どうぞ、こちらです、クイーン様」

運転手がエラリーの鞄を拾いあげ、ふたりはクーペに向かって走り出した。エラリーは憂鬱《ゆううつ》どころかどん底の気分で、モヘア織りのシートの上に倒れこむように坐った。ああ、もう、オウェンも奴のご招待もくそくらえだ！　ぼくもぼくだよ、こうなるのはわかっていたはずなのに、なんで来ちまったのかな。そもそも、ほんの顔見知りでしかない。J・Jのめんどくさい友達のひとりというだけだ。どうしてどいつもこいつも強引なんだ。隙《すき》あらば、人を見世物にしようとしやがって。芸を仕込まれたアザラシだとでも思ってるのかね。おいで、おいで、ロロ君。ほーら、おいしいお魚をあげるよ！……犯罪の話を語らせて、お手軽にスリルを味わおうってんだろう。ぼくは珍獣じゃないぞ。いったん犯罪の話を口にしたら最後、いつまでも引き留められて、当分、家に帰してもらえないに違いない！　だけど、オウェンはエミー・ウィロウズも来ると言っていたな。エミーにはずっと前から会いたくてたまらなかったんだ。誰かから聞いても、エミーというのは実に興味深い女性だった。高貴な血筋の外交官の娘なのに、親の顔に泥を塗って、身を持ち崩してしまったという評判だ——要は単に、女優になった、という意味なのだが。おそらく、エミーの親族というのは恐ろしく気位の高い一族なのだろう。先祖返りってやつか！　いまだに中世時代に生きている人というのはいるからなあ……。ふう。そういえばオウェンはぜひ〝屋敷〟を見てほしいと言っていた。ひと月ほど前に手に入れたばかりらしい。粋《いき》なんだぜ、とオウェンはいばっていた。〝粋なんだぜ！〟あの無粋《ぶすい》な男がねえ……

クーペは暗がりの中、水を蹴立ててひた走り、ヘッドライトの光は厚い雨のカーテンを照らすばかりで、時折、一本の木が、一軒の家が、一株の灌木《かんぼく》が、ふっと浮かびあがるだけだった。ミランが咳《せき》払いをして、言った。「ひどい天気ですね。こんなにひどいのは、この春初めてですよ。その、雨が」

やれやれ、よりによって話好きな運転手ときた！　エラリーは腹の内でうめいた。「こんな夜は船乗りが気の毒だね」偽善者そのものの答えを返した。

「あはは」ミランは笑った。「たしかにそうですねえ。それはそうと、少し遅れられたんですか？　さっきのは十一時五十五分の列車だったでしょう。オウェン様は今朝、クイーン様が今夜九時半の列車でおいでになると言われましたが」

「野暮用でね」エラリーはもはや死んでしまいたい気分だった。

「というと、事件ですか、クイーン様？」ミランは浮き浮きした口ぶりになり、細い眼をぎょろりと大きくした。

助けてくれ、こいつもか……。「いやいや。親父が毎年恒例の象皮病にかかってね。たいへんさ！　今回はずいぶんひどくて、一時はもうだめかと思ったよ」

運転手はぽかんとした。やがて、腑《ふ》に落ちない顔をしつつも、叩きつける雨でびしょびしょの道路に注意を戻した。エラリーはほっと安堵の息をついて、眼を閉じた。

しかし、ミランは不屈の魂を持つ男らしく、ほんの一瞬黙っただけで、すぐににんまりすると――実を言えば、腹に一物あるような笑顔だったが――こう言った。「今夜は屋敷が上を下への大騒ぎだったんですよ。ご存じのとおり、ジョナサン坊ちゃまが――」

「ああ」エラリーはぎくっとした。ジョナサン坊ちゃまだって？　たしか瘦《や》せっぽちでぎょろぎょろした眼の、七つから十の間の悪ガキで、とにかく他人《ひと》をいらだたせることにかけては悪魔のように天才的な才能を持っていた、あいつのことか。ジョナサン坊ちゃまねえ……。エラリーはまたぶるっと震えたが、今度は恐怖の身震いだった。しまったぞ、ジョナサン坊ちゃまのことは、きれいさっぱり忘れていた。

「そうなんですよ、明日は坊ちゃまの誕生パーティーでして――たしか九つのお祝いで――だんな様も奥様も特別な計画を立てておいでで」ミランはまた腹に一物あるような笑顔になった。「とても特別な計画なんですよ。秘密の。あの子――その、ジョナサン坊ちゃまには、まだ何も教えてないんです。きっとびっくりしますよ！」

「どうだろうね」エラリーは不機嫌な声を出すと、むっつりと黙りこみ、それからあとは、運転手がいかに愛想よく声をかけても、その沈黙の殻《から》を破ることはできなかった。

＊

リチャード・オウェンの〝粋な〟家というのは、兵士の隊列のような木々が立ち並ぶ曲がりくねった車路《くるまみち》の突き当たりに建つ、装飾用の切妻や、L字形の建て増しや、色付きの石や、派手な雨戸を寄せ集めたものの、全然まとまりのないごてごての屋敷だった。家じゅうの明かりが煌々《こうこう》と輝き、玄関のドアが半開きになっている。

「着きましたよ、クイーン様！」ミランが陽気に叫んで、外に飛び出すと、車のドアが閉まらないように支えた。「ポーチまでほんのひと跳びです。大丈夫、濡れませんよ」

エラリーは車から降りて、言われたとおり、ひょいとポーチに跳んだ。ミランが車からエラリーの鞄をひっぱり出すと、踏み段を跳び越えてきた。「ドアは開きっぱなしだし、誰も出てこないし」ミランはにんまりした。「きっと使用人もみんな、出し物を見物してるんでしょう」

「出し物？」エラリーは胃のあたりにむかつきを覚えて、ぐっとつばを飲みこんだ。

ミランは玄関のドアを大きく押し開けた。「どうぞ、おはいりください、クイーン様。私はだんな様に知らせてきます……リハーサルをしてるんですよ。坊ちゃまが起きている間はできませんので、お休みになるまで待たなければならないもので。明日の出し物のためなんですが、坊ちゃまが何かあると疑いだしまして。いやあ、ごまかすのに骨が折れたのなんの――」

「だろうね」エラリーはつぶやいた。ジョナサンめ、一族郎党もろとも地獄に行っちまえ。エラリーが立っているのは小さな控えの間で、そこから見える広々として大勢の人が動きまわっている居間は暖かく、魅力的に見えた。「なるほど、出し物ってのは芝居か。ふむ……いや、ミラン君、おかまいなく。ぼくなら、そこの部屋にはいって、終わるまで勝手に待たせてもらうよ。芝居の邪魔をしちゃ悪いからね」

「かしこまりました」ミランはいくらかがっかりしたように言った。そしてエラリーの鞄をおろすと、帽子のつばに手を触れてから、外の暗がりの中に消えていった。ドアはかちゃりと音をたてて閉まったが、それは奇妙なことに、これっきりという響きをはらんでいた。雨と夜はドアの外に閉め出された。

エラリーは、ぐっしょり濡れそぼった帽子とレインコートをもそもそと脱ぎ、控えの間のクロゼットに几帳面《きちょうめん》に吊るして、鞄を部屋のすみに蹴りこむと、冷えきった両手をありがたい炎で温めるべく、居間にのっそりはいっていった。炎の前に立って、熱気の中にひたりながら、暖炉の向こうに見えるふたつの開いたドアを通り抜けてくる声を、ほとんど無意識のまま、ぼんやり聞き流していた。

異様に子供っぽい口調で、おとなの女の声が言っている。「いいえ、お願い、続けてちょうだいな！　もう絶対に口出ししない。そうね、そんな井戸もあるかもしれないわね」

「エミーだ」エラリーの意識は急にしゃっきりとした。「いったい何をしてるんだ？」手前のドアに歩いていき、戸枠にもたれかかった。

なんとも不思議な光景があった。全員が――エラリーの知るかぎりでは――そこにいた。どうやらここは図書室らしい。本がぎっしりと並ぶ、モダンな作りの広々とした部屋だ。その奥の方が片づけられ、糊のきいたシーツと滑車でこしらえた手作りの幕が、部屋の端から端にかけてある。いまはその幕が開けられ、家具をどかした場所には、新たに長テーブルが一台置かれ、白い布をかけた上に、ティーカップやお茶道具のあれこれが並べられていた。テーブルの上座にはエミー・ウィロウズがついていたが、エプロンドレスに、金褐色の長い髪を背中に滝のように流し、細い脚を白いストッキングで包み、かかとの低い黒のパンプスをはくという、異様に少女めいた格好をしている。その隣の席にいるのは、どこからどう見ても、化け物だった。ウサギに似た生き物だが、人間と同じ大きさで、長い耳が頭上にぴんと立ち、巨大な蝶ネクタイを毛むくじゃらの首に巻きつけ、咽喉《のど》の奥から出る声に合わせて、口が人のようにぱくぱく動いている。ウサギの隣にはまた別の化け物がいた。頭だけがかわいらしいネズミで、妙にのろくさく眠そうな動きをしている。どうやら眠りネズミらしいその化け物の向こう側には、四人組の中でもっとも珍妙な生き物が坐っていた――眉がもじゃもじゃの、ジョージ・アーリスに似た風貌で、襟《えり》には水玉模様の蝶ネクタイを締め、ヴィクトリア朝の古風なベストを着て、頭には恐ろしく背の高い帽子をのせていた。帽子のバンドにはさんだカードには〈このデザインの帽子　十シリング六ペンスで売ります〉と書いてある。

観客は女性がふたりだけだった。根っからのきつい性格を隠そうと、優しげな表情を常に貼りつけている、純白の髪の老婦人。もうひとりは、実に豊かな胸と、赤い髪と、緑の瞳がみごとな、とても美しい若い女だ。ふと気がつけば、もうひとつの戸口からふたりの召使が頭を突き入れ、感心して見つめながら、上品に笑っている。

「アリスの〝いかれたお茶会〟か」エラリーは苦笑した。「エミーが来ているって聞いた時点で、気がつくべきだったな。あのろくでもない悪ガキには贅沢《ぜいたく》すぎるぞ！」

「三人姉妹は井戸の糖蜜を汲む練習《ドロー》をしていました」眠りネズミはあくびをし、眼をこすりながら、きいきい声で言った。「そして、ありとあらゆる物を汲み《ドロー》ました――Mで始まるものならなんでも――」

「どうしてMなの？」おとなの女の少女が問いつめた。

「どうしてMじゃだめなんだ？」ウサギが怒ったように耳を振りたて、ぴしゃりと言う。

眠りネズミはうつらうつらし始めたが、すかさずシルクハットの紳士が盛大につねったので、悲鳴をあげて目を覚まし、続きを語り始めた。「――Mで始まるものならなんでも、ます落とし《マウストラップ》（ますを伏せて棒で支えた下に餌を置いたネズミ捕り）とか、満月《ムーン》とか、もの覚え《メモリー》とか、めいっぱい《マッチネス》とか――ほら、〝めいっぱい、たくさん〟って言うだろ――きみは、めいっぱいを描《ドロー》いた絵を見たことある？」

「そう言われても」少女はすっかり困惑して言った。「考えたこともな――」

「考えたことがない頭なら、黙っていろ」帽子屋が意地悪く言った。

少女はむっとした顔を隠そうともせず、立ち上がると、真っ白い脚をひらめかせつつ、歩き去っていく。眠りネズミはすっかり眠りこけてしまい、ウサギと帽子屋が立ち上がって眠りネズミの小さな頭をむんずとつかまえると、テーブルの巨大なティーポットの中に押しこみ始めた。

すると少女は右足をとんと踏み鳴らして叫んだ。「なによ、もう二度とあんなところに行くもんですか。あんな馬鹿げたお茶会って、生まれて初めてだわ！」

少女は幕の裏に姿を消した。それと同時に少女が滑車のロープをひっぱり、幕はするすると合わさって閉まった。

「すばらしい」エラリーは手を叩きながら、のんびりと声をかけた。「ブラボー、アリス。それから動物役のふたり、眠りネズミ君と三月ウサギ君にも、ブラボーと言わせていただくよ。もちろん、我が友、帽子屋君は言うに及ばず」

帽子屋は大げさに眼を丸くしてエラリーを見ると、頭から帽子をむしり取り、部屋の向こうから駆け寄ってきた。舞台化粧の下の、ハゲタカを思わせるその顔は、人の好さと狡猾《こうかつ》さを合わせ持っているようだ。太肉《ふとりじし》の男盛りで、いくぶん辛辣《しんらつ》で冷血そうな雰囲気を漂わせている。

「クイーン君！　来ていたのか！　きみのことをすっかり忘れるところだった。どうして遅れたんだ？」

「家庭の事情ってやつさ。ミラン君がよくもてなしてくれたよ。しかしオウェン、その衣装、きみにぴったりだね。どうしてきみがウォール街で働こうと思ったのかわからないな。きみは生まれながらのアリスの帽子屋じゃないか」

「本当にそう思うかい」オウェンは嬉しそうに咽喉を鳴らして笑った。「おれはもうずっと役者ってもんに憧れてたんだ。それで、エミー・ウィロウズのアリスの芝居のスポンサーをやってるわけさ。ほら、みんなを紹介しよう。お義母《かあ》さん」白髪の老婦人に声をかけた。「エラリー・クイーン君を紹介します。クイーン君、ローラのお母さんだ――マンスフィールド夫人だよ」老婦人はとても愛らしく優しげに、にっこりした。が、エラリーはその眼がまったく笑っていないのを見逃さなかった。「こちらはガードナー夫人」オウェンが続いて紹介したのは、実に豊満な胸の、赤毛と緑の瞳を持つ若い女だった。「信じられないかもしれんが、この美女はあの毛むくじゃらのウサギの奥さんなんだぜ。はっはっは！」

オウェンの笑い声には少し獰猛《どうもう》な響きがあった。エラリーは美しい女に一礼して、早口に言った。「ガードナーさん？　とおっしゃると、まさかポール・ガードナー氏の奥様ですか、建築家の？」

「ばれたか」三月ウサギがほら穴から響くような声で答えると、かぶりものの頭を脱いで、きらめく瞳の細い顔をあらわにした。「ごきげんよう、クイーンさん。ヴィレッジのシュルツ殺人事件で、あなたのお父さんのために証言して以来、ご無沙汰しています」

ふたりは握手を交わした。「これはサプライズですね」エラリーは言った。「いやあ、嬉しいな、本当に。奥さん、あなたは実に賢いご主人をつかまえましたよ。あの事件では、専門知識を駆使《くし》したすばらしい証言で、被告と弁護人が仲間割れしてつかみ合いの大喧嘩《おおげんか》をするまで追いつめてくれました」

「ふふ、わたしは前々からいつも、ポールは天才だと言っていますのよ」赤毛美人はにっこりした。ちょっと印象的なハスキーヴォイスの持ち主である。「でも、うちの人はわたしの言うことを信じてくれませんの。わたしのことを、世界でただひとり、あの人を評価していない冷たい女だと思っていますのよ」

「こら、カロリン」ガードナーが声をたてて笑いながら抗議した。けれども、その瞳からはきらめきが消え、そしてどういうわけか、リチャード・オウェンをちらりと見た。

「もちろん、ローラのことは覚えていてくれただろう」オウェンは腹から響く声で言いながら、エラリーの腕をつかんでぐいぐいとひっぱっていった。「あの眠りネズミだ。かわいいネズミだろ、な？」

マンスフィールド夫人の様子から一瞬だけ、優しそうな雰囲気が消えた——ほんの一瞬だけだが。いかにかわいいと言われようと、よりにもよって夫から、客の面前でネズミ呼ばわりされたことに、眠りネズミがどう思ったのかは、毛むくじゃらの小さな頭のかぶりものの下で見えなかった。かぶりものを取った時、夫人は笑顔だった。疲れた眼をして血色が悪い、そろそろ頰の垂れてきた小柄な女性である。

「そしてこちらが」オウェンは、まるで牧場主が品評会で賞を取った乳牛を見せびらかすように、誇らしげに続けた。「唯一無二の存在、エミーだ。エミー、クイーン君を紹介するよ、前からきみに話していた、人殺しを嗅ぎつける男だ。クイーン君、ミス・ウィロウズだ」

「クイーンさん、ごらんのとおり」女優は囁《ささや》いた。「わたしたちみんな、役の衣装を着ているの。あなたがお仕事でいらしたのでなければいいんですけど。だって、もしそうなら、わたしたちはみんなすぐに私服に着替えて、あなたにお仕事を始めていただかなくちゃいけませんものね。わたしはわたしが実は罪人《つみびと》だってこと、よく知ってるわ。これまでわたしが頭の中で犯してきた殺人で有罪にされたら、チェシャ猫の九つの命をもらって生まれ変わっても足りないくらいよ。あの憎ったらしい批評家の連中——」

「その衣装は」エラリーは女優の脚を見ないように気をつけながら言った。「最高にお似合いですね。アリスのあなたはますます輝いていますよ」エミーはとても魅力的なアリスだった。少年のような、少女のような、ほっそりした身体《からだ》つきをしている。「それにしても、これは誰の発案なんですか」

「おれたちみんな馬鹿なのか、いかれちまったのかって思ってるだろう」オウェンは咽喉の奥で笑った。「ほら、まあ、かけろよ、クイーン君。モード!」オウェンは吼えた。「クイーンさんにカクテルを差しあげろ。それと何か適当につまみを持ってこい」戸口から突き出ていた使用人の首が、慌てたようにしゅっと消えた。「明日開くジョニーの誕生パーティーのために、衣装をつけて総ざらいをしてたんだ。近所の子供たちをみんな招待したよ。エミーの最高にいかす思いつきさ。この衣装もみんな、劇場からわざわざ持ってきてくれた。きみも知ってるだろうが、この前の土曜の夜が千秋楽だったからな」

「それは知らなかった。〈アリス〉は立ち見以外は満員御礼《おんれい》って話じゃなかったか」

「そうだよ。だけどオデオン座を借りる契約が切れて、そのかわり、巡業公演のスケジュールがはいってるんだ。来週の水曜がボストンの初日だ」

ほっそりした脚のモードが、ピンクがかった謎の混ぜものをエラリーの前に置いた。エラリーは用心しいしいほんのちょっぴりなめ、顔をしかめずにすんだ。

「こんなところでお開きにするのは申し訳ないが」ポール・ガードナーが衣装を脱ぎながら言った。「しかしカロリンと私はこれから大雨の中を帰らなければならないので。明日も早めに来ないと……道路がきっと洪水のようになってるだろうし」

「ひどい大雨でしたよ」エラリーは礼儀正しく相槌《あいづち》を打つと、四分の三残っているグラスを置いた。

「だめよ」ローラ・オウェンが言った。眠りネズミの着ぐるみのぽってりしたおなかのせいで、夫人は男にも女にも見えない、ころころと小さな不思議な生き物に思えた。「こんな嵐の中を運転するなんて！　カロリン、あなたもポールも泊まっていきなさいな」

「たった十キロちょっとよ、ローラ」ガードナー夫人はもごもごと言った。

「馬鹿なことを言うな、カロリン！　こんな夜は百キロ以上もあるのと同じだぞ」オウェンがどら声でがなった。その頬は変に青白く、化粧の下でべっとりと汗をかいている。「それじゃ、話は決まりだ！　うちには、持て余すほどどっさり部屋があるからな。ポールの奴、この家を設計する時に、こんなこともあろうかと作っておいたんだろう」

「そこが建築家とおつきあいする時に困っちゃうところなのよね」エミー・ウィロウズが顔をしかめて言うと、無造作に腰をおろして、長い両脚を椅子の下にすっとしまった。「お泊めできるゲストルームの数をごまかせないんだもの」

「エミーの言うことは聞き流していいぞ」オウェンはにやにやした。「芸能界の〝ペックのいたずら娘〟（「ペックス・バッド・ガール」米のコメディ映画）だ。礼儀作法がなっちゃいないのさ。さあ、さあ！　愉しい夜になるぞ。ポール、何か飲まないか」

「いや、ありがたいが遠慮しておくよ」

「きみは飲んでくれるだろう、な、カロリン？　ここにいるうちで粋ってもんがわかるのはきみだけだ」エラリーは、招待主が真っ赤な顔をてらてらさせて陽気にはしゃいでいるが、実は恐ろしく泥酔していることに気づいて、気まずくなった。

ガードナー夫人は重たげにまぶたのかぶさる緑の眼をあげてオウェンを見た。「ぜひ、いただくわ、ディック」ふたりは妙にむさぼるような眼で見つめあった。オウェン夫人は出し抜けに、にっこり微笑むと、くるりと背を向け、かさばってやっかいな衣装を苦労して脱ぎ始めた。

同じくらい出し抜けに、マンスフィールド夫人が立ち上がると、全然眼が笑っていない例のふんわりと優しげな笑顔になり、優しそうな声で誰にともなく言った。「わたくしは失礼させていただきますよ。今日はなんだか疲れてしまって、もう歳ですから……ローラ、おやすみ」そう言うと、娘に歩み寄り、その皺《しわ》の刻まれた、うつむいている額にキスした。

皆が口々に何かをもごもごと言っていた。エラリーも何やらつぶやいたものの、頭はがんがんするわ、全身の血管にあのピンクの混ぜものがゆっくりとまわりながら火をつけていくわで、もうどこか遠くに行ってしまいたいと思わずにいられなかった。

＊

エラリー・クイーン君は突然、目を覚まし、うめき声をあげた。ひどい気分で、寝返りを打つ。窓を叩く雨の音に心が鎮《しず》まるどころか、気が高ぶってしまい、夜中の一時から何度も、うつらうつらしては目が覚めた。ついには思ってもみなかった不眠症に襲われ、なぜかまったく眠れなくなり、みじめな気持ちで眼をぱっちり開けていた。ベッドの上に起きなおり、脇のナイトテーブルでチクタクと音を雷鳴のように轟《とどろ》かせている腕時計に手をのばす。夜光塗料のついた針で、午前二時五分であることを確認した。

もう一度ごろりと横になり、頭のうしろで両手を組み、薄闇の空間を見つめた。マットレスは大富豪の家のマットレスはかくあるべしと言わんばかりに、分厚くふかふかだが、エラリーの疲れきった身体の節々を休めてはくれなかった。屋敷は暖かな雰囲気で居心地がよかったが、くつろげなかった。女主人はたいそう気配りが行き届いてありがたいが、妙に陰気くさくて、こちらが気まずくなるばかりだ。主人は嵐のように強引で、辟易《へきえき》せずにいられない。一緒に泊まっている客たちも、ひと癖ありそうな連中ばかりである。ジョナサン坊ちゃまは子供用のベッドで鼻を鳴らして寝ているだろう――エラリーは、鼻をぐすぐす鳴らして寝ているに違いないと確信していた……

二時十五分になると、ついに戦いをあきらめて起き上がり、明かりのスイッチを入れて、ガウンに袖《そで》を通し、スリッパをはいた。ナイトテーブルに本も雑誌も一冊もないことは寝る前に確かめてある。すばらしく気のきくおもてなしだな！ ため息をついて立ち上がると、戸口に歩いていき、ドアを開けて、外を覗いた。小さな常夜灯が階段ホールの上でかすかに光っている。屋敷はしんと寝静まっていた。

急に不思議な臆病風に襲われた。なぜか断固として、寝室の外に出たくなくなった。

一瞬の恐怖の理由をあれこれ分析してみたものの、結論が出ないまま、エラリーは臆病な想像に怯《ひる》んだ自分の馬鹿さ加減を厳しく叱りつけ、廊下に足を踏み出した。自分は絶対に神経質でないし、霊感もない。これはきっとものすごく疲れていて、ひどい寝不足のせいで、心身共に弱っているせいだ、とエラリーは考えることにした。ここはすてきな家で、すてきな人たちばかりがいるんだ。そう自分に言い聞かせつつ、まるで、顎《あご》からよだれをしたたらせる恐ろしい獣に向かって「やあ、わんちゃん、きみっていい子だね」と声をかけている気がした。あの海の緑の瞳を持つ女。海色の小舟で海に誘われるようだ。それともえんどう豆の緑だろうか……。「部屋はないよ！　部屋はないよ！」……「お部屋ならたくさんあってよ」アリスが憤《ふん》慨《がい》したように言う……そしてマンスフィールド夫人の微笑みは見る者を震えあがらせた。

次から次にわきあがる想像を力ずくでねじ伏せ、みずからを叱咤《しった》しつつ、エラリーは絨毯《じゅうたん》の敷いてある階段を、居間に向かっておりていった。

下は真っ暗で、どこに明かりのスイッチがあるのかまったく見えない。分厚いクッションにつま先をひっかけて転びそうになり、口の中で罵《ののし》った。図書室は階段をおりてすぐ、たしか暖炉の隣にあったはずだ。目を凝《こ》らして暖炉を睨んだが、最後の熾火《おきび》も消えてしまっている。エラリーはそろそろと歩いて、ようやく暖炉のある壁にたどりついた。雨に降りこめられた静謐《せいひつ》の中、手さぐりで図書室のドアを探す。ひんやりしたノブに手が触れ、がちゃりと音をたてて、大きくドアを開け放った。暗がりに眼が慣れてくると、黒い霧のようにもやもやと広がる薄闇の中、何かはわからないが、そこにある静物の輪郭《りんかく》だけはどうにかわかり始めた。

ドアの奥からあふれて出た闇は殴りつけるように、エラリーに襲いかかってきた。ずっと濃い闇だ……。敷居《しきい》をまたぎかけて、動きを止めた。違うぞ。この部屋は全然、図書室じゃない。どうしてわかったのかは自分でもわからないが、違う部屋のドアを開けてしまったという確信はあった。きっと、まっすぐに進んだつもりで、右にそれてしまったに違いない。暗い森で道に迷った者がそうしがちなように……。目の前の、絶対の揺るぎない暗闇をじっと見つめていたエラリーは、やがてため息をついて引き返した。ドアがまたがちゃりと音をたてて閉まった。

今度は壁を手さぐりしながら、左側にずれていく。たしか一メートルそこそこ……ほら、あった！　すぐ隣の部屋だ。エラリーはしばらく立ち止まって、自分の霊感をためしてみた。よし、大丈夫だ。にんまりして、ドアを押し開け、大胆に中に踏みこむと、手近の壁に指を這わせてスイッチを探し、さぐり当てて、押した。光の洪水が勝ち誇ったようにすべてをあばき、図書室が現れた。

カーテンは閉じられていたが、この家の主人に二階へ案内される直前の、最後の光景よりもずいぶん散らかっている。

作りつけの書棚に近づき、いくつかの棚をざっと見てまわり、二冊の本のどちらにしようかと迷った末に、陰気な夜に読むにはこちらの方がいいだろうと、『ハックルベリー・フィンの冒険』を選んで、明かりを消し、手さぐり足さぐりでそろそろと居間を横切って階段に向かった。小脇に本をかかえ、階段をのぼり始める。その時、階段の上の方で足音がした。エラリーは顔を上げた。階段ホールの小さな電灯の下で、ひとりの男のシルエットが黒い影となって浮かんでいる。

「オウェンか？」自信なさそうに、男の声が囁いてきた。

エラリーは声をたてて笑った。「クイーンですよ、ガードナーさん。あなたも眠れないんですか」

男がほっとして、ため息をつくのが聞こえた。「そうなんですよ、まったく！　何か読む物でも取ってこようと思って、ちょうどいま、おりてきたんですが。カロリンは——家内はぐっすりみたいです、私と続き部屋でしてね。それにしても、どうして眠れるのやら——！　今夜はなんだか妙な雰囲気ですねえ」

「でなければ、酒を飲みすぎたかでしょう」エラリーは陽気に言いながら階段をのぼり始めた。

ガードナーはパジャマとガウンという格好で、髪は寝ぐせでぼさぼさだった。「言うほど飲んじゃいませんよ。このひどい雨のせいだろうな。とにかく神経に障りますね」

「ですよね。てんでんばらばらな音が一致団結すると、ここまで足並みそろえて襲ってくるとは……ガードナーさん、眠れないならぼくの部屋で一服していきませんか」

「しかし、ご迷惑では——」

「ぼくを起こしておくことが？　ナンセンスですよ。ぼくが一階におりて本を漁《あさ》ってきたのは、何かで気をまぎらわせたかっただけですし。ハック・フィンよりお喋りの方がずっと気がまぎれる。まあ、ハック・フィンもなかなかいい奴ですけどね。さあ、どうぞ」

そろってエラリーの部屋に行き、エラリーが紙巻きたばこ《シガレット》を広げると、ふたりは椅子でゆったりくつろぎ、窓の外で降ってくる細い灰色の雨の向こうで夜明けの光がのろのろと這い上がってくるまで、喋りながら、たばこをくゆらしていた。やがてガードナーはあくびをしながら自分の部屋に帰っていき、エラリーは重苦しい眠りの底に落ちていった。

エラリーは天井《てんじょう》の高い異端審問室《いたんしんもん》で拷問台にのせられ、左腕を肩関節から引っこ抜かれようとしていた。その痛みはむしろ心地よかった。やがて目を覚ますと、明るい日の光に照らされたミランの赤ら顔が真上にあって、その金髪をかわいそうなくらい振り乱しているのが見えた。

ミランはエラリーの腕を、渾身の力をこめてひっぱっている。

「クイーン様!」運転手は叫んでいた。「クイーン様っ! お願いですから、起きてください!」

エラリーはびっくりして、がばっと起きなおった。「どうした、ミラン」

「だんな様が。い——いなくなったんです!」

エラリーはベッドから飛び降りた。「どういう意味だ?」

「消えてしまったんです、クイーン様。み——みんなで、探したんですが、どこにも。見つからなくて。だんな様は——」

「階下《した》に行け、ミラン」エラリーは冷静に指示しつつ、パジャマをはぎ取り始めた。「そして一杯やりたまえ。奥様に、ぼくがおりていくまで何も行動しないように伝えろ。誰もこの家を離れたり、どこかに電話をかけたりしてはいけない。わかったか?」

「はい、わかりました」ミランは低い声で言うと、よろよろと出ていった。

エラリーは消防士のように素早く着替えると、顔にばしゃっと水を叩きつけ、口をゆすぎ、ネクタイをつけ、階段を駆け下りた。まず、ローラ・オウェンが皺だらけのネグリジェ姿でソファに坐り、泣きじゃくっているのが見えた。マンスフィールド夫人はそんな娘の肩を慰めるようにさすっている。ジョナサン・オウェン坊ちゃまはぶすっとした顔で祖母を睨んでおり、エミー・ウィロウズは黙りこくってたばこを煙にし続け、ガードナー夫妻は灰色の雨に打たれる窓のすぐそばで、真っ青な顔で立っていた。

「クイーンさん」女優がいち早く口を開いた。「こんな演出、脚本にないハプニングよ。すくなくとも、ローラ・オウェンはそう思ってるわ。だから、大丈夫だって、安心させてあげてくれません？」

「それはできませんね」エラリーは微笑んだ。「事実を把握《はあく》するまでは。オウェンがいなくなったんですか？　どんなふうに？　いつ？」

「ああ、クイーン様」オウェン夫人は涙に濡れそぼった顔を上げた。「わたしにはわかります、何か――何か、恐ろしいことが起きたんです。そんな気がしますの――昨夜のことを覚えていらっしゃいますか、主人があなたをお部屋にご案内したあとのことを」

「ええ」

「あのあと、主人が階下に戻ってきて、月曜のために書斎で仕事をしなければならないから、わたしは先に寝ているようにと言われましたの。ほかの皆さんは寝室に行かれたあとでした。使用人も。わたしは主人に、あまり遅くならないように注意して、休みました。わたし――とても疲れていたものですから、そのまま眠ってしまって――」

「ご主人とは一緒の寝室ですか」

「はい。ベッドは別ですけれど。わたしはぐっすり眠って、三十分前に起きるまで一度も目を覚ましませんでした。目が覚めて、隣を見ると——」夫人は身を震わせ、またしくしくと泣きだした。母親はというと、どうしてやることもできないことに、腹をたてているようだった。

「主人のベッドには全然、眠った跡がありませんでした。あの人の服は——衣装に着替える時に脱いだ、もとの服は——ベッドのそばの椅子に、主人がかけた時のままで、ありました。わたしはもうびっくりしてしまって、一階に駆け下りました。そうしたら、主人がどこにもいないのです……」

「ええと」エラリーは面食らった声で言った。「ということは、奥さんにわかるかぎりでは、ご主人はまだあの妙ちくりんな帽子屋の扮装《ふんそう》をしているってことですか？　ほかの服は？　ご主人の私服で、なくなっているものはありませんか？」

「いいえ、いいえ、服は全部ありました。ええ、あの人は死んでしまったんです。わたしには、わかります。死んだのですわ」

「ローラや、いい子だから、落ち着いて」マンスフィールド夫人は咽喉を詰まらせながら、震える声を出した。

「ああ、お母さん、わたし、怖くてたまらな——」

「さあさあ」エラリーは言った。「ヒステリーを起こさないでください。ご主人は心配事がありましたか。たとえば、仕事のこととか」

「いいえ、絶対にありません。何もかもが順調だと、つい昨日、言っていたばかりですもの。それに主人は——もともと、何があっても気に病む性格ではありませんし」

「なら、記憶喪失というわけでもないか。最近、何かショックを受けるようなことは？」

「いいえ、いいえ」

「あの衣装を着たまま、職場に行ったという可能性はまったくないんですか」

「ええ。土曜日に出勤するということは絶対にありません」

ジョナサン坊ちゃまは、丈の短い上着《イートンジャケット》の両方のポケットに両手を乱暴に突っこむと、吐き捨てるように言った。「どうせまた酔っ払ってるんだろ。いつもママを泣かせて。あんな奴、もう二度と帰ってこなけりゃいい」

「ジョナサン！」マンスフィールド夫人が叫んだ。「いますぐ自分の部屋に戻りなさい、なんて悪い子だろう、いいかい、お行き！」

誰も口をきかなかった。オウェン夫人はまださめざめと泣いている。そしてジョナサン坊ちゃまは下くちびるをうんと突き出し、悪びれることなく嫌悪をむき出しに祖母を睨みつけ、乱暴に足音をたてて、階段をあがっていった。

「奥さんはどこで最後にご主人を見たんですか」エラリーは眉間に皺を寄せた。「この部屋ですか？」

「主人の書斎です」オウェン夫人は声をやっと絞り出した。「わたしが階段をのぼっていく時に、ちょうど主人が書斎にはいっていくところが見えたんです。あのドアですわ、あそこの」

そう言いながら、図書室のドアの右側にあるドアを指さした。エラリーはびっくりした。まさにそれこそ昨夜、図書室で本を借りようとして、間違ってはいりかけたドアだったのだ。

「あなたはどうお考えなの——」カロリン・ガードナーがあのハスキーな声で言いかけて、口をつぐんだ。くちびるはかさかさで、灰色の朝の光の中では、髪はたいして赤く見えず、瞳はそれほど緑に見えない。実際、洗いすぎた洗濯もののように顔がやつれ、今回の事態に身体の中に残っていた生気という生気を奪い取られてしまったかのようだ。

「おまえは首を突っこむんじゃない、カロリン」ポール・ガードナーが荒っぽく止めた。寝不足で眼の縁が真っ赤になっている。

「まあまあ」エラリーはつぶやいた。「ウィロウズさんのおっしゃるように、実はなんでもないことを大げさに騒ぎ立てているだけかもしれませんしね。ちょっと失礼します……書斎を見てみたい」

エラリーは書斎の中にはいり、うしろ手にドアを閉めると、ドアに背中をぴったりあずけて立ちつくした。小さな部屋は狭いせいで、実際よりも細長く見える。家具はほとんどなく、いかにも仕事をするためだけの部屋という感じだ。デスクまわりはすっきりして、無遠慮でずけずけとものを言う、まわりくどいことの嫌いなリチャード・オウエンの性格を反映した、シンプルモダンな机だった。部屋は塵《ちり》ひとつなくぴかぴかだ。ここが犯罪の現場だなどと想像するのも馬鹿げている。

エラリーは長いこと室内を見つめて考えこんだ。こうして見える範囲では、おかしなところは何もない。すくなくともこの部屋に初めて来た者の眼には、余計な物が足されたようにも見えない。さまよっていた眼が、真正面の物の上でぴたりと止まった。あれはおかしいぞ……。ドアに背中をあずけているエラリーの目の前には、正面の壁の天井から床まではめこまれた一枚の鏡があった――この部屋にしては驚くほど派手な装飾品といえるだろう。エラリーのすらりとした全身と背後のドアが、輝く鏡の中にまるごと映っている。その上の方に……エラリーが寄りかかるドアの上に映っているのは、最新式の電気時計だった。灰色の光の中、文字盤は奇妙にちらちらと淡く光って見える……。エラリーはドアから離れ、振り返って見上げた。クロムスチールと縞《しま》入り大理石でできた、直径三十センチほどの丸くシンプルでよく目立つ時計がかかっている。

エラリーはドアを開け、居間で黙りこくっている一団に、いつのまにか加わっていたミランを手招きした。「脚立《きゃたつ》はあるかな?」

ミランは脚立を持ってきた。エラリーはにっこりすると、ドアをしっかりと閉め、脚立にのって時計を調べた。電源のコンセントは時計の裏の、表からは見えない場所にあった。確かめると、プラグはコンセントにささっている。時計は動いていた。時刻は――腕時計を確かめると――十分に正確だ。ここでエラリーは両手で筒を作り、できるかぎり光をさえぎるようにして、文字盤の数字と針をじっと睨んだ。もしやと思ったとおりに、どちらも夜光塗料が塗られている。手の中の暗がりでぼうっとかすかに光っていた。

エラリーは脚立をおりると、ドアを開け、ミランの手に脚立を戻し、のっそりと居間に戻った。一同はすがるようにエラリーを見上げてきた。

「それで」エミー・ウィロウズがちょっと肩をすくめた。「名探偵の先生はすべての重大な手がかりを発見したのかしら。まさかディッキー・オウェンがメドウブルックのゴルフ場で、あの帽子屋の衣装のままゴルフをしてるなんて言わないでね！」

「あの、クイーン様？」オウェン夫人は不安そうに訊ねてきた。

　エラリーは肘掛け椅子にどっかと坐ると、たばこに火をつけた。「そこの部屋には少し妙な点がありますね。奥さん、この家は家具付きで買ったんですか」

　夫人はきょとんとした。「家具付きで？　いいえ。家具はみんな、わたしたちで買いました。全部、自分たちの物を持ちこみましたわ」

「ということは、書斎のドアの真上にある電気時計も買ったんですか？」

「時計？」今度はその場の全員がエラリーをまじまじと見た。「ええ、もちろんですわ。それが何か――」

「ふうむ」エラリーは言った。「神出鬼没《しんしゅつきぼつ》の時計ですね、チェシャ猫みたいに――ちょっとルイス・キャロル風でしょう、ウィロウズさん」

「でも、あの時計がいったい何の関係があるの、リチャードの――いなくなったことと」マンスフィールド夫人が苦々しい口調で言った。

　エラリーは肩をすくめた。「わかりません《ジュ・ヌ・セ》。問題は、夜中の二時を少しまわったころ、ぼくがどうしても眠れなくて、本を借りにぶらっと階下におりてきた時のことです。暗かったので、図書室のドアと間違えて書斎のドアに近づいてしまいました。ぼくはそれを開けて、中を覗きました。しかし、何も見えなかったんです」

「だって、見えるわけないじゃありませんか、クイーンさん」ガードナー夫人が小声で言った。豊満な胸が大きく盛りあがる。「真っ暗だったんでしょう――」

「そこが妙なところでしてね」エラリーはゆっくりと言った。「真っ暗だったからこそ、ぼくは何かを見るはずだったんですよ、ガードナーさん」

「見るって何を――」

「ドアの真上の掛け時計です」

「あら、それじゃ、あなたは書斎の中にはいったの？」エミー・ウィロウズは眉を寄せてつぶやいた。「ごめんなさい、あなたの言ってることがよくわからないわ。その時計って、ドアの真上にあるんでしょ？」

「ドアの真正面に鏡があります」エラリーは、忘れていたというように説明した。「そして、真っ暗だったのに何も見えなかったというのはおかしいんですよ。だって時計は、針も文字盤の数字も夜光塗料が塗ってあるんですから。あんなに真っ暗なら、時計が光っているのが鏡の中にはっきり見えるはずだ。しかし、ぼくには見えなかった。文字どおり、何も見えなかったんですよ」

皆、すっかりまごついて黙りこんでしまった。やがてガードナーがおそるおそる小声で言った。「私にはまだわからないんですが――それはつまり、鏡の前に何か、物とか人間とかが立っていて、映っている時計を隠していたと、そういう意味ですか」

「いやいや、違う。時計があるのはドアの上です――床から二メートル以上も高い位置だ。あそこの鏡は天井に届くんですよ。部屋の中には、二メートル以上もある家具はひとつもないし、そんなのっぽの侵入者があったという可能性もまずない。だから、そうじゃないんです、ガードナーさん。ぼくが覗いた時、ドアの真上の時計がそこにはなかったとしか思えないんですよ」

「あなた」マンスフィールド夫人が冷ややかに言った。「自分で自分が何を言っているかわかっているんでしょうね。いまはうちの婿《むこ》がいなくなったことを問題にしているのでしょうに。だいたい、どうしたら時計がそこからなくなることができるんです」

エラリーは眼を閉じた。「初歩的な推理です。時計はほかの場所に移された。ぼくが覗いた時、時計はドアの上になかった。部屋の外に出たあと、戻されたんです」

「でも、いったい誰が」女優が口の中で言う。「ただの時計を壁から移動させたいなんてしょうもないことを思うの？　アリスの世界の出来事みたいにナンセンスだわ」

「それこそ」エラリーは言った。「さっきからぼくが自分に問いかけている謎ですよ。正直、ぼくにも全然わかりません」そして、眼を開けた。「そういえば、誰か、帽子屋の衣装の帽子を見た人はいませんか？」

オウェン夫人は身を震わせた。「いいえ、それも――それもなくなっています」

「というと、探されたんですか」

「ええ。もし、お探しになりたいなら、どうぞ――」

「いえいえ、奥さんの言葉を信用しますよ。それからええと、あっ、そうだ。ご主人に敵はいましたか？」エラリーはにこりとした。「平凡な質問ばかりすると思ってるでしょう、ウィロウズさん。すみませんね、あっと驚く名探偵の捜査をお目にかけられなくて」

「敵？　いいえ、絶対にいませんわ」オウェン夫人は身を震わせた。「リチャードは強引でし――強引ですが――ときどきは不愛想で傲慢《ごうまん》だと思われることもありましたけれど、でも、そんな、こ――殺そうとするほど、主人を憎んでいる人なんて」夫人はまた震えて、丸っこい肩のまわりに、絹のネグリジェをかき寄せた。

「ローラや、馬鹿なことを言うんじゃありません」マンスフィールド夫人はぴしりと言った。「まったく子供のような人たちばかりだこと！　どうせ、単純な説明のつくことに決まっています」

「たしかに」エラリーは陽気な声で言った。「たぶん、この気の滅入る天気のせいで、いろいろ考えてしまうんでしょう……あれっ！　雨はやんでますね」一同はぼんやりと窓の外に眼を向けた。皮肉なことに雨はとっくにあがって、空は明るくなってきている。「もちろん」エラリーは続けた。「可能性はいくつかあります。たとえば――可能性があるってだけですからね、奥さん――ご主人は……その、誘拐されたのかもしれない。いや、そんなに怯《おび》えた顔をしないでください。ただの仮説ですから。舞台衣装のまま姿を消したという事実は、かなり突然のことに思えます――となると、ここから――たとえば、むりやり連れ出されたのかもしれない。書置きのようなものはありませんでしたか？　でなければ、郵便受けの中に手紙は来ていませんか？　朝の配達で――」

「誘拐」オウェン夫人は弱々しく声をもらした。

「誘拐？」ガードナー夫人は息をのみ、くちびるを噛《か》んだ。けれども、その眼はきらめいていた。まるで外の空のように。

「書置きもなければ、郵便も来ていませんよ」マンスフィールド夫人はにべもなく言った。「わたくしに言わせれば、まったく馬鹿みたいな話だわ。ローラ、ここはあなたの家だけれど、母親の義務として言っておきますからね……ふたつにひとつ、どちらか好きな方を選びなさい。この問題を深刻にとらえて正規の警察に電話をかけるか、それとも、きっぱり忘れるか。わたくしは、どうせリチャードが酔っ払って――昨夜は本当に呆れるほど飲んでいましたからね――ふらふら外に出ていったと思っているわ。その辺の野原で酔い潰《つぶ》れて寝てしまって、そのうちひどい風邪をひいて帰ってくるんでしょうよ」

「ご賢察です」エラリーはゆっくり言った。「ただし、〝正規の〟警察を呼ぶってところだけはいただけませんがね、マンスフィールドさん。ご安心ください、ぼくは――ええ、そのう――警察と同等の職権を保証する許可証を持っています。ですから、警察は呼んだということにしてですね、まずは内輪でなんとかしませんか。もし――のちのち――釈明が必要な事態になったら、その時はぼくが全責任を負います。ともかく、いったんこの不愉快な事態を忘れて、しばらく待ちましょう。夜になってもオウェンさんが戻らなければ、またその時に相談しなおして、手だてを決めればいい。どうです？」

「妥当な意見だと思いますね」ガードナーはやれやれというように言った。「ちょっと失礼——」苦笑して肩をすくめた。「——いやあ、どきどきしますね！　職場に電話をかけてもいいですか、クイーンさん？」

「ええ、もちろん」

突然、オウェン夫人が頭のてっぺんから叫び声をあげ、立ち上がると、よろめきながら階段に向かった。「ジョナサンのお誕生会が！　すっかり忘れていたわ！　それに、近所の子たちを大勢、招待したのに——あの子たちにどう言えばいいの」

「そうですねえ」エラリーは気の毒そうに言った。「ジョナサン坊やの具合がよくないとでも説明してはどうですか、奥さん。辛いとは思いますが、やっていただかなければ。いかれたお茶会の芝居を見にくる予定だった子供たち全員の家に電話をかけて、奥さんから直接、お詫びをした方がいいでしょう」そう言うと、エラリーは立ち上がり、ふらりと図書室にはいっていった。

＊

空は晴れ渡り、すがすがしい太陽の光が輝いているのに、一同にとっては気の滅入る一日だった。午前中はただ時間がすり減っていくだけで、何も起きなかった。マンスフィールド夫人は娘をベッドに押しこみ、薬戸棚の大瓶のルミノールを少しすくって飲ませ、娘がぐったりと眠りの淵に落ちてしまうまで傍《かたわ》らに付き添っていた。そうしてから、老婦人は招待客全員の家に一軒一軒電話をかけて、このたびの残念なお知らせとオウェン家からのお詫びの言葉を伝えていった。うちのジョナサンがよりによってこんな時に熱を出してしまいまして……。のちに祖母から、中止になったことを聞かされたジョナサン坊ちゃまは、驚くほど健康的な悲しみの雄叫びをあげ、その吼え声に、一階の図書室のあちこちをさぐりまわっていたエラリーは背筋がぞくりとした。オウェン家の御曹司《おんぞうし》をなだめるには、マンスフィールド夫人とミランとメイドと料理女が力を合わせなければならなかった。最終的に、一枚の五ドル札が、緊迫した友好関係をどうにか修復した……。エミー・ウィロウズは静かに一日じゅう読書をして過ごしていた。ガードナー夫妻は手持ち無沙汰らしく、仕方なくふたりだけでブリッジをしていた。

昼食は実に辛気《しんき》くさいイベントとなった。皆、ひとことふたことしか喋らず、緊張した空気はいまにもちぎれんばかりに張りつめていた。

午後になると、一同は落ち着きのない亡霊のようにうろうろとさまよいだした。女優さえも、緊張の色を見せ始めた。もはや数えきれないほどたばこを吸い、際限なくカクテルをあおり、いきなりぶすっと黙りこむのだ。何の知らせも来なかった。電話が一度だけかかってきたが、それはただ地元の菓子屋が、アイスクリームのキャンセルについて文句を言ってきただけだった。エラリーは午後のほとんどを、図書室と書斎で謎の活動をして過ごした。エラリーの目的は一切秘密で、誰にもわからなかった。五時になると、エラリーは妙に血の気の失せた顔で書斎から出てきた。眉間には深い皺が刻まれている。そのままポーチに出ていき、柱に寄りかかって立ったまま、じっと考えこんでいた。砂利は乾いていた。太陽があっという間に、夜の雨を空に吸いあげてくれたのだ。エラリーが家の中に戻る時にはすでに薄暗かった。田舎の黄昏《たそがれ》は、またたきひとつするごとに闇がどんどん濃くなっていく。

家の中では誰とも出会わなかった。屋敷はしんと静まり返り、みじめな住人と滞在者はそれぞれの部屋に引きあげていた。エラリーは椅子を探した。そして両手に顔を埋め、長い間、身じろぎひとつせずに、ずっと考え続けていた。

ついに、その顔に変化が現れた。エラリーは階段の真下に行って耳を澄ました。何も聞こえない。つま先立ちで引き返すと、電話機に手をのばし、声をひそめて十五分ほどニューヨークにいる誰かと熱心に話しこんでいた。電話が終わると、エラリーは二階の自分の部屋に行った。一時間後、ほかの者が夕食をとりに一階に集まりだしたころ、エラリーはこっそり裏階段をおりて、厨房のコックにも見られずに屋敷を抜け出した。それからしばらく、庭の分厚い暗闇の中にいた。

＊

どうしてそんなことになったのか、エラリーにはまったくわからなかった。夕食がすんですぐに、エラリーはその効果を感じた。のちに思い返すと、ほかの面々もほぼ同じころに眠気をもよおしていたようだった。夕食は遅れて、火を使わずにすむ冷たいものばかりだった。オウエンの失踪のせいで、厨房の機能はすっかり狂ってしまったらしく、ほっそりした脚のメイドがコーヒーを――あとになってよく考えれば、コーヒーだったに違いない、とエラリーは確信した——運んできた時には、もう八時を過ぎていた。それから三十分もたたないうちに、眠気は襲ってきた。一同は居間でくつろぎながら、とりとめのないことを退屈しのぎにお喋りしていた。オウェン夫人は青ざめた顔で黙りこくったまま、咽喉が渇《かわ》いてしかたがないというように、コーヒーを一気に飲み、おかわりまで運ばせていた。マンスフィールド夫人だけがやたらと喧嘩腰だった。どうやら夫人は是《ぜ》が非でも警察に通報する決意を固めたようだ。ロングアイランドの地元警察、特にノートン署長を非常に信頼していて、エラリーなどというどこの馬の骨ともわからぬやからはこの問題を仕切るのに不適格である、という趣旨の嫌味を言葉のはしばしにねじこんでいた。ガードナーは落ち着きがなく、虫の居所が悪いようで、部屋の一角の小部屋《アルコーブ》でピアノをぽろんぽろんと鳴らしている。エミー・ウィロウズは切れ長の眼をした貝になってしまい、陽気さのかけらもなく、とても静かだった。ガードナー夫人はぴりぴりしていた。ジョナサン坊っちゃまは泣きわめき、ベッドに押しこまれた……

それはまるで、ふわり、ふわりと重なる雪の毛布のように、一同の頭におおいかぶさってきた。ただただ心地のよい眠気。部屋は暖かく、エラリーは自分の額に汗の玉が浮いているのを、ぼんやりと感じた。鈍った脳が、これは危ないと警告を発し始めた時には、すでに半分ほど意識を持っていかれていた。あせって立ち上がろうとして、筋肉を使おうとこころみたが、肉体は鉛のように重く、こと座のヴェガと同じくらい遠くにあるようで、自分の意識がずぶずぶと、無の中に引きずりこまれていくのを感じた。室内の光景が目の前でぐるぐるまわり、一同の表情がぼやけて見え始めた時、最後に残った意識で考えたのは、みんなして一服盛られた、ということだった……

　めまいが始まってから消えるまで、ほんの一瞬しか過ぎていない気がした。閉じたまぶたの裏で小さな点がちらちら舞い踊り、誰かが怒って額をぺちぺち叩いている気がする。眼を開けると、ぎらぎらと光る太陽が床を照らしつけていた。畜生、ひと晩じゅうか……

　うめきながら起きなおり、頭をさすった。ほかの者たちは思い思いの格好で、エラリーのまわりに寝そべり、苦しそうな息づかいで、正体なく眠りこけている――ひとりとして例外なしに。誰かが――エラリーはがんがんと痛む頭で、エミー・ウィロウズだな、とぼんやり考えた――身じろぎし、ため息をつくのが聞こえた。エラリーはなんとか立ち上がって、よろよろと移動式のバーに歩いていき、生《き》のスコッチをなみなみと注いで、ぐっと飲みほした。やがて、咽喉が焼けついたものの、気分はずいぶんよくなった。それから女優に歩み寄ると、何度も優しく小突いた。女優はやっと眼を開け、病人のような、ぼんやりした、混乱したまなざしをエラリーに向けた。

「どうしたの――いつ――」

「薬を盛られたんです」エラリーはしゃがれた声を押し出した。「ぼくたち全員が。ウィロウズさん、みんなを起こしてください、ぼくはちょっとあたりを見てきます。それと、寝たふりをしている人がいないか、見ておいてください」

　エラリーはおぼつかない足取りだったが、目的のために断固として、屋敷の奥に向かっていった。不案内な家の中、ようやく厨房を見つけた。ほっそりした脚のメイドとミランと料理女が椅子に腰かけ、キッチンテーブルの冷めたコーヒーのカップを囲むように突っ伏して、眠りこけている。エラリーは居間に引き返し、ピアノの前のガードナーを起こそうと奮闘するミス・ウィロウズにうなずいてみせると、よろよろと二階にあがり始めた。ちょっと探してすぐにジョナサン坊ちゃまの部屋は見つかった。少年はまだ眠っていた——深い自然な眠りの中、規則正しく、鼻の音をたてている。やれやれ、本当に鼻を鳴らして寝ているぞ！　唸りながら、エラリーは主寝室の洗面所を訪れた。まもなく一階におり、書斎にはいっていった。かと思うと、すぐに出てきた。その顔は急にやつれ、眼がぎょろついている。控えの間のクロゼットから自分の帽子を取ると、外の暖かな日の光の中に急いで出ていった。そして十五分ほど、庭をうろついていた。オウエンの屋敷はぐるっと立木に囲まれ、西部の牧場のように周囲から孤立しているようだ……。がっかりして厳しい顔で家の中に戻ってみると、ほかの者も皆、意識を取り戻し、怯えた子供たちのように頭をかかえて、小さな声をもらしていた。

「クイーンさん、これはいったい」ガードナーがしゃがれた声で言いかけた。

「誰だか知らないが、二階の洗面所に置いてあったルミノールを使ったんだ」エラリーは帽子を放り投げ、突然、襲ってきた頭痛に顔をしかめた。「昨日、マンスフィールドさんが娘さんを眠らせるために飲ませたやつですよ。その分を抜いた大瓶の中身がほとんどまるごと使われた。そりゃ、よく効くはずだ！　ぼくが厨房を調べてくる間、皆さん、休んでいてください。たぶんあのコーヒーだ、薬を盛られたのは」けれども、戻ってきたエラリーの表情はすぐれなかった。「成果なしです。料理担当のご婦人《マダム・ラ・キュイジネール》は一度、手洗いに行ったらしい。ミランはガレージで車の手入れをしていました。メイドはどこかに行っていたらしいが、めかしこんでいたんでしょう。というわけで、我らが睡眠薬先生はコーヒーポットの中にあの瓶の中身をほぼまるごとぶちこむ機会がいくらでもあったってことですよ。くそっ！」

「わたくしは警察に通報します！」マンスフィールド夫人がヒステリックに叫び、立ち上がろうともがき始めた。「次は、わたくしたちみんな、ベッドの中で殺されてしまうのがおちだわ！　ローラや、お母さんの言うことを聞きなさい――」

「まあまあ、マンスフィールドさん」エラリーがうんざりしたように言った。「勇ましいのも結構ですがね。あなたはむしろ厨房に行って、起きつつある反乱を鎮める方がよほど助けになります。あそこにいる女性ふたりが荷物をまとめようとしていましたよ」

マンスフィールド夫人はくちびるを嚙むと、大急ぎで飛んでいった。ほどなくして、もはやまったく優しげでない声を張りあげ、ぎゃんぎゃんと説教するのが聞こえてきた。

「でも、クイーンさん」ガードナーが抗議した。「我々は無防備のままでは――」

「子供っぽい考えかもしれないけど、わたしが知りたいのはね」エミー・ウィロウズが青ざめたくちびるを開いてゆっくりと言った。「誰が、なぜやったのかってことよ。二階のあの睡眠薬を使ったなんて……だって、考えるだけでぞっとするけど、これって、わたしたちのうちの誰かの仕業《しわざ》みたいじゃない？」

ガードナー夫人が、ひっと声をたてた。オウェン夫人は再び椅子の中に沈みこんだ。

「わたしたちのうちのひとり？」赤毛の女が吐息のような声をもらす。

エラリーは微笑んだが、その眼はまったく笑っていなかった。やがて口元から笑みが消え、控えの間の方に、さっと頭を向けた。「いまのは？」突然、鋭く言った。

一同は、恐怖にすくみあがり、振り返って目を凝らした。しかし、何も変わったものは見えなかった。エラリーはつかつかと玄関に向かって歩いていった。

「今度は何なの、どうなっているの」オウェン夫人は声を震わせた。

「音が聞こえたと思ったんですが――」エラリーは大きくドアを開け放った。朝日がさっと流れこんでくる。その時、エラリーがしゃがんでポーチから何かを拾い、立ち上がって、外をぐるっと素早く見渡すのを、一同は見た。しかし、エラリーは頭を振ると、うしろに下がって、ドアを閉めた。

「小包だ」眉を寄せて言った。「誰かがいたと思ったんだけどな……」

一同は、エラリーが両手で持っている、茶色い紙でくるんだだけの包みを、ぽかんとした顔で見つめた。「小包？」オウェン夫人は不思議そうに言った。その顔が輝いた。「まあ、きっとリチャードからだわ！」しかし、すぐにその輝きは消えて、怯えた青白い顔色に塗り潰された。「まさか、あなたの考えでは――」

「宛名は」エラリーはゆっくりと言った。「あなた宛になっています、奥さん。切手も、消印もありません、鉛筆を使って筆跡をごまかすようにブロック体で書いた宛名書きです。よろしければ、奥さん、これはぼくが開けましょう」弱々しいより糸を切って、粗末な紙包みを破った。すると、エラリーの眉間の皺がいっそう深くなった。というのも、紙包みの中には、男物の大きな靴が一足だけはいっていたからである――かかとも靴底もすり減った、茶色と白のスポーツ用の紐靴だ。

オウェン夫人は大きく眼を見開いて、ぞっとしたように小鼻をひくつかせた。「リチャードのだわ！」大きくあえいだ。そのまま気を失いかけ、椅子の中でぐったりとなった。

「本当ですか？」エラリーはつぶやいた。「興味深いな。もちろん、これはオウェンさんが金曜の夜にはいていた靴とは違う。奥さん、この靴はたしかにご主人のものなんですね？」

「なんてこと、本当に誘拐されたんだわ！」厨房から戻ってきたマンスフィールド夫人が屋敷の奥に続く戸口で声をわななかせた。「靴と一緒に手紙ははいっていないの？　それとも、ま、まさか、血……」

「靴しかはいっていませんね。しかしマンスフィールドさん、むしろこれで誘拐説は疑わしくなりましたよ。金曜の夜にオウェンさんのはいていた靴と違います。奥さん、この靴を最後に見たのはいつです」

オウェン夫人はうめいた。「つい昨日ですわ。午後に主人のクロゼットの中で。ああ――」

「ほら。わかりませんか？」エラリーは快活に言った。「きっと、昨夜、ぼくらが全員、気絶していた間にクロゼットから盗み出されたんですよ。妙に芝居がかったやりかたで返された、というわけで。いまのところはたいした実害は出ちゃいません。まあ、残念なのは」不意にまじめな声になって言い添えた。「気持ちの悪い奴が我々の中にいるってことですね」

しかし、誰も笑わなかった。ミス・ウィロウズがおかしな口調で言った。「とても変だわ。

うぅん、どうかしてるわよ、そうでしょ、クイーンさん。こんなことをする目的が全然わからないもの」

「ぼくにもわかりませんね、いまのところは。誰かがどうしようもなく頭の悪いいたずらをしかけてきたのか、それとも悪魔のように頭のいい人間が裏で何かをたくらんでいるか、そのどちらかでしょう」エラリーはまた帽子を頭にのせると、ドアに向かった。

「どこにいらっしゃるの?」ガードナー夫人が悲鳴のような声をあげた。

「ああ、ちょっと外に出て、神の青い天蓋の下で考えごとをしてきますよ。ただし、注意しておきますが」エラリーは静かに付け加えた。「これは探偵にのみ許された特権ですからね。ぼく以外の皆さんは、この家から一歩も外に出てはいけません」

一時間ほどでエラリーは帰ってきたが、何も説明をしなかった。

正午になると、ふたつ目の包みが発見された。ひとつ目と同じ茶色い紙でくるまれた、四角い包みだ。開けてみると、ボール紙の箱が出てきた。箱の中にはくしゃくしゃに丸めた薄い紙で、壊れないように隙間《すきま》を埋めて、子供が夏の湖で競争させて遊ぶ、すばらしいおもちゃの船が二隻、入れられていた。包みはミス・ウィロウズ宛になっていた。

「なんなの、これ、ますます恐ろしいことになってきたじゃない」小さな声で言うガードナー夫人のぽってりしたくちびるが震えていた。「やだ、鳥肌が立ってきたわ」

「ほんとよね、むしろ」ミス・ウィロウズがつぶやいた。「血まみれの短刀とかはいっていてくれた方が、よっぽどましよ。おもちゃの船ですって!」女優は一歩下がって、きっと眼を鋭くした。「ねえ、みんな、ちょっとこっちを見て。わたしは冗談が大好きだし、おふざけもわかる人間よ。でもね、いくら冗談でも限度ってものがあるし、今度のおいたはあまりにも趣味が悪すぎて、わたしもいいかげんうんざりなの。さ、このくだらない冗談は誰の仕業なの？」

「冗談ですむか」ガードナーは歯をむき出して怒鳴った。死体のように真っ青になっている。

「こんなもの、正気の沙汰じゃない！」

「まあまあ」エラリーはつぶやき、緑とクリーム色に塗り分けられた船をじっと見つめた。

「いがみあっても、事態は進みませんよ。奥さん、この船を見たことはありますか」

オウェン夫人はいまにも気絶しそうになりながら、とぎれとぎれに答えた。「ああ、まあ、神様。クイーンさん、こんな――だって、それは――それは、ジョナサンの船ですわ！」

エラリーは眼をぱちくりさせた。そして、階段の下に行くと、叫んだ。「ジョニー！ ちょっとおりてきてくれないか」

ジョナサン坊ちゃまは、すっかりむくれて、のろのろとおりてきた。「なにさ？」冷たい声で訊いてきた。

「こっちにおいで、坊や」ジョナサン坊ちゃまはわざと足を引きずるようにやってきた。「ここにあるきみの船を、最後に見たのはいつかな？」

「船だ！」ジョナサン坊ちゃまは頭のてっぺんから声を出し、急に元気になった。それに飛びかかると、素早くかっさらい、エラリーを睨みつけた。「ぼくの船だ！ なんでこんなところにあるのさ。ぼくの船なのに！ おまえが盗んだな！」

「こら」エラリーは顔を紅潮させた。「いい子だから。最後にこれを見たのはいつだい」

「昨日だよ！　ぼくのおもちゃ箱の中だよ！　ぼくの船なのに！　どろぼう！」ジョナサン坊ちゃまは甲高くわめくと、痩せこけた胸に船をしっかり抱きしめて、二階に走っていってしまった。

「ほぼ同じ時間帯に盗まれたわけだ」エラリーは途方に暮れたように言った。「まったく、ウィロウズさん、ぼくもあなたの意見にうなずきたい気分ですよ。ところで、奥さん、あの船を息子さんに買ってあげたのは誰ですか」

「し、主人ですわ」

「くそっ」エラリーはこの冒瀆《ぼうとく》的な言葉を神聖なる日曜日に再び口にすると、ほかに何か紛失した物がないか探すように命じて、一同を追いやった。しかし、誰も盗まれた物を見つけることはできなかった。

＊

一同が二階からおりてくると、エラリーは小さな白い封筒をためつすがめつして首をひねっているところだった。

「今度はなんです？」ガードナーは噛みつくように訊いた。

「ドアにはさんでありました」エラリーはじっと考えこんだ。「さっきは気がつかなかったな。どうもおかしい」

それは贅沢な封筒で、裏は青の封蠟《ふうろう》で留めてあり、これまでと同じ筆跡の鉛筆書きで、今度はマンスフィールド夫人宛になっている。

老婦人はいちばん手近の椅子にくずおれ、てのひらで心臓の真上を押さえた。恐怖のあまり、口もきけずにいる。

「ねえ」ガードナー夫人がハスキーな声で言った。「開けてみて」

エラリーは封筒を破った。眉間の皺が深くなった。「なんだこれ」エラリーはつぶやいた。「何もはいってないぞ!」

ガードナーは指をかじり、何やらぶつぶつ言いながらうしろを向いてしまった。ガードナー夫人は目のくらんだボクサーのように頭を振り、この日五度目に、バーに向かってよろよろ歩いていった。エミー・ウィロウズの顔つきはこれ以上ないほど険悪だった。

「あの」オウェン夫人が妙に落ち着いた声で静かに言った。「それは、母の封筒ですわ」新たなる沈黙が落ちた。

エラリーはぶつぶつと言った。「いよいよもって奇々怪々だ。ともかく、順を追って考えていかないと……。靴が難問だ。あのおもちゃの船はプレゼントという解釈もできるか。昨日は一応、ジョナサンの誕生日だし。しかし、あの船がジョナサン本人のものとなると——えらくややこしいいたずらだな……」エラリーは頭を振った。「どうも釈然としない。で、三度目のいたずらが——手紙のはいっていない封筒だ。これは、大事なのは封筒そのものってことかな。しかし、封筒の持ち主はもともとマンスフィールドさんだ。ほかには何か——ああ、封蠟か！」エラリーは封筒の裏の青い盛りあがりに顔を寄せて、しげしげと見た。いくら見ても、封印のたぐいは一切、押されていない。

「それは」オウェン夫人が再び、さっきと同じ不自然に落ち着いた口調で言いだした。「うちの封蠟だと思います、クイーンさん。書斎の」

エラリーが大急ぎでそちらに向かうと、困惑した一同もぞろぞろついていった。オウェン夫人は書斎の机に近づき、いちばん上の引き出しを開けた。

「そこにあったんですか？」エラリーがすかさず訊いた。

「ええ」答える夫人の声が震えた。「金曜にわたしがここで手紙を書いた時に使いましたもの。それなのに、どうして……」

引き出しの中に封蠟は一本もなかった。

一同がじっと引き出しを見つめていると、玄関の呼び鈴が鳴り響いた。

＊

今度は買い物かごがポーチに、かわいらしくちょこんと置いてあった。中にはぱりぱりと新鮮な、大きなキャベツがふたつはいっている。

エラリーは大声でガードナーとミランを呼び、自身は真っ先に踏み段を駆け下りていった。三人はそれぞれ手分けして、屋敷を取り囲む木々や灌木の間を探しまわった。しかし、何も見つからなかった。呼び鈴を鳴らした者も、戸口に四つ目の奇妙な贈り物としてキャベツのバスケットを陽気に残していった幽霊の姿も、どこにもなかった。まるで煙の妖《あやかし》が、その何にも触れることのできない指を一瞬だけ実体化させて、呼び鈴のボタンを押していったかのようだ。

居間の片すみでは女たちがくちびるから血の気をなくし、身を寄せあってがたがた震えている。マンスフィールド夫人はポプラの葉のようにひどく震えながらも、地元警察に電話をかけているところだった。エラリーは抗議しかけたが、肩をすくめ、くちびるを結んで買い物かごの上にかがみこんだ。

かごの持ち手には、紐で一枚の紙が結わえつけてあった。同じ筆跡の、鉛筆の殴り書きだ……〝ポール・ガードナー様へ〟

「おめでとうございます」エラリーはつぶやいた。「今回はあなたが選ばれたようですよ」

ガードナーは自分の眼が信じられないというように凝視した。「キャベツ！」

「ちょっと失礼」エラリーはそれだけ言って、立ち去った。やがて、肩をすくめながら戻ってきた。「料理女の話では、外の食料貯蔵庫の野菜かごのものだそうです。まさか野菜がなくなってるかどうかまで確かめるなんて思わなかった、となぜかぼくが馬鹿にされましたがね」

マンスフィールド夫人は、電話の向こうで状況が把握できずに困り果てた警察官に、興奮して支離滅裂《しりめつれつ》なことをわめき散らしている。やがて受話器を置いた夫人の顔は生まれたての赤ん坊のように真っ赤だった。「クイーンさん、この馬鹿げたいやらしい悪ふざけはもうたくさんですよ！」がみがみと怒鳴った。かと思うと、椅子の上にくずおれ、ヒステリックに笑いながら絶叫した。「ああ、ローラ、お母さんはね、最初っからわかってたのよ、あなたがあのけだものと結婚したのは一生の大間違いだって！」そして、狂ったように笑い続けた。

十五分後、けたたましいサイレンと共に警察が到着した。現れたのは、警察署長の階級章をつけたいかつい赤ら顔の男と、ひょろりと背の高い制服警官だった。

「ノートンです」男は短く言った。「何が起きてるんですか？」

エラリーが言った。「ああ、ノートン署長。ぼくはクイーンの息子——ニューヨーク市警のリチャード・クイーン警視の息子です。どうぞ、よろしく」

「おや！」ノートンは声をあげた。そして、厳しい顔でマンスフィールド夫人を振り返った。「マンスフィールドさん、どうしてクイーンさんがいらしていると教えてくれなかったんです。いいですか、このかたは——」

「ああ、もううんざりだわ。あなたたちみんな！」老婦人は金切声で叫んだ。「この週末が始まってからずっとくだらない、くだらない、くだらないことばかり！　最初はそこの女優とかいう女が来て、短いスカートから脚だの何だの丸出しでうろついているかと思えば、今度はこんな——こんな——」

ノートン署長は顎をさすった。「こちらにどうぞ、クイーンさん、ここなら人間らしく話しあえるでしょう。で、いったい何が起きたんです」

エラリーはため息をひとつつくと、語りだした。話が進むにつれて署長の赤ら顔はどんどん赤くなってきた。「まさか、あなたはこの騒動をまじめに受け取ってると、そういうことですか？」やっとのことで署長はがらがら声を出した。「私にはただただ、いかれてるとしか思えませんがね。オウェンさんはすっかり酔っ払って、皆さんにいたずらをしてるんですよ。まったく、こんなことをいちいちまともにとるなんて！」

「お言葉ですが」エラリーはつぶやいた。「そんなになまやさし……なんだ、いまのは？　まさか、またいたずら幽霊か――！」ノートンが唖然としているのを尻目に、エラリーは玄関に向かって駆け出た。大きくドアを引き開けると、外からは夕暮れが大波のように押し寄せてきた。ポーチには五つ目の包みがあった。今回はごく小さい包みだ。

警察官ふたりが家の外に飛び出していき、やがて懐中電灯の光がちらちらとあちこちを照らし始めた。エラリーは待ちきれないようにわななく指で包みを取りあげた。もはやすっかり見慣れた筆跡の殴り書きでガードナー夫人に宛てられている。包みの中にはまったく同じ形の物がふたつはいっていた。チェスの駒のキングだ。ひとつは白で、もうひとつは黒。

「この家で誰がチェスをしますか」エラリーはゆっくりと訊いた。

「リチャードです」オウェン夫人は甲高く叫んだ。「ああ、神様！　もうわたし、気が狂いそうだわ！」

調べてみると、リチャード・オウェンのチェスセットからふたつのキングがなくなっていた。

＊

地元の警察官たちは青い顔で、息を切らしながら戻ってきた。外では何も見つけられなかったと言う。エラリーは無言でふたつのチェスの駒をしげしげと眺めていた。

「それで、どうなんです?」ノートン署長はしょんぼりと肩を落として言った。

「それで、そうですね」エラリーは静かに言った。「ぼくは最高にすばらしいことを思いつきましたよ、ノートンさん。ちょっとこちらへ」エラリーはノートン署長を脇にひっぱっていくと、低い声で早口に話しだした。ほかの者たちはどうしていいかわからずに立ちつくしたまま、不安そうにもじもじしている。もはや誰も、自制心を保っているふりをする者はいない。一連のこれが冗談だとすれば、あまりに悪趣味すぎる。そしてすべてのうしろにはリチャード・オウェンの姿がぼんやりと透けて見えるのだ……

署長は眼をぱちぱちさせると、大きくうなずいた。「皆さん」ノートン署長は一同を振り返って短く言った。「そこの図書室にはいってください」一同はきょとんとした。「言うとおりにしなさい! 全員です。この悪ふざけはいますぐやめさせないといかん」

「でも、ノートンさん」マンスフィールド夫人は口をぱくぱくさせた。「あのいろいろな物をうちに届けてきたのは、わたくしたちの中にいるはずがありませんよ。クイーンさんもご存じのはずだもの、今日、クイーンさんの目の届かない場所に行った人はひとりも——」

「言うとおりにしてください、奥さんも」署長はぴしりとさえぎった。

一同は戸惑いつつ、ぞろぞろと図書室にはいった。制服警官が、ミランと料理女とメイドを連れて、一緒に図書室にはいってきた。誰も何も言わなかった。誰もほかの者を見ようとしなかった。時が刻一刻と過ぎていく。三十分。一時間。ドアの向こうの居間からは墓場のような静寂のみが伝わってくる。一同は緊張して耳を澄ました……

七時半になると、ドアがさっと開いて、エラリーと署長が恐ろしく不機嫌そうな顔を突き出した。「皆さん、出て」ノートンが言葉すくなに言った。「さあ、早く」

「出る？」オウェン夫人はかすれる声をもらした。「どこに？　リチャードはどこ？　何が――」

制服警官が一同を部屋の外に追い立てた。エラリーは書斎のドアに歩み寄ると、押し開けて、照明のスイッチを入れてから、一歩、脇にどいた。

「どうぞ、皆さん、この中にはいって、好きな椅子に坐ってください」エラリーは硬い声で言った。その顔は緊張し、疲れきって見えた。

一同はゆっくりと、黙って言われたとおりにした。制服警官が居間からさらに椅子を運んでくる。皆、腰をおろした。警官は、内側から閉めたドアに、ぴたりと背をつけて立った。

エラリーは抑揚《よくよう》のない声で言った。「ある意味で、これはぼくがいままで経験してきた中でもっとも驚くべき事件でした。どの角度から見ても、型破りで普通じゃない。とにかく、こんな事件にお目にかかったことは一度もありません。ウィロウズさん、あなたが金曜の夜に言った願いがかないそうですよ。あなたはこれから、犯罪者の天才的な思いつきによる、少々ひねくれた手口のひとつを、じかに目撃することになります」

「犯――」ガードナー夫人のぽってりしたくちびるが震えた。「それは、あの――犯罪があったという意味なの？」

「お静かに」ノートン署長が鋭く制した。

「そうです」エラリーは優しい口調で言った。「犯罪があったんですよ。はっきり申しあげれば――お気の毒です、奥さん――重大な犯罪がありました」

「やっぱり、リチャードはころ――」

「お気の毒です」短い沈黙が落ちた。オウェン夫人は泣こうとしなかった。涙はすでに涸《か》れ果てたようだった。「とにかく不条理でわけのわからない事件でした」ようやくエラリーは言った。「よろしいですか」ため息をついた。「事件の鍵はあの掛け時計です。あるはずの場所になかった時計、〝顔〟の見えない時計ですよ。そこの鏡に、夜光塗料を塗った時計の針が映っていなかったので、時計は壁からはずされたに違いない、とぼくが指摘したことは覚えていますね。あれはあれでひとつの、筋が通った仮説でありました。しかし、唯一の仮説ではありませんでした」

「リチャードは死んでしまったの」オウェン夫人が、ふわふわした声で不思議そうに言った。

「ガードナーさんが」エラリーは急いで続けた。「もうひとつ、別の可能性を指摘してくれました。すなわち、あの時計はそこのドアの上にかかっているけれども、物か人が鏡の前に立ちふさがっているせいで、時計が映らなかったのではないか、という仮説です。あの時ぼくは、そんなことがありえない理由を説明しましたね。しかし」そこまで言って唐突に、エラリーは背の高い鏡の前に歩いていった。「ぼくが夜光時計の針を見なかった事実を合理的に説明する仮説がもうひとつ、存在するのです。すなわち、ぼくが暗闇の中でドアを開けて、部屋の中を覗きこんで、何も見えなかった時、掛け時計はいつもの場所にあったけれども、鏡がそこになかったという場合です！」

ミス・ウィロウズは妙にさめた口調で言った。「でも、どうしてそんなことがありえるの、クイーンさん。そんなの――そんなの、馬鹿げてるわよ」

「親愛なるレディ、何ごとも、馬鹿げていると証明されないかぎりはそうではありませんよ。ぼくは自分に問いかけました。あの瞬間に鏡があそこから消えたとすれば、どうしてそんなことになったのか？　あの鏡は明らかに壁の一部だ。どう見ても、このモダンな部屋に最初から作りつけの、壁にがっちりはめこまれた姿見《すがたみ》です」ミス・ウィロウズの眼の中で何かがぎらりと光った。マンスフィールド夫人は膝の上で組んだ両手をぎゅっと握りあわせ、まっすぐ前を凝視している。オウェン夫人はくもりガラスのような眼でエラリーを見つめているが、何も見えず、何も聞こえずにいるようだ。「そうこうするうちに」エラリーはまたため息をついた。「あたかも天から降ってくる神の恵みの糧《マナ》のごとく、朝から一日じゅう、おかしな小包がぽろぽろとこの家に届き始めました。覚えていますか、ぼくは不条理でわけのわからない事件だと言ったでしょう？　当然、皆さんも一度くらいちらっと思ったんじゃありませんか、どうも何者かが、事件の秘密にぼくらを導こうと必死にヒントを出しているみたいだぞ、と」

「私たちを導こうと――」ガードナーは眉をしかめて言いかけた。

「そのとおりです。では、奥さん」エラリーはオウェン夫人に優しく、そっと呼びかけた。「第一の包みは奥さん宛でしたね。中身はなんでしたか？」夫人は無表情でエラリーをじっと見返した。思わずぞっとするような沈黙が落ちた。マンスフィールド夫人がいきなり、まるで幼い子供を注意するように、自分の娘を揺さぶった。オウェン夫人はびっくりした顔になったが、ふわふわと曖昧《あいまい》に微笑んだ。エラリーは質問を繰り返した。

するとオウェン夫人は、むしろほがらかな口調ではきはきと答えた。「リチャードのスポーツ用の紐靴ですわ」

エラリーは一瞬、たじろいだ。「ひとことで言えば、〝靴《シューズ》〟ですね。では、ウィロウズさん」すると、女優は興味がなさそうだったわりに、いくぶん、身をこわばらせた。「第二の包みはあなた宛だった。中身はなんでしたか」

「ジョナサンのおもちゃの船がふたつよ」女優は小さく答えた。

「やはりひとことで言えば――〝船《シップス》〟です。次にマンスフィールドさん、第三の包みはあなた宛でした。何がはいっていましたか、正確にお願いします」

「何もはいっていませんでしたよ」老婦人は、ふん、と頭をあげた。「わたくしはまだ、あなたのしていることが馬鹿馬鹿しいたわごとだと思っていますよ。わからないのかしら、あなたのせいでわたくしの娘が――ここにいる全員が――頭がおかしくなりそうだって。ノートンさん、いいかげんにこの茶番をやめさせてちょうだい。リチャードの身に何が起きたのかをご存じなら、もったいをつけないでさっさと教えて！」

「質問に答えてください」ノートン署長は厳しい顔で言った。

「あらそう」老婦人はむっとした顔で言い返した。「馬鹿げた封筒がひとつですよ、からっぽで、うちの封蠟で封をしてある」

「それもまたひとことで言えば」エラリーがゆっくりと言った。「〝封蠟《シーリングワックス》〟ですね。では、ガードナーさん、あなたには実に風変わりな第四の贈り物が届きました。それは――?」

「キャベツ《キャベジ》だよ」ガードナーはにやにやしながら答えた。

「〝キャベツ《キャベジズ》〟、複数形です。正確に願います。ふたつあったでしょう。そして最後にガードナーさんの奥さん。あなたは何を受け取りましたか?」

「チェスの駒がふたつでした」夫人は小さな声で答えた。

「違う違う。ただの駒じゃありませんよ、奥さん。ふたつの〝キング《キングズ》〟です」エラリーの銀色の眼がきらめいた。「言い換えれば、我々に届けられた贈り物を順番どおりに並べると……」

エラリーはそこで言葉を切り、一同を見てから、穏やかな声で続けた。「〝靴だの、船だの、封《オブ・シューズ・アンド・シップ》蠟だの、それからキャベツだの、王様だの《ス・アンド・シーリングワックス・オブ・キャベジズ・アンド・キングズ》〟」

＊

なんとも言えない、とてつもなく異様な沈黙が落ちた。不意にエミー・ウィロウズがあえいだ。「『セイウチと大工』の詩だわ。『不思議の国のアリス』の!」

「ウィロウズさん、あなたともあろう人がなんてことを言うんです。トゥイードルディーによるセイウチの詩の暗唱は、正確にはキャロルの二部作のどこにありますか」

わくわくして話を聞いている女優の顔に、わかった、というまばゆい光がぱあっと広がった。

「『鏡を通り抜けて《スルー・ザ・ルッキンググラス》（邦題『鏡の国のアリス』）』ね!」

「『鏡を通り抜けて』ですね」エラリーはいまにも破裂しそうな沈黙の中、つぶやいた。「では、それに続く副題をご存じですか？」

はっとしたような口調で女優は答えた。「『そこでアリスが見つけたもの』」

「完璧なお答えです、ウィロウズさん。つまり我々は包みの送り主から、鏡を通り抜けるように指示された。そうすれば、鏡の向こう側に、リチャード・オウェンの失踪に関係する何かが見つかるだろう、と。ね、どうです、おもしろい考えでしょう？」エラリーはぐいと身を乗り出して、きびきびと言った。「ここで、ぼくの最初の一連の推理に立ち戻ります。ぼくは、夜光時計の針が映らなかったのは、鏡がそこになかったからではないか、と言いましたよね。しかし、壁そのものはしっかりしていますから、この鏡そのものが動くようになっているに違いありません。そんなことが可能だろうか？　昨日、ぼくは二時間かけてこのミラーの秘密を突き止めました——それとも、こう言う方がふさわしいかな……ルッキンググラスと？」一同の眼は恐ろしそうに、壁にはめこまれた背の高い鏡を見た。鏡は電球の光をきらきらと跳ね返している。「そして、この秘密を発見し、〝鏡を通り抜けて〟その先を覗いたアリスこと、ぼくが——あまりかわいらしくないアリスですみませんね！——何を見つけたと思いますか」

誰も答えなかった。

エラリーは素早く鏡の前に行き、つま先立ちになって何かに触った。すると、鏡全体に変化が起きた。蝶番《ちょうつがい》がついているように、それは前に動いてきた。エラリーは指をかぎのように曲げて隙間に差し入れ、ひっぱった。鏡はまるでドアのように大きく前に開いて、そのうしろにあった奥行きの浅いクロゼットのような穴がぽっかりと空いた。

女たちがきゃーっと悲鳴をあげて、眼をおおった。

硬直した帽子屋の、まぎれもないリチャード・オウェンの顔が一同をぎろりと見ていた——死んだ、恐ろしい、不吉なまなざしで。

ポール・ガードナーがよろよろと立ち上がり、息を詰まらせて、自分の襟元《えりもと》をひっぱった。目玉が顔から飛び出しそうになっている。「お、お、オウェン」ガードナーはあえいだ。「オウエン。あいつがここにいるはずがない。う、埋めたんだぞ、私がこの手で、屋敷の裏の林にある大岩の下に。そんな、そんな」そして、ぞっとするような笑顔になると、くるりと白目をむいて、気絶し、床に倒れた。

エラリーはため息をついた。「もういいよ、デ・ヴェア」とたんに帽子屋が動きだし、その顔は魔法が解けるように、リチャード・オウェンとは似ても似つかない顔に変わった。「出てきていいよ。彫像役者、一世一代の名演技だったな。ぼくの策略どおりに万事うまくいってくれた。ノートン署長、そこに転がってるのが、あなたの求める男です。ガードナー夫人を取り調べれば、そこそこ前からオウェンの愛人だったことがわかるでしょう。どうやらガードナーはそれに気づいて、オウェンを殺したんですね。あっ、危ない——その女も気絶しそうだ！」

＊

「わたしがどうしてもわからないのは」その夜遅く、ジャマイカ地区行きの鈍行列車の中でも、ペンシルヴェニア行きの特急列車の中でも、エラリー・クイーン君と隣り合わせに坐っていたエミー・ウィロウズは、長い沈黙のあと、ぼそぼそと言いだした。「それは――」と言ったところで、女優は困ったように口ごもった。「わからないことだらけだわ、クイーンさん」

「ごく単純な事件でしたよ」エラリーは窓の外を飛び去っていく、真っ暗な田舎の風景を見ながら、もう興味をなくしたような口調で答えた。

「でも、あの人は誰なの――デ・ヴェアっていう人は？」

「ああ、あいつですか！　ぼくの知り合いの、ええと、ちょうど〝スケジュールの空いていた〟役者です。芝居にも出てるんですけどね――性格俳優としてちょこちょこ。あなたはご存じないでしょうけど。つまりですね、ぼくの推理であの鏡が怪しいという結論に達して、あれを調べてようやく秘密を発見し、鏡を開いてみたら、帽子屋の扮装をしたオウェンの死体が倒れているのを見つけたわけですが――」

女優は身震いした。「わたしの好みよりずいぶん生々しすぎるお芝居ね。あなたはどうしてすぐに、発見したことを発表しなかったの？」

「それで何が得られますか。殺人犯を特定する証拠はかけらもなかった。ぼくは犯人にぼろを出させる計画を練る時間が欲しかったんです。それで死体をあそこに残して――」

「あなた、そんな涼しい顔をして、ガードナーが犯人だと最初から知ってたと言うつもり？」

女優は、まったく信じられないという口調で詰め寄った。

エラリーは肩をすくめた。「当然ですよ。オウェン夫妻はあの屋敷に住み始めてひと月もたっていません。あの隠し戸棚のばねはびっくりするほどうまく隠してありました。ああいう仕掛けがあるとわかっていて探さないかぎり、絶対に見つけられなかったでしょう。しかし、ぼくは金曜の夜にオウェン自身がその口で、〝こんなこともあろうかと〟考えてガードナーがこの屋敷を設計したと言ったのを思い出しました。それで、ぴんときたんです。あんな隠し戸棚の秘密を知ってるなんて、設計した人間のほかに誰がいますか。ガードナーがあんな隠し扉を設計するどころか、実際に作るまでした理由は知りませんよ。建築家としてのちょっとした遊び心だったんですかね。ともかく、条件に合うのはガードナーに違いなかった」エラリーは客車の埃《ほこり》っぽい天井を見上げて何やら考えているようだった。「今回の犯行の過程はごく簡単に再構築できます。金曜の夜にみんなが寝室に引きあげたあと、ガードナーはオウェンと、自分の妻のことで話をつけるために一階におりていったんですよ――あのガードナー夫人ってのは、ぼくがいままでお目にかかったうちでも一、二を争う危険な妖婦ですね。そして、男ふたりは口論になった。この時、ガードナーがオウェンを殺してしまいます。おそらく殺す気はなく、まったくの事故だったのでしょう。ガードナーがまず考えたのは死体を隠すことでした。金曜の夜はあのひどい土砂降りでしたから、寝間着を濡らさずに外に死体を運び出すことは不可能です。その時、鏡の裏の隠し戸棚のことを思い出したんですよ。とりあえずあそこに隠しておけば安全だ。雨がやんでぬかるみが乾いたら、死体を運び出して、永遠の隠し場所の墓穴を掘るなりなんなりすればいいじゃないか……。ガードナーが死体を隠し戸棚に押しこんでいる最中に、ぼくが書斎のドアを開けたんです。それでぼくは鏡に映った夜光時計を見なかった。そのあと、ぼくが図書室の中にいる間に、ガードナーは鏡の扉を閉めて、二階に素早く逃げていきました。ところが、ぼくが意外と早く出てきてしまったので、ガードナーは開きなおって姿を現すことにします。あまつさえ、階段をあがっていったぼくを〝オウェン〟だと勘違いしたふりまでやってのけましたよ。

　ともあれ、土曜の夜、ガードナーはぼくら全員に睡眠薬を盛って、その間に死体を運び出して埋め、また部屋に戻って自分だけ不自然に思われないように、睡眠薬を飲んだわけです。ぼくが土曜の昼間のうちに、鏡の裏の死体を見つけていたことにガードナーは気づかなかったんですよ。日曜の朝、死体がなくなっていたのを見て、ぼくは当然、睡眠薬が盛られた理由に気づきました。ガードナーは、誰も知らない場所に死体を埋めることで――当人の知るかぎりでは、殺人が起きた事実を示す手がかりひとつ残さずに――いかなる殺人事件においても最重要な証拠物件……すなわち、罪体《コーパス・デリクタイ》を葬り去ったのです……。ぼくは隙を見てデ・ヴェアに電話をかけ、やるべきことを指示しました。それで、デ・ヴェアはどこかでアリスの帽子屋の衣装を掘り出してきて、とある劇場の事務所でオウェンの写真をうまいこと手に入れてから、ここに来たんです……。ノートンの部下があなたがたを図書室に押しこめていた間に、ぼくとノートンで、デ・ヴェアをあの隠し戸棚に入れました。おわかりでしょうが、ぼくは不安の極限状態を作りあげなければならなかった。ガードナーの抵抗する気力をくじいて、泥を吐かせるために。どんな手を使ってでも、死体を隠した場所を自白させなければならなかった。隠し場所を知っていたのはあの男だけです。結果、うまくいきました」

女優は聡《さと》い眼の端からエラリーをしげしげと眺めた。エラリーは落ち着かない様子でため息をつくと、向かいの座席にのせられた、女優のすらりと細い脚から目をそらした。「でも、いちばんわからないのは」エミーは愛らしく眉を寄せて言った。「あのものすごく気持ちの悪い、たくさんの小包よ。いったい、あれを送ってきたのは誰？」

エラリーは長いこと答えなかった。やがて、列車のかたんかたんという音にかろうじてまぎれない程度の小さな声で、眠そうに言った。「本当のところ、あなたなんですよ」

「わたし？」女優はすっかり驚いて、ぽかんと口を開けた。

「まあ、言ってみれば、という話ですが」エラリーはつぶやきながら、眼を閉じた。「ジョナサン坊やの誕生祝いに〈アリス〉の〝いかれたお茶会〟のシーンを演じてやろうというあなたの思いつき――敬愛するドジソン（ルイス・キャロルの本名）の精神そのものですね――それが、ぼくの脳味噌の想像力の連鎖をどんどん引き出してくれたわけです。単に、あの隠し戸棚を開けて、オウェンの死体があったぞ、と言ったり、デ・ヴェアにオウェンの芝居をさせたりするくらいじゃ足りなかった。先に、ガードナーの精神状態の下ごしらえをしておかなければならなかったんです。まずは、謎でまごつかせてから、やがてあの贈り物が暗示している方向の先に何があるのか、本人に気づかせなければならなかった……で、ぼくは腕によりをかけて拷問してやったというわけです。どうもぼくはこういうことに目がなくて。それはともかく、簡単な仕事でしたよ。父の警視に電話をかけると、ヴェリー部長刑事をよこしてくれたので、ぼくは屋敷じゅうから盗んでまわって家の裏手の林に隠しておいた品物を、善良なるヴェリーに託して……

あとの作業は部長が全部やってくれましたからね、梱包したり、届けたり」

女優は居住まいを正すと、厳しいまなざしでぴしりとエラリーを見据えた。「ミスター・クイーン！　それがりっぱな探偵の業界における公明正大なやりかたなの？」

エラリーは眠そうな顔でにやりとした。「どうしてもやらなければならなかったんです。劇的効果ですよ、ウィロウズさん。あなたなら理解してくださるはずだ。殺人犯を、犯人自身が理解できないもので取り囲み、混乱させ、心理的に滅多《めった》打ちにしてふらふらになったところに、ノックアウトのパンチを繰り出し、とどめの一撃《パンチドランク》……。ああ、我《われ》ながら惚れ惚れするほど頭がいいですよ、ぼくって奴は、まったく」

エミーがそんなにも長いこと、そんなにも無言で、そんなにもかすかにその少年のような顔を歪《ゆが》めて、じっと見つめてくるものだから、エラリーは不本意ながら頬に血がのぼってくるのを感じて、居心地悪くもじもじと身体を動かした。「ところで、お嬢さん」わざと軽やかに声をかけた。「そのピーターパンのようなお顔に、あなたらしからぬ、いやらしい表情をもたらしたのは何なのか、お訊ねしてもよろしいですか？　ご気分がすぐれないのですか？　どこか具合でも？　どんな気分です？」

「アリスの台詞《せりふ》じゃないけど」女優は前よりもエラリーに寄りかかりながら、優しく答えた。「ますますへんてこりん、よ《キュリアサー・アンド・キュリアサー》」

黄色いなめくじ

H・C・ベイリー
宇野利泰 訳

The Yellow Slug　一九三五年
レジー・フォーチュンを主人公にした推理短編をH・C・ベイリー Henry Christopher Bailey (1876.2.1-1961.3.24) はいくつ書いただろう？　ドイルのホームズ物は五十六編、チエスタトンのブラウン神父物は五十三編、ところがフォーチュンはこれを上回る八十四編の作品に登場している。フォーチュン物には嬰児殺しなどの陰惨な短編が少なくないが、本編も子供の異常心理を主題にした「奇妙な味」の作品である。質量ともに、フォーチュン物の代表的傑作といえる。

大型の乗用車は、けばけばしい葬式の行列が前につかえて、いっこうに進むことができなかった。葬列は、道の中央をいっぱいに塞《ふさ》いで、長々とつづいていた。その両側では、荷車の群れが、これもおなじように、身動きできぬほどひしめきあっていた。フォーチュン氏は、観念して目をとじた。

しばらくして、目を開いたとき、彼の車は、次の葬列を追い抜くところだった。先頭の自動車が、彼の車と並行して走っていた。運転台のわきを見ると、赤ん坊のと思われる白木の棺が、小さくぽつんと置いてあった。この道は、ブレイニイ共同墓地に通じているのだった……

二マイルばかりのあいだ、狭い道路の両側に、貧弱そのもののような店舗が、いまにも前にのめりそうな格好でつづいている。ところどころの四つ角で、横町がのぞくのを見ると、もっと薄汚い長屋が並んでいた。これにくらべれば、表通りのほうが、まだいくらかましかもしれない。

街並みが切れると、ブレイニイの共有地になる。自動車は、急にスピードを早めた。禿《は》げちょろけた芝生《しばふ》と、剝《む》き出しの砂地。濁った池のほとりには、いじけた喬木《きょうぼく》がまばらに生えている……自動車は、煉瓦《れんが》作りの貧相な建物の前にとまった。むかしからある施療病院である。

石炭酸のにおいが鼻をつく玄関に立つと、ベル警視が顔を出した。

「呼んだそうだが、用件というのは？」

「女の子のほうも、まだ息はあるんです。ふたりとも、どうやら助かるらしいのです」

フォーチュン氏は共同病室に案内された。衝立《ついたて》で仕切られた奥のベッドに、少女がひとり眠っていた。

顔は赤ん坊のようにまん丸だが、すっかり色が蒼《あお》ざめて、不健康なむくみとしか思えない。七月の空気が、堪えられぬくらいに蒸し暑いのに、厚いふとんを首まで掛けて、それでいて、少女の皮膚には、まるで血の気というものが見られない。死んだように眠ったままだった……

レジー・フォーチュンは、そのそばに腰をおろした。手をそっと、ベッドのなかに入れて……脈をきき瞳孔《どうこう》を診《み》た。

診察を終えて立ちあがると、看護婦が扉口《とぐち》までついてきた。

「いくつなんだね、あの子は？」フォーチュン氏はこごえできいた。

「それが、よくはわたしにもわかりません。七つか八つに見えるんですが、ちっともからだに、しまりがありません。それに、ここへ連れてこられたときでも、まるで赤ん坊みたいに、片言だけしかしゃべれませんでした。五つぐらいじゃないでしょうか」

レジーはうなずいて、

「そうらしいな。まあ、いい。次のを見よう」

彼は共同病室を出て、小さな病室へはいっていった。医師と看護婦とが、ベッドを見守っていた。

少年が横たわっていた。からだをひっきりなしに動かしては、うめき声をあげている。そのあいだに、絶えず譫言《うわごと》をもらしていた。

医師は、顔をあげてレジーを見た。

「ごらんのとおり、まだしきりに譫言をいっています。かつぎ込まれたときは、ぜんぜん意識がありませんので、危険かとも思いましたが、とりあえずモルヒネを注射しておきました」

おだやかなレジーの顔が急に厳しい表情に変わったので、医師ははっとしたように口をつぐんだ。が、レジーは、何ごともなかったようにうなずいて、そのままベッドに近づいていった……

少年は、大きないびきをかいていた。痩《や》せた片腕を、乱れた髪の毛の上にすっと伸ばして、憔《こ》けた頬《ほお》にわずかばかり血の気がさしていた。汗が玉になって、上唇と眉毛のあたりに吹き出して――醜い眉ではなかった。栄養がたりないのを、こうまでまざまざと示してさえいなければ、そう不快を感じさせる顔立ちでもない。しかし、もちろん子どもの顔ではなかった――激しい感情といじけた欲望が、そのまま露骨《ろこつ》に凍りついた顔だった。

レジーは、ふとんの下に手を入れてみた……痛々しいくらい衰弱したからだが、裸のままで横たわっていた……レジーは立ちあがった。その顔は、冷酷なくらい無感動に沈んでいた。

病室を出ると、医師は心配そうにきいた。

「いかがでしたか、私の処置は――」

「モルヒネの注射かね? けっこうでしょう。ときに、きみの診断は?」

若い医師は、フォーチュン氏の冷たい凝視《ぎようし》を浴びて、いっそうどぎまぎしながらも答えた。

「最初に、ご診察願えればよかったんですが、もう間もなく、意識を回復すると思います――一種の、ヒステリイ性発作なんです。栄養不良から来る神経過敏――いつ何をしでかすかわからんといったタイプです」

「そうらしいね。いくつかね?」

「それが、判断つきかねるんです。譫言だけ耳にしているぶんには、相当ませて聞こえるんです。むずかしい言葉を、それは達者にしゃべりましてね。聖書の文句まで飛び出しますんです。十二歳ぐらいに思えますが、本当は十歳、ひょっとすると、八つそこそこかも知れません。発育状態が全然バランスを欠いてるんです。病的なんですね」

「そうらしいね」レジーはこごえで答えている。「しかし、なんとかして、助けんことには――」

「じっさい、かわいそうな子ですよ」医師もいった。

装飾のなにもない殺風景な待合室で、レジーはベル警視に向かい合っていた。ベルは不安そうな顔で、

「どうでしょう、先生?」

「事件に出来ぬこともないな。証拠によってはね」

「いやなもんですな、子どもの事件というのは――残酷に感じますよ」

「ほかの証拠は？」

レジーは、気のすすまぬような声でいった。ベル警視は、彼の冷静な顔をあらためて見返しながら、

「証拠ですか？　たくさんあることはあるんです」


舞台はブレイニイの共有地に移る。そこに散在する、いくつかの池のひとつ――そのほとりに、この話の主人公である少年が住んでいた。話はすこし以前にさかのぼるが、警察当局が、エディ・ヒルというその少年に、その後ずっと注意をはらうようになった事件が起きた。発見したのは、共有地の番人のひとりだった。池は、子どもたちが、玩具《おもちゃ》の舟を浮かべて遊ぶのに、手ごろな場所だった。

エディ・ヒルには、ボートは買えなかった。朝のうちは池のほとりを歩きまわって、ほかの子どもたちが、ボートで遊び興じているのをながめていた。おひるになって、子どもたちが食事に帰る時刻になった。ちょうどそのとき、風がなかったので、池の真ん中に停止したきり動かぬのが一艘《そう》あった。

一時間ほどのち、番人は、エディ・ヒルが池のなかにはいっていくのを見ていた。エディはそのまま姿を消した。子どもたちが、食事から戻ってみると、先刻のボートがなくなっていた。幼い持ち主は、泣きじゃくりながら番人に訴えた。番人は、気をつけてさがしてやるから泣く

のじゃないと慰めた。そして、その数日後、エディ・ヒルと妹のベッシイがやはりおなじ共有地で、えにしだの茂みに隠れて、盗んだボートを玩具に遊んでいるのを発見した。番人はボートを取りあげて、ふたりの母親を呼んで注意した。彼女は、吐言《こごと》をいって聞かせますからとあやまった。

彼らの母親というのは、小さな雑貨屋をやっていた。母親が、最初の夫と結婚したのは、もうかれこれ十年以上になるが、それ以後ずっとそこに住んでいた。近所づきあいもよく、日曜ごとの教会通いも怠らぬし――二度目の夫のブライトマンも、似た者夫婦の働き者で、信仰には、細君以上に熱心だった。

学校の教師たちも、エディとその妹に、べつに悪い感じをもっているわけでもなかった。ことにエディは、明朗すぎるくらい快活で、ただちょっと夢見がちで、投げやりなところのあるのが欠点だった。妹のほうは、かなり知能が遅れた感じだったが、とにかくふたりとも、ほかの子どもたちよりもむしろ行儀はよいくらいだった。

「よく調べてあるね」レジーは低い声でいった。「きょう一日で、それだけわかったのかね?」

「いや、いや。記録が取ってあったんです」ベルは答えた。「ほかの事件の調書なんですが――」

「ほほう。すると、前科があったとでもいうのかね。それはぜひ聞かせてもらわねば――」

もうひとつの事件というのは、日曜学校の午後、授業が終わると、エディ・ヒルも仲間の生徒たちといっしょに、教会堂の清掃をしていた。すると、その掃除の最中、急に牧師が会堂にはいってきた。そしてそのとき、エディが献金箱を手にしているのを発見した。教区委員たちから集めた、学校施設への醵金《きょきん》を入れたものだった。

エディには、それを手にする必要はなかった。むろん権利もなかった。それだのに、彼のそばのベンチには、銅貨が何枚かと、六ペンス銀貨とが載っていた。エディは金を持っているはずがなかった。牧師たちに調べられて、箱をさかさにふるって、抜き出したところだと白状した。妹はそばで、罪の恐ろしさに震えていた。

牧師は彼を警察へ連れていって、窃盗罪《せっとうざい》で訴えた。

「ずいぶん厳しいひとだな」

レジーはつぶやいた。

「すこし苛酷すぎるようですが、まえまえから、献金箱に盗難があるので、気をつけていたところなんです。母親が駆けつけて、泣いて頼んだが許されずに、そのまま少年裁判所に送られました。フォーチュンさん。先生には、あそこの空気を説明するまでもありませんが、判事はおだやかに、それこそ慈父のように温かい言葉で、よく言い聞かせてやったはずです」

「どんなことをいったんだね？——そんな大それたことをして、おまえ、恐ろしいとは思わぬのか。母親を悲しみのどん底に沈め、頭髪を一本残らず真っ白にさせ、それで墓場に追いやることになるんだぞ。この世では、不良児とののしられ、死んだのちも、地獄に落ちるんだ——そんな言葉を使ったのだろうな」

「さあ、どうでしょうかね。一度、似たような事件で、ほかの子どもが訓戒《くんかい》を食っているのを聞いたことがありますが、ずいぶん念入りなお説教でした。エディの場合は、とびきり念入りだったでしょうね。でも、当然のことですよ。教会堂の献金箱に手をつけるなんて、罰当たりのことですからね。それにしても、地獄なんてことまでいったでしょうか？」

「ぼくがいったわけじゃないから、はっきりわからんが、それでもきょう、あの子どもが、地獄——地獄と口走っているそうだから、きっとそのときの訓戒で、頭にしみこんだのだと思うよ。同時にまたそれで、けさの事件も、あの子どもの仕業《しわざ》と見当がつくのだ。証拠は、これだけで充分。あとは、なぜそんな恐ろしいことをしたか、その原因を探るだけだ」

「とにかく、子どもの事件っていうのは、いやなものですよ」ベル警視は、暗い顔つきでいった。「子どもってものは、ときどき大人《おとな》以上に、それこそ、人間わざとは思えぬほど、冷酷無残なまねをするものです。根性のねじくれた子どもにぶつかってごらんなさい。それは聞いただけで、身震いのでるような恐ろしいことをやるものです——できれば、現実に犯罪をするのをまたないでも、そういった子どもには、あらかじめ訓戒を与えておくべきですな」

「そうとも、きみのいうとおりだ。ぼくもそれを望んでいるよ。で、それから？」

そういって彼は、警視の話を促した。その言葉のうちには、妙に気持ちがじりじりするのを抑えきれぬような、激しすぎるくらいの調子がこもっていた。ベル警視はびっくりして、彼を見あげた。

「で、それから、けさの事件にうつります。大略は、さきほど電話でお話ししたとおりですが、その後はいった詳しい情報によりますと、こういうことになるんです。けさ早くエディは妹を連れて、村の共有地に姿を現わした。番人は、このまえの事件以来、この子を見ると、できるだけ気をつけるようにしていました。けさも、このふたりは、べつにどこへ行くわけでもなく、ただぶらぶらと、大池のほうへ歩いていきました。だいたいこういった異常児は、どれもみな、はっきりした意志をもたぬ、その場その場の気まぐれで動くものですが、エディもやはり、そのくちでした。この大池は、子どもの遊ぶような場所じゃありません。底知れぬほど水が深くて、子どもが泳ぐのは危険でした。犬に水を浴びさせるとか、釣りでもするくらいが関の山なんです。それに、朝がよほど早かったとみえて、あたりにはぜんぜん人影もなかったそうです。

エディとベッシイは土手を歩いていきました。ようすを見ていた者の話によりますと、妹がしきりに泣きじゃくるのを、エディはしかりつけながら歩いていたそうです。そのうちに、兄は妹を、いきなりどんと池に突き落として、自分もじゃぶじゃぶあとからはいっていったといいます。

見ていた番人は、いそいで草刈りの農夫と、救命袋を棚からおろして、子どものいるあたりにほうりこみました。が、エディはそれにさわろうともせずに妹の手を引っ張って、ぐんぐんと先へ進んでいくのでした。ふたりとももう足がつかぬとみえていったん沈んで、また浮かび上がりました。番人は、飛び込んで救いあげようとしました。少女はもう意識を失っていましたが、エディはそれでも、抵抗するような格好をみせていたそうです」

ベル警視は、そこで言葉を切って、聞き手の顔をうかがった。しかし、レジーは何もいわな

かった。顔には、意見らしいものも、感情らしいものも、なにひとつ浮かんでいなかった。警視はさらに話をつづけて、

「ご承知でしょうが、水難救助ってのはむずかしいものです。うっかりすると、救助者のほうが危険になって、はっとするような場合が、たびたびあるものです。とにかく、そのときは無事に助けあげることができました。で、問題は、なぜ兄が妹を投げこんだかなのですが——子どもたちは、ふざけたりしているうちに、急にはずみで、ひどい乱暴をすることがないともいえないのです。やってしまってから、そこは子どものことで、あわてて騒ぎたてるのだが、もう間に合わない……」

ここでまたベル警視は、相手の冷静すぎる無感動な顔が気になってならぬように、見あげてみたが、

「ですから、それだけのことなら、先生にわざわざお越しを願うこともないのです。気になりましたのは、救いあげられてからの、あの子どもの行動なんです。妹は意識を失っている。番人は、人工呼吸をはじめた。すると、あの子は叫ぶのでした——そんなことをしちゃいけない。ベッシイは死んだんだ。死なせなきゃいけないんだ！

番人は驚いてきいたそうです。——なんだおまえ、妹を殺したのか？　するとあの子は答えました——そうだよ。殺したいんだ。死なせなきゃならないんだ。

そういっては、暴れまわるんです。農夫とふたりして抑えつけたんですが、あの子は夢中で身もだえして、妹が生きかえったら、自分といっしょに地獄へ落ちなきゃなんない。どうした

って、死なせてやるんだ――そう叫びつづけていたそうです。番人たちは、あの子を署に運びこみましたが、みちみち、聖書の文句を口走ったり、地獄へ落ちて責めさいなまれるさまをわめきちらしたりして、それはもう大騒ぎだったそうです」

「変わった事件だな」レジーはつぶやくようにいった。「地獄の責苦って、具体的にどんなことをいいました」

「わたしは聞いていませんが、聞いてるほうが、恐ろしくなるようなようすだったそうです。でも、具体的にどんなことを口走ったかというと、むろん、とりとめのないことばかりです。なにか、いつまでも死なない蛆虫《うじむし》のことをしゃべっていたといいます――フォーチュンさん。まるで嘘《うそ》のような、こんなおかしい話がありますか?」

「いや、ありえないことでもないね」

「それにしても、少年はずいぶんかぼそそうにみえるんだが、よくあれで、妹を水のなかへ引きずりこめましたね」

「たしかに、そこが重大ポイントだな。ふたりとも健康状態は病的なんだ。少女は明らかに栄養不良。少年の精神は不健全な発達状態。しかし、あのひ弱なからだでも、いざとなって、気持ちを緊張させると、それくらいのことは実行できるものなのだ。精神力だけでも、それくらいのことは、けっこうやりとげられるんだよ」

警視はふとい息を吐いて、

「やはり意識してやったんでしょうか。ちょっと、見方が冷酷すぎるように思われますが――」

「それ以外に、考えようはなさそうだな」

レジーはつぶやいた。ベル警視は、不愉快そうにからだを動かしていた。こうした冷酷な判断を下すフォーチュン氏を、これまでも二、三度見たことがある。非情で、無慈悲で、他人の秘密を平気であばきたてている彼の姿を——しかし、それが腹からの彼の姿とも思ってはいなかった。

レジーは、あらためて椅子にくつろいで、語り出した——警視の形容によれば、（彼のいちばんきらいな批評であるが）教壇からの講義口調で語りはじめたのだ。

「このばあい、いろいろな理由が考えられる。いちばん表面的な考え方は、少年はたんなる早熟な不良。自分の犯した罪を妹に知られたので、その告げ口を恐れて溺《おぼ》れさせた。大人でもやりかねないことだが、少年犯罪にはとくによく見るところなんだ」

「そうですな」ベル警視はうなずいて、「しかし、それにしても、妹を殺そうとまで思いこむのは、よっぽどひどい悪事をやったんでしょうね？」

「それはわからない。しかし、彼はすでに、盗みを犯している。しかも、二度までもだ——それぞれ歴然たる証拠であきらかにされている。ただ、当局が不憫《ふびん》と思ってくれたので、処罰されずにすんだまでのことだ。こんどもそれだけの斟酌《しんしゃく》はしてやってもいいのだろうが、本人自身のほうで、盗みを働いたことを自責して、ひどく苦にやんでいるようすだ——これが、けさの事件の原因だろうね」

「なるほど、そう考えるのが至当のようですな」

「そうなんだ。彼にとっては救いはないのだ。妹を殺す気になったのも、罪の意識におびえたからだ。そう解釈してまちがいないと思う。しかし、まだほかにも、考えようがあることはある。あの少年は、神経がすっかり破壊されているのだ。肉体的にも、知能的にも、そしてまた精神的にも、不健全の標本みたいなものだ。妹を殺す気なんかすこしもなかったが、つい激情にかられて、考えてもいなかったことをやってしまった——」

「そのほうが、ありえそうな考え方ですね」

ベル警視は、ほっとしたような顔つきでいった。

「そう思うかね。しかし、この考え方だと、なぜ少年が、自分は殺す気だったと言い張っているのかわからない」

「いま、先生のいわれたように、神経が狂ってしまったというのが真相でしょう。それがいちばん事情をよく説明していますよ。というより、それだけが唯一の説明のようです。最初のご説明にしたって、いまの疑問が解けぬことはおなじです。いいですか。自分の犯罪を押し隠すために殺したとする。とすれば、妹を本当に殺すつもりだったと叫ぶ理由は、やはり説明できません。子どもだって、人を殺すのは、物を盗むのより悪いことぐらい、理解しているはずです。どうしたって、頭が狂ったとしか考えられません」

レジーは伏し目になって、

「きみがぼくを、こんなところまで引っ張り出したのは、あの子の精神は錯乱《さくらん》していると診断させたかったのだろう。それであの子が助かるのなら、そう診断してもよろしい。きみは、情け深い人だ。しかし、真実は、きみのその優しい心情を、遺憾《いかん》ながら満足させてはくれないんだ。あの子の精神状態が異常《アブノーマル》だとはいえる。それできみの目的に役立つならけっこうだが、狂気だといいきるわけにはいかんのだ。それには、それ相応の専門医の診察をまつ必要がある」

「どっちみち、陪審員たちは、信じてくれると思いますが――」ベルは口のなかでいっていた。

「それはそうだ。ぼくにしてもそう思っている。陪審員というものは、きみとおなじように情け深い人たちの集まりなんだ。だが、それはけっきょく、ぼくのあずかり知らぬところだ。ぼくの任務は、真実の発見にある――もうひとつ、別の考え方をいってみようか。それは、あの子のいった言葉どおりを動機とみるのだ。妹が堕落して、地獄の痛苦《つうく》をなめるのを防ぐために殺したというのだ。この見方も、やはり事実には適合する。あの子には、窃盗の悪習が身についてしまった。自分はこれで地獄へ落ちる。その恐ろしい観念が、頭に深く浸みこんだ。それが、こんどは妹に、おなじ習癖の芽ばえをみた。愕然《がくぜん》とした兄は、まだ妹がほんとうに汚れきらぬうちに、殺してしまうのが妹のためと考えた」

「その考えかたそのものが、狂気じゃないですか！」警視は叫んだ。

「異常《アブノーマル》ではある――だが狂気とまではいえない」

「狂気ですとも。もし、堕落したと後悔しているのなら、悔い改めて正道にもどればよい。妹もいっしょに善良になるでしょう」

「そう、それが常識ではあるがね」

さげすむような薄ら笑いが、レジーの厳しい顔に浮かびあがった。「だが、この場合、常識なんてものは、三文の価値もないのだ。もしもあの子が、真実、地獄へ落ちると信じていたとすれば――そして、妹もまた、同じ道をたどるものと、心底そう信じていたとすれば、妹を殺すのは、妹を救うための善行なんだ。道理にかなったことなのだ。徹底的に道理に合った考え方といえるんだ。ベル君。きみは子どもってものを、ほんとうに知っていると思うかね？　子どものうちには、教えられたとおりのことを、そのまますなおに信じる者もいる。しかしまた、あまり真剣に、あまり深刻に考えすぎる者もいるのだ。これを成人は、異常《アブノーマル》という。エディ・ヒルは、そのアブノーマルの典型的なものなんだよ」

彼は振り向いて、ベルの顔を見つめた。暮れなずむ日の光に、その碧《あお》い目は憂鬱《ゆううつ》に沈んでいた。

「十二かそこらだろうが――生きるには不良すぎたのか――いや、善良すぎたのかもしれない。興味ぶかい事件だな」

ベル警視はためらいながらいった。

「だいぶ、お考えを悩ましたようですね――けっきょく、こうした子どもは、感化院《ホーム》に入れるに越したことはないんです。早速手配してみましょう」

「感化院《ホーム》！」

レジーは思わず大声をあげて、そして笑い出した。「精神虚弱児童の収容施設か。そうだ。それもいいだろう」

彼は立ちあがって、窓越しに、暮れかかる戸外をながめていた。

「しかし、この子どもたちには、それぞれ自分の家庭《ホーム》がある。そして、そこには母親がいる――この子どもの母親は、いったい、なにをしているのだね?」

「いままでここに来ていました。気のどくに、半狂乱の状態でして――母親には、エディがそんなことをしたとは信じられぬのでした。できるはずがないというんです。なぜって、それはもう、妹をかわいがって――そうです。なにかのまちがいにちがいないといってるんです」

「当然のことだな。母親として、あたりまえのことだよ。しかし、必ずしも当たってはいない。事件がまちがいということは、絶対にありえんのだからね。とにかく一度、母親に会ってみよう」

「お会いになりたければ――」警視はしぶしぶ立ちあがった。

「会いたいわけじゃない。この事件は、ぼくはきらいさ。ここへ来たのも、引っ張り出されたからやむをえずなんだ」

そういって、ふたりは出ていった。

共有地から家路に急ぐ連中も、いつかまばらになっていた。ブレイニイのごみごみした街筋も、いまはかなり人影が減って、すっかり静かに変わっていた。

一軒だけ、小さな店で、早じまいにしてしまったのがある。それがエディの家だった。はげかけた看板に、父親の名前が記してあった。窓はどれも、明かりを消していた。……ベル警視は、ドアをたたいた。返事はなかった。警視は、店のわきの、通用口らしいドアのほうによって、

「ここからなら聞こえるかもしれない。これもヒルの家でしょう」

そういってベルを押し、ノックをした。

しばらくして、女が顔を出して、黙ったままふたりの顔を見つめていた。奥のほうで、男の声がしきりに聞こえていた。

街灯の光が、その女の全身を照らしだした。地味だが、小ざっぱりした服装《なり》で、やつれた顔のどこかに、昔の美しさが残っていた。

「わたしを忘れはせんでしょうね、ブライトマン夫人？　ベル警視ですよ」

「ええ。ぞんじあげていますとも。また、なにか起こったんでしょうか？　エディが、どうかしましたか？」

「経過は良好のようです。いや、なに、ちょっと、伺いたいことがあったので――」

「経過はよろしいんですか、ふたりとも？――それでわたしたちも助かりましたわ」

彼女は、奥を振り返って、「マッシュウ！　マッシュウ！　子どもたち、経過はいいんですって」

男のなにかいっている声は、まえと変わらずつづいていて、彼女の叫びには答えなかった。

「はいって、かまいませんか？」ベルはいった。

「さあ、どうぞ、おはいりになってください。いろいろご親切にありがとうございました。ブライトマンも、お目にかかりたがっております。いま、わたしたち、神様におすがりしていたところなんです」

彼女は、きれいに磨きあげた廊下を通って、店のうしろにあたる居間に案内した。そこでは、男がひざまずいて、祈っていた。祈禱の文句を、高い声でくりかえし、祈っていた――神よ。朝ごとに、お恵みをたたえん、アーメン、アーメン。祈りはそれで終わった。

男は、ふたりの前に立ちあがった。ひげをはやして、痩せて背が高い。陰気な目をしていた。細君を振り向いて、

「どうしたんだい。この方たちは？　なんのご用なんだね？」

「子どもたちのことですよ、マッシュウ」

細君は近寄って、夫の手をとった。「こちらは警視さん。ほんとうに、ご親切にしてくださいました」

男は息をつめて、

「それは、それは。ようおいでで――さあ、そこへおかけになって、おい、フローリイ、椅子をおすすめせんか」

椅子ががたがた鳴った。

「いろいろとお世話をかけました。で、子どものようすはいかがでしょう？」

「経過はしごく良好です。ふたりとも――」レジーはいった。

「お恵みはあったな」

男はそういってほほえんだ。暗い目つきが輝いた。「お祈りがかなえられたんだ」

「そうですよ。もう、生命に心配はありません」レジーはいった。「で、それはそれとして、

なぜ、あのふたりが溺れかかったか。そのわけを、ご両親の口から聞いておきたいと思いまして」

「なにかのまちがいですわ。それにちがいありません」女は叫んだ。「まさか、エディが――そんなことをするわけがありませんもの。決して、そんなことを――ねえ、あなた」

「そうだとも――そんなばかなことはねえとも」

ブライトマンは、口早に答えた。

「あんた方が、そう考えられるのは、当然です」と、レジーはうなずいて、「しかし、いちおう、われわれとしては、事実を確かめる必要がありますんで」

「それはそうでしょう。なんなりと、おききくだすって――」

ブライトマンは、首を向けた。

「遠慮なくききますよ。お子さんは、相当、手に負えなかった性分のようですね？」

ブライトマンは、一度、悲しげな妻の顔を見、またふたりへ向き直って、

「警察もご承知のことなんだが、――あいつぁ、盗みをした。それも二度もくりかえして。むろん、盗んだものはごくつまらぬもんだけど――だが、神さまのお恵みはある。これで、あいつの生命が助かれば、こんどこそ、あいつの魂も救われるにちげえねえ、おれたち夫婦は、それを信じておるんです」

「ぼくもそう信じますよ」レジーはうなずいて、「で、盗みをしたといわれるが、なんか特別の理由があったのですか？」

ブライトマンは首をよこに振った。

「わたしたちは、あの子のために、できるだけのことをしてまいりました」母親は悲しげな声でいって、部屋中をぐるりと見まわした。古ぼけてまずしい住居だったが、掃除だけはきれいにしてあった。

「ほんとだとも」ブライトマンも口を出して、「ほんとに、できるだけのことはしてやった。それだってえのに、誘惑ってやつは、ほんとにおっかねえもんで、どこからどう忍びこんだものか、子どもは他愛なく負けてしまったんです」

「そうらしいですな。あのふたりは、小遣《こづか》いは、どのくらいやっていました？」

「エディは、十歳になったときから、一週間に二ペンスやりました。ベッシイは一ペンスです」

ブライトマンは、むしろ得意げに説明した。

「なるほど。で、けさなにか、ベッシイかエディに、死ぬ気を起こさせるような事件でも起こったのですか？」

「そんなことがあるもんですか」彼は細君の顔を見て、「ねえ、おい――ふたりとも、ごく上機嫌《きげん》で遊んでおったな」

「ええ、そうでしたとも」細君も力を入れていった。「ふたりとも、共有地で遊ぶのが大好きでして、けさも、食事もそうそうに、うれしそうに駆けていきました。だのに、それだのに……」

彼女ははげしく泣き出した。

「いいんだよ、フローリイ。泣くんじゃねえ」ブライトマンは、妻の肩をたたいていた。

「いや、わかりました」

レジーは立ちあがって、「それはそうと、エディ——か、またはベッシイが、自宅で、盗みをしたようなことはありませんか——金銭か、なんかを？」

ブライトマンは、びっくりしたように彼の顔を見て、

「そんな——そんなお疑いはひどすぎますぜ。子どもと親たちのあいだに、盗みなんてことが、あるもんですか——」

「それは、そうですな。あんたのいうとおりだ、いや、失礼しました。お子さんたちの容態は、そのつどお知らせすることにしましょう。——ではおやすみ」

「ご親切に。じゃ、お知らせを待っております。おやすみなせえ」

ブライトマンは、ていねいに礼をいい、細君もまた、泣きぬれた顔で礼を述べて、ふたりを送り出した。そのうしろから、夫が声をかけた。

「フローリイ。ドアに閂《かんぬき》をおろすんじゃねえぞ。ワイヴン夫人《さん》が、まだ帰っておらんで——」

「ええ、ええ。わかっていますよ」

細君は、そう答えて、ふたりに挨拶《あいさつ》をすると、ドアをしめた。
二、三歩歩きかけたが、レジーは足を止めて、振り返った。店は、さっきのまま鎧戸《よろいど》をおろし、窓から明かりももれていなかった。
「どうかね。専門家の目に、どう映った？」

「思ったとおりじゃないですか」

「そうだね。よくある平和な家庭だ。あくせくと、額に汗をしたたらせて働きつづける小商人。信仰ぶかくて、むかしからの古い店を、新しいピンかなんぞのようにたいせつにしている。万事報告書にあるとおりだ」

　レジーは夜霧を深く吸いこんで、

「それにしても、じめじめした、古い家だったな」

「雑貨屋特有の臭いですよ。雑多な商品がまじりあって――」

「なるほどね。そうだったな。きみの説のとおりだ。なにからなにまで、あらかじめ想像していたとおりだ。ただワイヴン夫人って名は初耳だったな。だれなんだね？」

「知りませんな。下宿人らしいが――」

「そうらしいね。そうすると、エディとベッシイの家には、もうひとり、同居人がいることになる。まだ帰ってきていなかったようだ。さあ、これでやっと用済みだな。もう帰宅していいだろう。しかし、きょうは実にいやな日だった。明日もまた、不愉快な思いをさせられるのだろう。でも、とにかく、明朝はやく子どもたちを見舞ってやるとしよう。ああ、神さま、あの子どもたちを！」

　彼の手が、いつかベルの腕を握っていた……

　翌朝八時、彼は、ベッシイ・ヒルのベッドを訪れた。いろいろと手をつくしてみたものの、彼女は三十分過ぎまで目をさまさなかった。

彼女の目がさめると、彼は手ずから看護婦にかわって、バタつきのパンと温かいミルクをあてがった。少女は、夢中でそれを平らげた。そして、こんな場所で、こんな他人《ひと》に世話になるのを、べつにふしぎに思っているようすもなかった。

「いい子だね」レジーは少女の口のはたを拭いてやって、「どう。気分はよくなったかい？」

少女はため息をついて、またすぐごろりとあお向けに——大きな目で、レジーを見あげていた。

「おじさん、だれなの？」

「フォーチュンさんって言いな。どうだ、気持ちはいいのかい？」

「ええ、いいわ、とても」大きい目で、ふしぎそうにあたりを見まわして、「どこなのよ、ここは？」

「ブレイニイ病院だよ。きみは池にはまったので、ここに連れてこられたのさ。おぼえているかね？」

彼女は首をふって、

「エディもここにいるの？」

「ああ、いるよ。いまは眠っているけど、やはり心配はないんだ。きみは、エディと喧嘩《けんか》したのかい？」

茶いろの目に、急に涙がいっぱいになった。

「エディはまだ怒ってるかしら。あたいは、そんな――怒ったりなんかしないんだけど、エディは、水ん中へはいれってきかないの。あたい、いやだったけど、エディがあんまり怒るんで」

レジーは、少女の髪をなでてやって、

「よし、よし。エディが悪いな。こんなかわいい娘に、怒ったりなんかしちゃいけないな。でも、いつもそう、怒るわけじゃないんだろう？」

「そりゃそうよ。エディはとてもやさしいわ」

「なぜ、きのうは怒ったの？」

茶いろの目が、大きく見開かれた。

「あたいがいたずらしたからなの。ワイヴンおばさんのことなのよ。あたい、おばさんの部屋にはいっていったの。おばさん、いないと思ったからよ。ときどきあそこに、お菓子があるの。だけど、きのうは、おばさんいたのよ。そして、あたいをしかるの。どろぼうだって――あたいたち、みんなどろぼうだっていうの。そうすると、エディが、とっても怒ってね、あたいをおもてに連れてって、それでもまだ怒ってるのよ。とってもね。――ダラクしちゃいけないっていうの。あたい、ダラクなんかしたことないわ。だから、そんなことしてないわっていうと、またすごく怒りだして、おれみたいになると、地獄にいってしまうぞっていうのよ。それであたいを、お池んなかへ、ぐんぐん引っ張っていくの。いやだ！　いやだ！　っていったんだけど――」

「そりゃいやだろう。かわいそうにな。エディはまちがえたんだよ。でも、もうだいじょうぶだ」

「エディ、まだ怒ってるかしら?」少女はそっといった。

「いや、いや。エディはもう、怒ってなんかいるものか。だれも怒っちゃいないよ。みんなやさしくしてくれてるんだ。だから、早くよくなることだね」

「ああ」ベッシイはうれしそうな顔をあげて、「エディに——ごめんねって、いってね」

「いいとも。そういってやるよ」

レジーは幼女の手にキッスをして、出ていった。看護婦は扉口で彼を待っていた。レジーは、そっときいた。

「夜、意識が戻ったのかね?」

「ええ、先生——すると、すぐにエディのことをきくのでした。かわいいもんですわね。夢中で、エディのことを心配しているんです。わたしも、つい泣かされました」

「しゃべらせてもかまわぬが」レジーは急に厳しい顔つきになって、「だが、きみのほうから、エディの話をしてはいけないよ」

彼はエディの病室へはいっていった。医者がベッドに付き添っていたが、フォーチュン氏の姿を見て、報告のために顔を向けた。

「だいぶ良くなりました。昨夜はよく眠りました。さめてからも、おちついています。ただ、咽喉《のど》がひどく渇《かわ》くようです。コーヒーをすこし混ぜて、ミルクを与えました。いまはすっかりおちついて、手持ちぶさたなくらいです」

レジーは、ベッドにかがみこんだ。少年は、死んだように横たわっていた。痩せた頬はまっ青だった。目だけがレジーを追って、かすかに動いていた。細めた瞼《まぶた》のあいだから、緑いろの小さなひとみが、ぼやけたようにのぞいていた。識別する力は、まだ回復してないようだ。感情も理性も動かなかった。レジーはふとんの下で脈を探った。からだは冷たく、汗ばんでいた。

「どこか痛むかね？」

「疲れたな。とても疲れちゃった」

「そうだろう。だが、じきに良くなるよ」

「ううん、そうじゃない。悪くなるんだ。生き返るんじゃなかった」細い声で、怒ったようにいった。「生き返りたくなんかなかったんだ。生きてたって、なんになるんだ。せっかく死ねたと思ったのに——死んでたほうが、ずっとよかったのに」

「そんなことがあるものか！」レジーはしかるようにいった。

少年は、泣き声を震わせて、

「ほんとなんだ！　死んだほうがよかったんだ」叫びつづける顔は、恐怖でひきつってきた。

「ぼくは、死ぬのがこわいと思っていたんだけど、静かですてきだった！　ところが、また生き返っちゃって、なにもかももとのまま、また生きなくちゃならないんだ」

「生きるのがそんなにいやか。きみがいなくなっちゃ、ベッシイがかわいそうだ。会いたがっているんだ。あの子は、もうすぐなおるんだ」

「え？　ベッシイが？　あいつもここにいるの？　ぼくみたいに？——」

不自然なくらい緑いろの目が、大きく見開いた。

「そう。あの子もここへ来ている。でも、きみよりずっと幸福だぞ」

少年は泣きだした。

「なぜ泣くんだ。あの子が幸福だからって、泣くことはないじゃないか。子どもってものは、幸福であるべきものなんだ。きみだってほんとうは、ベッシイを死なせたくなんかなかったはずだ」

「ちがうよ。ほんとうに死なせたかったんだ。ぼくがなにをしたか、おじさん、ちゃんと知ってるくせに――」

「きみが池に、あの子を連れて、飛び込んだのは知っている。ばかなことをしたものだ。あのとき、きみは興奮していたんだ。ねえ、そうだろう？ でも、なぜ興奮した？ 原因はなんだったのだ？」

「みんなが話してくれるだろうよ」少年はつぶやいた。

「だれが？」

「番人や、お巡《まわ》りさんや、判事さん――みんながみんな、そういうよ。ぼくは不良だって。どろぼうだって。でも、ぼくは仕方がないんだ。そのかわり、ベッシイだけは不良にしたくなかったんだ」

「きみは不良でなんかあるものか。むろん、ベッシイはだいじょうぶ。どうしてまた、そんなふうに考えるんだ？」

「だって、あいつはとうとう不良になっちまった。ぼくは見つけたんだ。あいつも、それに気がついた。ところが、ワイヴンさんが、ぼくたち、みんなどろぼうだっていうんだ、だから――殺してしまわなくちゃあ――」

「そんなばかなことがあるか。きみだって、べつに殺したわけじゃない。なかなか、そんな簡単に、人間って殺せるもんじゃない」

「できるとも。地獄があるんだもの。うじの、いつまでも死なないところが――」

医者は、ひくい叫び声をあげた。

子どもは身もだえするので、レジーが、しっかりと押えつけた。

「神さまだっていらっしゃるんだ。お恵み深い神さまが――ベッシイは不良なんかになりはしない。きみだって、そうだ。不良なんかに、ならずにすむんだ。それに、いまでは、きみを守ってくれる者もある」

握っている手にぎゅっと力を入れて、

「わかるかね？」

少年は、唇をうすく開いて、おびえたような目をあげた。

「わかったら、これからも、ときどき会うとしよう。きょうはこれで帰るが、おじさんのことを頼りにしていいのだぜ……では帰るからね」

出ていくまえに、もう一度扉口で立ちどまって、じっとベッドを見おろした。

外の廊下で、医師が話しかけた。

「お聞きになりましたか、あの子どもの地獄の話を――もっと詳しく、説明してもよろしいのですが、けさ早くから、自動車でお出《い》でで、お疲れのことと思いますので――」

レジーのおだやかな顔には、また例の冷酷なきびしさが戻ってきた。

「魂を取り扱うのは、むずかしい仕事ですよ。だが、それをしないことには――」彼は伏せた瞼の下から、相手をじっと見て、「溺殺《できさつ》未遂を発見した番人の名は？　なに、フォークス？　いや、ありがとう」

彼は病院を出て、共有地のほうへ足を向けた。

芝生は、真夏のひでりで、黄いろく色が変わって、道のわきの人に踏まれるところなどは、すっかりまばらになっていた。レジーは、すぐに番人のカーキ色の制服を見つけて、フォークスの住居をきいた。

フォークスは、口の重い、頭の回転ののろい、兵隊あがりの年輩者だった。

エディが、ベッシイを殺そうとしたことは疑いなかった。喧嘩のはずみでもなんでもなかった。最初からそのはらがあったようである――言葉のひとつひとつを噛《か》みしめるように、フォークスは語って聞かせるのだった。

「エディみてえな子は、わしは扱いつけているつもりだ。あの子だけでなく、同じようなんが大ぜいいるんだ。癇《かん》の強い、一度地球が欲しいと考えると、それが手に入らねえからって、じだんだ踏んでくやしがるようなのがね……だが、羊みてえにめそめそしているのより、よっぽど始末にいいもんだ。だけど、叱言だけは、ちゃんといわなきゃなんねえ。でなけりゃ、ろくなもんにゃならねえんだ。エディって子も、やはりそのくちなんでね。
え、ボートの事件ですかい？　そう。むろん、エディが盗みおったんでさ。すばしこい子でさ。だけど、そこはさすが子どもでね。おなじ遊ぶのにも、ワイモンド公園かなんかで遊べばいいのに、やっぱり共有地に隠れているなんて、まるでつかまえられるのを待ってたみてえなものさ。でも、あの子と妹とは、共有地のはりえにしだの茂みが好きらしくてね。いつもあそこで遊んでいるんでさ。きのうだって、あの兄妹は、池の騒ぎを始めるまえは、やはりあの辺をぶらぶらしておったんでさ。その場所を見なさるかね。その気があるんなら、ご案内するだよ」

レジーは希望した。ふたりは共有地の斜面を登って、小さな砂丘のさきの、はりえにしだといばらの茂みに向かった。

番人は、杖で、くぼみに砂がちらばっている所をさして、

「あそこが、エディの気に入りの場所なんでさ。問題のボートを隠しているのを見つけたのもあそこですよ」

レジーはその場所に近づいた。砂が、小さな手で、壁の代わりに積まれて、その上に、小石や、えにしだの黄いろい花びらや、いばらの白い花びらが載せてあった。

「あの兄妹らしいやり方だ！」番人は、鬼の首でも取ったように叫んだ。「花を採《と》ってはいかんことは、充分承知しておるんだ。わしやあんたと同じように承知しているくせに、それでも

こうして摘《つ》みおるんだ！」

レジーは答えずに、彼らの作ったままごとの庭園を見渡していた。

「おや！」

彼はつぶやいた。庭のむこうに、女持ちのバッグが落ちている。

「やあ、やあ」番人も鼻を鳴らして、「あいつら、まだ他でも、盗んでいたんだな」

レジーは、ポケットのハンケチで手をくるんで、ハンドバッグを拾いあげた。それから、なおその辺を見まわすと、あちこちに、小さな足跡が、いっぱいについている。それを見ながらレジーは、かなり遠くまで進んでいった。

もどってくると、番人がいった。

「この辺をかなり歩きまわっとったようですな」

「そうだね」レジーはそうつぶやくようにいって、番人を探るように見据えた。「ハンドバッグの紛失届けは出ていないのかね？」

「まだ聞いていませんな。届け出があれば、主任さんが知っとるはずだから、おききになったらええでしょう。いま時分、丘の林におるじゃろう」

丘には、かば、山りんご、さんざしが茂っていた。近づくと木立のはずれに、共有地管理主任が、だれかふたりの男と話しあっていた。その男たちは、カーキ色の制服でないから、番人ではなかった。そばへ寄ると、ひとりはベル警視だった。彼はいそいで丘から降りてきた。

「病院でお会いするつもりで、さっき出かけたんですよ、フォーチュンさん。ワイヴァン夫人のことをお知らせしたいと思いましてね――でも、もうご承知なんでしょう?」

「昨夜、まだ帰ってきていなかった婦人だね。なんにも聞いてはいないがね」

「先生はこの共有地に来られたと聞いたので、ご承知のことと思っていました。あの女、昨夜とうとう帰らなかったそうです。けさ早く、ブライトマンがあわてふためいて署に飛びこんできて、うちの下宿人のワイヴン夫人に、なにか変事がありはしなかったかときくんです。昨夜、ついに帰らなかったそうで、ブライトマンは、きっと事故があったにちがいないというんです。その婦人は、あの家にもう数年間も同居をしていまして、毎日判で押したような生活を送っていたんです。つまり、教会へ通うこと。教会で知合いになった友達といっしょにお茶を飲むこと――それだけが、毎日の生活なんです。このごろのように、よく晴れた夏の日には、弁当を持って、共有地でいちにち日を送っているそうです。きのうも、朝のうちから、サンドウィッチにお茶を入れた魔《ま》法壜《ほうびん》を用意して、そう、そう、それに編み物の道具――これだけ手にして出かけていった。この老婦人は、日が暮れるまでそうしているのは、べつに珍しいことでもないので、だれも心配はせずに、おおかた、帰りに友達の家によって、夕飯でもいっしょに食べているのだろうぐらいに考えていました。この婦人は自分で鍵を持っていますんで、ブライトマン夫婦のほうは、われわれも昨夜見ていたように、ドアをそのまま、閂はかけずに、先にベッドにはいってしまったそうです。例の子どもの問題で、疲れきっていたとこなので、すぐに眠ってしまいました。ところが、けさになって、ブライトマンの細君が、お茶を持って上がっていくと、老婦人の帰ってきたようすがないんです。そこで、あわてて、ブライトマンが署に飛んで来たというわけなのです。ちょっとおかしいとは思いませんか?」

「そうだな。どうもいやな感じのことばかり起こるな。調査が進めば、進むほど、いやなことがふえる……」

ベル警視はけげんそうな顔で、彼を番人から離れたところに連れていって、

「先生もやはりそうお思いですか。わたしもそんなふうに感じているんですが——それにしても、先生は、あの婦人の失踪をご存じないうちから、ここで捜し物をしておられたというのは、なにか理由があるのでしょうか」

「ああ、そのことか、エディの件の報告書をいちおう確かめてみたいと思っただけさ」

「で、なにかおかしな節がありましたか?」

「いや、正確のようだ」

「子どもは、経過は良いようですね」

「そうらしい。あとはもう、あの子たちの運しだいだ」

「かわいそうな子どもらですよ」警視はうなるようにいった。「先生は、あの男の子を、どうお考えです?」

「賢い子だね。覇気《はき》もあるし、想像力もある。りっぱな子どもだ——が、気持ちはいじけている」

「ひがんでいるとおっしゃるんですか」

「まあね。だが、いまさしあたっての問題は、あの子の魂がどうなるかっていうことではなく、

いま現実に起こっている事件のことだ。証拠として示されたものが、どれもみな、不充分で、理屈にあわぬものばかり。後味がいたってわるいんだ。ぼくはいま、エディとベッシイの、秘密の隠れ家に行ってきたところだが、そこでこれを見つけた。例のボートを盗んだとき、つかまった場所さ」彼は警視にハンドバッグをさしだした。

「おお！」ベル警視は、彼の手から、そのバッグをひったくるようにして、「大切に包んでありますね。指紋をみようというんですか」

「たぶん、あると思う。きっと役にたつだろうよ」

「老女の失踪をご存じないのに、どうしてこれを、捜しにいかれたんですか？」

「捜しにいったわけではないんだ。なんかありはしないかと思ってはいたが、わざわざ出かけたのは、あの子たちが、秘密で遊んでいた場所を見たかったからだ。すると、たまたまこれが見つかったというわけなのさ」

「とにかく、先生は昨夜、ワイヴン夫人が戻ってこないのを知っておられた。それで、けさ起きぬけに、エディが盗んだ品物を隠匿《いんとく》する場所を見にいかれた。なんかそこで、あやしいところがあろうと予想しておられたのじゃありませんか？」

「いや、いや。べつにそんなことはなかった。それはたしかに、ぼくはきみたち以上に事情に通じている。じつは妹のベッシイは、ワイヴン夫人の部屋に盗みにはいって見つけられたのだ。夫人は、あの幼い娘をつかまえて、泥棒よばわりをして、あげくの果てに、この家の連中は、だれもかれも盗人だとののしった。ベッシイは、ほんとうに盗みをする気持ちはあったのだろう。そう考えてこそ、エディが、あの娘を潔《きよ》いままに死なせるんだと、溺らせた事情がわかる気がする。が、それにしてもあのふたりをどう処置してよいものか、そのはらは、ぼくとしてもまだきまっているわけではないが――」

「なにもかも、狂気じみていますね」

「そうだ。エディがなぜあんなまねをしたか。どうもそれが理解できぬ――とにかく、ハンドバッグを調べてみたまえ」

ベルは、用心深い手つきで、あけてみた。薄荷《はっか》のにおいが、プーンとただよった。紙袋にはいった薄荷ドロップ。F・Wという頭文字のついた、汚れたハンケチが二枚、ワイヴン夫人宛の空封筒、罎入りのソーダミント・タブレット――ほかに鍵が数個はいっていた。

「これはたしかに、ワイヴン夫人の持ち物だ」レジーはつぶやきながら、なかをのぞきこんで、「だが、金は一ペニイものこっていない」

彼はそういって、いつもの冷静、非情の、さぐるような目つきで、ベルの顔を凝視した。ベル警視はのちになって、この事件について語るたびに、フォーチュン氏のそのときのするどい目つきにいいおよぶのが例であった。

「盗みというものは、くり返して行なう気になるものだ。あの子にも、その形跡が見られている」

「たしかに、盗んだものでしょうね」ベルは彼をじっと見て、「それにしてもフォーチュンさん。先生は冷静そのもののようですね。よく、そう現実を直視できますね。正直にいって、わたしには胸がむかついてくるような気持ちなんです」

「感情を感じているだけでは、じっさいの役に立ちはしない」レジーは、ものうさそうにいった。「真実は、あくまであばく必要がある。われわれは真実を知りたいんだ。――それがどんな恐ろしい事実であろうとも」

「理屈は、わかっていますがね」警視は憂鬱そうにいった。「いま、老婦人の捜索でわたしもここまで出向いたんですが、あの婦人の習慣はよくわかっているんです。夏は、いつもこの共有地にきて、この辺で一日中すわっているのです」

レジーは、ズックの折りたたみ椅子を持ってこさせて、それにからだを伸ばすと、パイプに火をつけ、目を閉じた……

「フォーチュンさん！」

しばらくして、ベル警視は彼の前に飛んできて叫んだ。が、レジーは、唇をかすかに開いただけで、たばこのけむりはもれたが、からだのほかの部分はぜんぜん動かなかった。

「あの女、見つかりました、予期しておられたことと思いますが――」

「そう、予期はしていた。ここで見つかるのが順当だからね」

フォーチュン氏は、仰臥《ぎょうが》したままの姿勢から、直接立ちあがるという、いたって奇妙な能力をもっていた。彼のもつこの特殊技能については、いつか、ある病院での会合で、生物形態学の教授が、それは無脊椎動物の、最も進化した状態であるという説明をあたえていた。

いまも、からだを一度波打たせたとみると、折りたたみ椅子からさっと立ちあがった。

「そうか、どこにいたのだ？」

ベル警視は、彼を案内して、林へとはいっていった。林のなかには草こそなかったが、砂まじりの土壌《どじょう》は、そのまま顔をみせずに、一面に散り敷いた落葉が、じゅうたんのようにそれをおおっていた。山りんごの木の下、さんざしの茂みのあいだに、恋人たちにたびたび利用されるらしいくぼみがいくつかあった。そのうちのひとつ、林のはずれに近い、丘がちょうど汽船の甲板のように高まったところに、何人かの姿が、かたまって立っていた。

灰色の砂土の上に、女の死骸が横たわっていた。小柄な女だった。濃いねずみ色の外出着に、白と黒とのブラウスをつけていた。白くなった頭髪の上に、帽子をすこし片寄せて、ちょこなんとした感じに載せているのが、蒼白いまでにゆがんだ形相《ぎょうそう》と対比して、すさまじい感じを与えていた。唇をぎゅっと嚙みしめて、うつろに見開いたひとみが、木々の梢《こずえ》をそのままうつしていた。

レジーは死体のまわりを歩きまわっていた。足もとに気を配って、犬が、相手の犬をどう取り扱おうか考えこんでいるときのような格好だった。

死骸のそばには、棕櫚《ラフィア》の葉で作った籠が落ちていて、なかには、編み物や魔法壜、サンドウィッチなどがはいっていた。

レジーは、その品々をながめ、また死人の顔を見た。が、それもながい時間ではなかった。彼の、もっとも注意を引いたのは、老婦人のスカートだった。かがみこむようにして、ひっくりかえしてまで熱心に調べていたが、また立ちあがると、そのあたりを歩きまわって、ところどころで、乾いた砂を搔《か》き取っていた。

やがてまた、死骸のそばに戻ってきたのを見ると、その顔には、例によって残忍なまでに冷酷な微笑が浮かんでいた。彼はベル警視に顔を向けて、

「写真係を」とつぶやいた。

「電話で呼んであります」

レジーは、まだ彼を見つめたまま、

「呼んである？　どうしてまた――手まわしよく」

「いや、規則ですから――」

かえってベルのほうが驚いていた。

「ああ、そうか。捜査規則か」

レジーは、また死骸の上にかがみこんで、手を死人の口に当ててみた……そして、ポケットから何か取り出して、口をこじあけて、なかをていねいにのぞいていた……そして、それを閉じると、急に好奇心が湧きあがったかのようにしゃがみこんで、あらためて死骸をながめはじめた……

ブラウスの胸をはだけると、下着の上に黒い斑点がついていた。かがみこんで、においを嗅いでいたが、さらに肌着をはいでみた。

「傷がありますか？」

「ないようだ」

レジーは、ブラウスをもとに戻して、立ちあがって魔法壜とサンドウィッチのある場所にいった。食べかけのサンドウィッチを、二つに割って見ていたが、そっと下に置いた。次に魔法壜を取りあげて、振ってみた。かなり減っていた。中味をすこし、コップに注いだ。

「お茶かな？」警視がいった。「濃いお茶でしょう」

「そうらしいな」

レジーはそれを口に含んで、すぐまた吐き出した。そして、コップに注いだ中味をもとの魔法壜に戻し、また栓《せん》をして、ベルに返した。

「これでわかった。死因は、蓚酸《しゅうさん》ないし重蓚酸塩カリウム――おそらく後者による中毒だ。俗に、蓚酸苛里液《ソールト・オブ・レモン》というやつだ。この茶のなかにはいっている。死骸にその痕跡《こんせき》がはっきり出ている。舌と口が真っ白に腐蝕して、収縮している。死亡時刻は、おそらく二十四時間以前と思う。まだこれだけでは正確にはいえんがね」

「そうですか？　ますますもっていやな事件になってきた」

「そうか」レジーは瞼を伏せて、「きみはいやかね？　だが、きみの気持ちまで斟酌してはおれない。事件は事件だ。興味ある証拠がいろいろ集まってきているのでね」

「そんなにたくさんですか！」警視は彼をにらむようにして、「ふつうの毒死事件でしょうに」

「そうさ。蓚酸苛里《ソールト・オブ・レモン》は、すぐ手にはいるものだ」

「だれでも入手できるんですか？」

「そうだ。染み抜き、真鍮《しんちゅう》みがき、そんなものにふだん使われている。そのくせ、量によっては人を即死させることもできる。やっかいな化学薬品だ」

「エディでも、手に入れる気なら、入れられますか？」

「だろうね。そう。一ペンスか二ペンスで致死量を買うことができる——どこの薬屋でもね」

「そうですか。——では死体をよくあらためていただきましょう」

「よく見ておいたよ。恐ろしい事件だ。気味のわるい事件だよ」

「ほんとうですな。老婦人が、いつもの伝《でん》で、時間つぶしにこの林にやってくる。だれかが、そのお茶に毒を投げ込む。女は死んで、ハンドバッグが盗まれる。なかの金は、のこらず抜き取られて、エディ少年が、いつも獲物を隠しておくくぼみから発見される。しかも、老婦人が息を引き取ったころ、エディは妹を、池のなかで、溺死させようとしていた。なんのことだかわかりますか？　え？　この二つの出来事のあいだの関連が？——その毒たるや、子どもだって、手に入れられるものだという。だれか、子どもたちのひとりが、わずかばかりの金を盗みたい一心で、彼女に毒を飲ませたにちがいない。だが、ベッシイだけは、まだ赤ん坊みたいなものだ。やったのは、エディと思っていいでしょう——それで、その後の少年の行動が理解できる。彼には、窃盗の習癖があった。妹は、兄のその罪業を知り過ぎるくらいに知っていた。少年は、その口を封じるために溺死させた。が、助かったと知った瞬間、少年はさっそく、一編の物語を作りあげた。妹を堕地獄の罪から救いあげるためにやったのだという。恐ろしい頭脳だ。悪魔のような才知だ！　その悪魔の才知は、彼の悪事も、そのほかのなにもかも、みな妹の肩に背負わせてしまって、だれにも反駁《はんばく》を許さない。妹自身が、自分のあかしを立てるには、なんとしても小さすぎる。兄のほうは、妹の行為で逆上してしまった態度をよそおって、おのれの罪をごまかしている」

「そう。そうかもしれぬ。しかし、きみも、ちょっと興奮しすぎているな。こういった捜査には感情は禁物だぜ、とかく感情は、偏見を生み、ある事実を誇大して考え、ある事実を軽視しすぎる。きみの、いまの意見には、すでにその双方の傾向が現われている。ベッシイがいった言葉——きのうの朝、ワイヴン夫人の部屋にはいりこんで、つかまったという話を、無視するわけにはいかぬと思う。あのハンドバッグを調べてみたまえ。きっと、ベッシイの指紋が出てくるにちがいない」

「ああ!」ベルは彼を見つめながらいった。「じつにいやな事件だ。わたしが取り扱ったうちで、おそらくいちばんいやなものでしょう。子どもたちを殺人犯で検挙しなけりゃならぬなんて——」

「そうだね。魂の堕落という現象を、まざまざと見せつけられてはね。しかし、事件はまだ終わったわけではない。まだまだ、わがベル警視のするどい目をまぬがれた、興味深い事実がいくつかあるはずだ、おや、だれか足早に近づいてくる。ああ、鑑識課の連中か」

「そうですよ。写真班と指紋係です」

「ずいぶん早かったな」

レジーは一行に近寄って、

「どこから来たんです？　早かったな」

「車で近所まで来ていましたから。場所は電話で聞きましたので」

「それはよかった。さあ、仕事を始めてもらおう。とくにそのスカートに注意してくれたまえ。ほらね」

　彼は、死骸のスカートを指さした。

「そいつを、はっきり撮《と》っておいてもらいたいんだ」

「承知しました」

　写真係は仕事にとりかかった。レジーはベル警視に向かって、

「死体についた指紋は、あの連中が、もれなく採ってくれるだろう。サンドウィッチの包み紙も忘れんようにいってくれ。魔法壜も、それにハンドバッグもね。だいたい、そんなものだな。ぼくの仕事も、これで済んだようだ。死体は死体置場《モルグ》に運んでもよろしい」

「そうしましょう」

　ベルは振りむいて、命令を下した。がその後も、スカートの上を光って這っている奇妙な筋を、じっと見つめたまま動かなかった。

　レジーはそばに寄ってきて、

「きみもそれに気がついたか？　え？」

　ベルは、その言葉の意味がわからぬままに、当惑したようなまなざしを相手に向けた。相手の顔には、この事件はじまって最初の微笑が満足げに浮かんでいた。しかし、それはかえって、

ますます彼を戸惑いさせるばかりだった。彼はかがみこんで、その光っているものをながめた。

「それはもう、写真に撮ってある」

レジーはベルの手を引っ張って、写真班や指紋係から離れたところへ連れていった。

「どうだね。きみのそのするどい頭脳に、あのスカートの筋が、どう映ったね？」

「さあ、わかりませんが――だいたい、なぜ先生が、あんなものを気にせられるかがわからんのです」

「おやおや、そうか？　そいつは弱ったな。これは、きみ、重大な証拠なんだ。決定的な証拠なんだぜ」

彼はベルを林から連れ出して、共有地を横切った。一定の距離をおいて、ベルのふたりの部下もそのあとに従った。

「決定的ですか」ベルは考えこんで、「なんか、汚点がついただけのことだと思いますがね。蓚酸苛里《ソールト・オブ・レモン》は、光った汚点を残すのですか？」

「いや、ちがう。あれは、ぜんぜん光らぬものだ」

「スカートの上に吐いたのでしょうか」

「ちがうな。あの婦人は嘔吐《おうと》したかも知れぬが、スカートにではない。あの汚点は、そんなものじゃない」

「わたしもそう見ていました。では、何なのでしょう？」

「ぼくは思うに、エディがいっていた、あれだな――彼処《かしこ》にては、その蛆《うじ》つきず（マルコ伝九章四十四節）

……」

「おや、おや！」ベルはつぶやいた。「蛆ですか？」

彼はぞっとしたように身震いして、「先生のおっしゃることは、さっぱりわからん。まるで、狂気のさたですな」

「狂気どころか、話はりっぱに筋道が通っているんだ。エディの性格は話しておいたはずだ。だが、正確な科学用語を使うと、蛆ではなくて、なめくじなのだ。あの筋は、なめくじが這った痕《あと》なのだ」

「ああ、そうですか」ベルは、ほっとしたようにいって、「いわれて見るとそうですな。たしかに、なめくじが這ったところには、あんな痕が残っている。乾いてきたので光っているんですな」

「よくわかったな。さすがきみだよ」

レジーに褒《ほ》められても、ベルはしかし、とくにうれしそうな顔もしないで、

「なめくじなんて、べつに珍しくもないのに、なぜ、そう大騒ぎをなさるんです。それはたしかに、女の死体の上を、なめくじが這っているなんて、気持ちのよいものじゃあない。だけど、ぶきみなだけで、大して意味のあることとも思えません。あの死体は、一晩じゅうあそこに倒れていたのです。暗くなると、なめくじが出てくるのは、あたりまえのことですが――」

「おい、おい。きみがそんなことをしゃべってはだめじゃないか。警察の確信を揺がすことになる。不充分な観察と誤謬《ごびゅう》だらけの判断で、なにがわかるものか」

「これはどうも――しかし、お言葉ですが、わたしの観察と判断の、いったいどこがまちがっておるんです？」

さすがに、ベル警視も不機嫌にいった。

「もう一度、よく考えてみたまえ。きみの理論は方向としては正しい。なめくじは夜になると出てくるものだ。なめくじの習性としては、暗闇を好む。そこまでは誤謬はない。まちがっているのは、その出現の条件さ。

死体は林のなかにあって、地面には草も生えていなかった。軽く乾いた砂地なのだ。これは、なめくじの、あまり好まぬ状況さ。もし、あの場所に、じっさいなめくじを見、またはその這った痕を見たならば、それこそぼくは驚かざるをえないだろう。が、とにかく念のために、その辺を捜してみた。――きみたちは、いっこうに無関心のようすだったが、ぼくはそれほど慎重なのだ。で、予想どおり痕もなかった。ああ、きみ。話はまだあるんだ。聞きたまえ。なめくじが老女のスカートを這っていた。あちこちに、ねばねばした粘液を残して這いまわっていた。しかし、その粘液は、スカートだけで、地面の上にまでは伝っていない。では、なめくじはどこへ消えたんだろう？　奇跡――なめくじの消失、ぼくは、できれば奇跡などは信じたくない。世間には、腹足動物は出没自在だという非科学的な迷信が存在している。ぼくは、そんなことは信じない。それは、観察力の杜撰《ずさん》さを物語るだけだ」

「で、先生は、何を発見されたんです？　何が、それからおわかりになったんです？」

「おお、ベル君」レジーは相手に非難のまなざしをおくって、「わかりきっているではないか。

なめくじがスカートを這いまわっていたとき、あの婦人は、発見された場所にはいなかったのだ」

「そんなことですか。たぶん、あの婦人は、薬を飲んだので、気分が悪くなって、ぶっ倒れた。それからもがき苦しみながら、あの場所までにじりよっていった。そして、そこで死んだのでしょうが、べつにおかしなところはないじゃありませんか」

「あるさ。ひじょうに不可解な点が、数個ならずある。いいかね。蓚酸中毒が、あの婦人の一命を奪った。婦人は、最後の力をふりしぼって、あの場所まで這ってきた。そうだとすると、魔法壜とサンドウィッチを、どうしていっしょに持ってきたか。なめくじが、あんなにあちこち這いまわるあいだ、じっとしていて、それから、一時意識を取り戻して、あの場所までにじりよってきたのだろうか。彼女は助けを求めたにちがいない。おなじ助けを求めるにしても、林の中へはいっていったのでは、かえって人目につかなくなってしまう――これはいったい、どうしたわけなんだ。といって、あの場所でなめくじがつくということは、なおさら考えられぬことだ。見てみたまえ。砂土は乾ききって、真夏の太陽の下で、焦げつかんばかりなのだ。そんな場所で、なめくじなんて、とうてい出現できるはずがない。あれはきっと、どこか他の場所でついたものにきまっている。だから、決定的な証拠というのだ」

「すると先生は、あの死体は、どこかで絶命していたのを、あそこまで運ばれたのだとおっしゃるんですか」ベル警視は眉をひそめて考えこみながら、「なるほど、そうかも知れませんな。ご説明はよくわかります。しかし、先生はそのなめくじの説明で、陪審員を理解させられるとお考えですか？　わたしの見たところでは、そんなことでは、陪審員は納得しませんね。あまり理論が巧緻《こうち》すぎますよ」

「そう思うかね？」レジーは低い声でいった。「では事件はますます複雑になってくる。今までだって、大して細緻《さいち》な理論を組み立てたわけではないんだが――しかし、そういうことならば、理論の立て方を改めてもよい。手がかりはまだまだあるんだ。まず、あの婦人は嘔吐をもよおした。蓚酸中毒の一般的兆候だ。が、吐いたものが汚してたのは下着だった。服ではなかったのだ。いいかね。これはじつに奇態な話さ。よく考えてみるべきところだね。陪審員だって、これくらいのことは、疑問を感じてくれると思う。どんな頑固な検死官だってそうだろう。判事にしたってね。ぼくも、一応は考えてみたが、もう一度確かめてみたいものだ。こんどはきみたち、有能な警察の手を借りてね。さあ。いっしょに来てくれたまえ」

「どうしようとおっしゃるので？」

「ベル君。ブライトマン夫婦にきいてみるんだ。あの夫婦の傍証が欲しいのだ。それがなくては、調査を進めるわけにはいかんようだ」

「いいでしょう。やってみてください」ベル警視は、いかにも気がなさそうに同意した。

「とにかく、あの老婦人については、まだまだ調査不足のようです。ほんというと、どういう素姓の女なんだか、皆目まだわかってはいない状態なんです」

「そんなことを調べるんじゃないんだが」レジーはそうつぶやいて、またこういった。「ちょっと待ってくれたまえ」

そのとき彼らは、共有地を通り抜けて、病院の前まで来ていた。玄関に自動車が待たせてあった。レジーはそれに近づいて、運転手に話しかけた。

「運転手の機嫌をとってきたよ」レジーは戻ってくるといった。「サムは、ほっておかれたので、だいぶふくれているんだ――さあ行こう」

一行はふたたび、みすぼらしい雑貨屋の前に立った。ショウウィンドウには、罐詰類がわずかばかり並んでいた。ドアはしまっていたが、鍵はかかっていなかった。あけると、ベルが鳴る仕掛けになっていた。店へはいってもだれもいなかった。すこしのあいだ、いろいろなにおいの混じりあったなかに立っていた。石鹼のにおいがいちばん強い。

奥の部屋からブライトマン夫人が、水に濡れた腕や手を、エプロンで拭き拭き出てきた。よく太った顔もやつれて、汗を浮かべていた。一行を見ると、ぎょっとしたように震えて、

「あなた方でしたか！　なんかまたありまして？」

「お子さんの容態は、もう心配ありません」レジーがいった。「お知らせしておいたほうがよいと思いまして――」

彼女の目は、そういう相手の顔を見つめていたが、やがて涙がしぜんと湧きあがってきた。

「神さまのおかげですわ！　ご親切に、よくお知らせくださいました」

「お礼はかえって恐縮ですよ。こちらはただ、つとめを果たしているだけですから――」

だが、彼女は、神経質なくらいくりかえして礼を述べた。

「それから、ワイヴン夫人《さん》のようすも知れましたか？」

「その件で、ちょっとお話があるのです。ご主人はおいででしょうか？」

「あいにく出かけております。なにか、ニュースがはいったのですか」

「ええ。あるニュースがね。ブライトマンさんが、お留守では困りましたな。どちらへお出掛け？」

「仕事場まで行きました」

「お宅の裏の？」

「いえ、いえ。あのひとのお店まで」

「ほほう。ご主人はべつにお仕事をおもちなんですか？」

「ええ、ええ。ちっぽけなもんなんですが、家具を扱っておりますの。古道具なんですが」

「そうでしたか、わかりました。では、近所の人に、いそいで呼んできてもらいましょう――どうだね、きみ」

　レジーはベルを振りかえっていった。

「そうしましょう。場所はどこです、奥さん」

　彼女は、つばをのみこんで、

「ついその角を曲がったところで、スミスさんのビルなんです。お聞きになれば、すぐわかります。でも、ひょっとすると、仕事で外へ出ているかもしれません」

　ベルは大股に出ていった。彼の部下をひとり使いにやった。

「では、それまで、お部屋で待たせていただきましょうか」と、レジーはいいだした。「奥さんにもお伺いしたいことが、二、三ありますので」

「はい、はい。わたしにお答えできますことなら——さあ、どうぞ、お通りになって」

細君はカウンターのひらきをあけて、奥に通じるガラス扉を開けた。昨夜とおなじように、きちんと整頓した部屋だった。それでも彼女は、しきりにいいわけしていた。

「とり散らしまして、相済みません。掃除もしてありませんで——子どもたちの騒ぎで、手もつかないしまつなんですの。そこへまた、ワイヴンさんのことが起こりまして——あの、ワイヴンさんはどうしたんでしょう？　なにか、おわかりになりましたか？」

「いい報知《しらせ》ではないんですがね」とレジーが説明した。「だれもう、二度とあのひとの、生きている姿を見ることはできないんです」

彼女の汗ばんだ顔が蒼ざめた。眼球が飛び出すかと思われた。

「あのひとが死んだ！　まあ、かわいそうに！　でも、どうしておわかりになったんですの？どんなふうにしてなくなったんです？」

「共有地で、死骸が発見されました」

ブライトマン夫人は、相手の顔を見つめたままだった。口をあけて震えていた。エプロンを顔にあてると、身をよじるようにして泣きだした。ヒステリックな泣き声だった。

「いい人だったとみえますね」

レジーは同情するようにいった。細君はむせび泣くようにしながら、親切な、だれにも好かれる善良そのものの婦人だったと話していた。

「そうでしたか。それはまあ、お気のどくでしたな――しかし、いまおききしたいのは、お子さんの件なんです。きのう、何時ごろ、出ていきました？」

ブライトマン夫人は、まだエプロンのなかに顔を伏せたままで、彼の言葉など聞いてもいないようだった。

「きのうの朝のことですよ」レジーはくりかえしていった。「エディとベッシイは、何時に出ていったのですか。おぼえておいでと思いますが――」

しばらくして、エプロンから、涙でふくれあがった瞼をあげて、

「何時ですって？　はっきりおぼえてはおりませんわ。朝のご飯が済んで、すぐ出ていったと思います。九時ごろではないでしょうか？」

「そんなころだろうな」レジーは口のなかでつぶやいた。「そのころ、池から引き上げられていたのだから――」

「ええ。そうですわ。思い出しました。九時でした。でも、それが、ワイヴンさんと、どういう関係がありますの？」

「わかりませんかね？」

彼女は、目を不安らしく大きく見開いて、「え？　何か、ありますかしら？」

店の入り口のベルが鳴った。彼女は立ちあがった。ベル警視が店へはいってきた。

「うちのひと、おりましたか？」彼女は叫んだ。

「いや、まだ見つからん。フォーチュンさんはどこにいます？」

レジーは奥から声をかけた。

「こちらだよ！」

警視は細君に案内されて、奥の部屋に通ると、ふたりの顔をかわるがわる見くらべていた。

「では、ブライトマンさんは、店にはいかなかったのか？」

「いないんです。だれもおらぬようで、人らしい気配は、ぜんぜんありませんでした」

「そうか」レジーはつぶやいた。

「ですから」と、細君が口を出した。「仕事に出かけて、留守かも知れないと、お断わり申しあげたんです。あのひとは、品物の値踏みや、入札なんかで、よく留守にしますんで」

「そうだった。たしかそういっておられたな」レジーは相変わらず低い声で、「まあ、いい。話をもどしましょう。昨日、出ていくまえに——ベッシイがワイヴンさんと、何かいざこざを起こしたと聞きましたが——」

女は顔をふせると、エプロンをぎゅっとつかんだ。

「昨夜、あなたは、その話をなさいませんでしたね」

「申しあげたくなかったのです。それに、それほどたいせつなこととも思いませんでしたし、子どもが悪いことを、わたしの口から申しあげたくもなかったのです——わたしの気持ち、わかっていただけると思いますが」

涙がまた、あふれてきた。

「ようすは、ベッシイから聞きました」レジーはいった。

「ベッシイがそういいましたか！　恐ろしいことですわ。子どもの口から、そんなことを！　どうして、こんなことになったのか、わたしにはわかりませんわ。気をつけて育ててきたつもりでしたが、あんなかわいい子どもがそんな大それた――これも神さまのおぼし召しでしょうけど――」

「で、どんなことがあったのです？」

「ワイヴンさんは、もともと子どもには、口やかましい人でした。あのひと、子どもをもった経験がないからなんです。ベッシイが、あのひとの部屋に入りこんだのですが、あのひと、それをつかまえて、この娘《こ》もエディのように盗みをすると、騒ぎ立てるのです。ベッシイがどんなことをしたか、わたしにはわかりません。子どもは、無邪気に、いろいろなことをするものです。でとにかく、ベッシイが泣いているのを見て、エディが怒りだしました。あれは、すぐにかっとなる性質なんです。わたしは、ふたりを押えつけまして、ワイヴンさんに、お怒りにならないようにって、おわびしました。すると、あのひとも、すぐに了解してくださいました。わたしたち夫婦には、いつもやさしい、よいひとなんです」

「で、ワイヴンさんは、それから何時に外出しました？」

「そのあとすぐだったと思います。あのひとは、夏のあいだは、共有地で過ごすのがお好きなのです」

「そうですか。それで、事情がわかりました」

レジーは立ちあがって、裏庭をのぞいてみた。洗濯物が乾してあった。

「ワイヴンさんは、きのうはどんな服を着ていました？」

「そうですわね――」ブライトマン夫人は、急に質問が変わったので、びっくりした顔つきで、「はっきりおぼえておりませんが、――たしか黒っぽい外出着だったと思いますわ。あのひとは、いつも外へ出るときは、きちんとした服装をなさるのがお好きでして」

そういう彼女のこころのうちは、ひどく緊張しているとみえて、ふたつの目が飛び出さんばかりにふくれていた。

「ですけど、いま、あなたさまは、あのひとの死骸が見つかったとおっしゃった。何を着ているか、ご存じなんじゃありません？」

「それはわかっているんです。共有地で見つけたときの服はね。いま知りたいのは、そこへ行く以前――つまり、まだ部屋にいたときは、どんなものを着ていたかということです」

「やはりおなじ外出着ですわ――上着はあのひといつもお召しになりませんが――きのうは、なんでしたかしら？　よく思い出せないんですが――でも、うちでお召しになってたのも同じ外出着と思いますわ――あのひと、外出なさるおつもりのときは、いつだって、起きたときから外出着を着てしまいます。朝のうちに、二度も着更えをなさるのがおいやとみえまして――」

「そうですかね？　あそこに掛かっている上っ張りを、引っかけていたんじゃないかしら？」

レジーは、裏庭の物置とのあいだに乾してある、黒っぽい上っ張りを指さした。

「いいえ、ちがいますわ。そんなことはありません。あれは、汚れ物のかごに入っていたのでした」

「それで、きょう洗濯する予定だったのですね。いや、よろしい。では、ワイヴンさんの部屋を見せてもらいましょう」

「どうぞ。まだ散らかしたままで、なにも片づけてはありませんが――」

彼女は二階へ案内した――どこもかしこも、家じゅうとり散らかしたままだが、片づけるとなると、これがたいへんな仕事なんですと、しきりにぐちと詫言《わびごと》をこぼしていた。

しかし、ワイヴン夫人の部屋は、きちんと整頓してあった。掃除だって、廊下や階段とおなじように、行き届いたものだった。あまり洗いすぎたものか、羽目板のペンキは剝《は》げかけていた。壁紙もやはり、だいぶ古いものとみえて、模様のばらの蕾《つぼみ》が、桃色の地紙と見わけがつかぬくらいに薄れていた。ベッドのそばに毛皮の敷き物がおいてあるのと、室の中央に、がたがたの円テーブルの下に、すり切れたじゅうたんが敷いてあるのだけが、この床をおおっている存在だった。テーブルのわきに籐椅子がひとつ、火の気のない炉の前にも小さな籐椅子――そのほか、この部屋の家具というと、鉄製のベッド、簞笥《たんす》、化粧テーブル、それに、しみだらけの鏡のついた洗面台、ただそれだけであった。

ブライトマン夫人は部屋へ入ると、すぐに、道具をあちこちと動かしていた。

「お掃除も、すっかり怠けまして」

「この家具は、あのひとの持ち物ですか?」

「いいえ、あのひとは、なにも持ってきませんでした。わたしたちがあのひとのために、備えつけてあげたのです」

「そんなに苦しい生活だったのですか？」

「どんなやりくりでしたか、ほんとうのところは存じません。しいてきいたこともありません。そんなこと、わたしたちの性質として、できることではありませんもの。貯金をもってらしたと思います。若いとき、いいお屋敷で、永いこと働かれたらしいのです。いつもその話をしておられました」

「親戚は？」

「なんにもなかったようです。まったくひとりぼっちのようでした。ですから、わたしたちのようなところへ来られたのでしょう。それほど、身寄り縁故がなかったのです。わたしたちが、お部屋を貸してあげるまで、家庭が欲しい、欲しいと思っておられたそうです。ですから、ときどき寂しがられて、よく涙ぐんでおられました。この先、どうなるんだろうなどといってたこともあります。むろん、わたしたちは、あのお気のどくなひとに、不自由な思いはさせませんでした。でも、これはわたしの想像ですが、あのひとの貯金も、もうかなり、残り少なくなってきたのじゃありませんか」

レジーは部屋じゅうを見まわしていた。四方の壁には、聖書の文句を書いたカードがピンでとめてあった。

「そのお言葉は、うちのひとが書いてあげたのです」

ブライトマン夫人は説明をしながら、そのカードのひとつを読んで泣きだした。

「どれ、どれ、――わが父の家には住処《すみか》おおし（ヨハネ伝十四章二節）、か」

レジーはゆっくりとそれを読んで、もう一度がらんとした部屋を見まわした。ブライトマン夫人は、また泣きながら、「あのひともいまは天国へ行かれました。これで、やっと幸福になられましたのね」

ベル警視は、炉のわきの戸だなを、ひとつひとつ見てまわった。衣類のほかはなにもはいっていなかった。それから、化粧テーブルのほうへ移った。

「証券類はなにも持っていなかったとみえるな。出てきたのは、これだけだが」

彼は銭箱を取りあげた。なかで、貨幣ががらがら鳴った。

「さあ、どうでしょうかしら。たしかなことは存じません」

ブライトマン夫人は、まだ泣き声でこたえた。レジーはテーブルのわきに立ったままできいた。

「あのひとは、この部屋で食事をとったのですか?」

ブライトマン夫人は考えたうえで、

「ほとんど階下《した》でした。あのひと、わたしたちといっしょに食事するのが、お好きのようでした。そのほうが、家庭的だとおっしゃって」

レジーはテーブルをいじっていたが、引っ張るとその下に、割れ目の入ったベニヤ板が見えていた。彼はそれから、身をかがめて、テーブルの下の古いじゅうたんをあげてみた。下の床板が濡れていた。

ブライトマン夫人は近づいて、それを見ると、いきなり叫んだ。

「あのひとがやったにちがいありませんわ。水をこぼして、隠していたんですわ。あのひと、いつも自分で掃除なんかなさるから、つい粗相なさる――」

レジーは黙ったまま、また部屋のなかを歩きだした。窓のところで、ちょっと立ち止まって、それからまたドアのほうに向かった。

「この銭箱は、持っていきますよ、奥さん」と、ベル警視はいった。

「はい、どうぞ――わたしのものではありませんが――お持ちになるのでしたらかまいませんから」

それから、レジーとベルを、かわるがわるに見くらべながら、「ご用はそれだけでしょうか」

「この部屋では、これだけです」

レジーは、ドアをあけた。

階下へ降りると、店のベルがまた鳴った。細君はいそいで出ていった。レジーたちも、店のうしろの部屋へ戻った。

「かわいそうな老婦人ですな」ベルがいった。「どんな生活をしていたか、想像できるじゃないですか――あのみすぼらしい部屋で、ひとり暮らし、そのうち貯金もだんだん乏しくなる。――自殺をしたくなるのも、むりはないと思いますね」

「しっ、黙って」

店のほうからおとなしそうな男の声が流れてきた。

「こんにちは、おかみさん。蓚酸苛里《ソールト・オブ・レモン》を少し欲しいんだ。二ペンス分もあれば間にあうんだが、売ってくれるかね？」

　ブライトマン夫人はいった。

「うちには置いてありませんよ」

「なんですって？　お宅にあるって聞いてきたんだ。売り切れですかい。そいつは弱ったな」

「いままでだって、置いたことはありませんのよ。だれがそんなことをいったんだろう」

「まあ、いいさ。じゃ、まちがいだろう。だれがいおうと騒ぐほどのことじゃないんだ。ところでどこで売ってるかね？」

「知らないわよ。第一、それがどんなものか知らないもの」

「おや、おかみさんが知らない。こいつは驚いた。金属磨きに使うやつさ」

　ベルはレジーに目くばせをした。いましゃべっているあの声は、警察自動車の運転手なのだ。しかし、レジーの冷厳な顔は、すこしも動こうとしなかった。

「うちでは、置いたことがないの。この店には薬屋で扱うようなものはなんにも置いてないのよ」

「そいつは残念だったな」

　店のドアに取り付けたベルが鳴って、帰っていったようである。

「一日じゅう、ばかな人たちのために、店へ出たり入ったりしていなきゃならないなんて――」

　ブライトマン夫人は、そんなことをつぶやきながら、あえぎあえぎ戻ってきた。レジーがそれに、いきなりきいた。

「きのう、ワイヴン夫人は、あんたたちといっしょに食事をしたのですか？――それとも、自分の部屋でとったのですか？」

「この部屋でした。いつものように――そのほうがお好きのようでした」

はればったい目を相手にむけたが、すぐにそれをそらした。

「最後の食事は、朝でしたか、それとも昼？」

ブライトマン夫人は、叫びたくなるのをむりに抑えるように、

「朝の食事が最後にきまっていますわ。お昼は、お弁当とお茶をお持ちになりましたもの」

「その支度《したく》はいつしたのです？」

「いちばん最初に支度しておきました、外出なさるって聞きましたもので――あのひとは、お出かけのときは、いつも早いときまっているのです。朝の食事のあいだは、食器だなの上においておきました――」

「すると、子どもたちが出ていくより先に、支度はしてあったのですね？　あの婦人が、ベッシイとごたごたする前に？」

ブライトマン夫人は、ぐっとつばをのみこんで、

「そうなのでした」

「いや、ありがとう。あの魔法壜へ詰めてあったお茶は、ずいぶん濃く淹《い》れてありましたな」

「あのひとは、濃いのがお好きなんでした。濃ければ、濃いほど、お気に召しました。わたしも、やはりそうなんですけど」

「それはちょうど、よいつごうでしたね」レジーがいった。「では次に地下室の窖《あなぐら》へ案内してください」

「え？」彼女はびっくりして、壁ぎわまで退っていた。「窖ですって？」

そのでっぱった眼球は、なおのこと飛び出したように、レジーの顔をじっと見据えた。しろ目が、ひどく血走ってみえた。震える手で、汗ばんだ額の毛を払いのけた。

「なぜ、窖なんかにおいでになりますの？　あんなところに、なんにもおいてありませんわ」

「とにかく、拝見させていただきたい」

女はうめくような声をあげて、よろめきながら裏口のドアを開けた。しばらくは、ドアの柱に摑まって、敷石を敷いた裏庭をながめていた。

物置小屋から、ブライトマンのひげの生えた顔がのぞいた。「おれを捜していたそうだが」そういいながら痩せた長身を現わした。

細君は夫に何か手まねをしてから、近寄ってささやいた。

「マッシュウ！　あのひとたちが、窖へ案内しろというの」

「ほんとうか！」

ブライトマンは、レジーとベルに、いかにも驚いたように、暗いまなざしを向けた。

「何を調べたいんだか、見当もつかねえ」

そして、細君のからだをグッと引き寄せると、やさしく頭髪を撫でてやりながら、

「だがな、フローリイ。窖へ行きてえとおっしゃれば、行っちゃいけねえとはいえねえよ。警

察のなさることを、じゃまするわけにはいかぬのだ。なんにも隠してなんかありゃしねえ。そこのところを見ていただくんだ。さあ、ご案内したがええ」

なにか、わけのわからぬ叫びが、彼女の口からほとばしった。

「いいんだよ。心配するんじゃない。行ってきなよ」ブライトマンは、妻をなだめるようにいった。

「なんだ、きみは?」ベル警視は口を尖がらせた。「ずっとここにいたのか? わたしはまた、細君の話を真《ま》に受けて、外まで捜しに行ってきた。なぜいままで、隠れておったんだ?」

「なあに、いまここへはいったばかりなんでさ」ブライトマンはおちついていった。「裏木戸から帰ってきましてね。すぐに洗濯場を整理しとったのです。なにぶん家内がうるさくいいますんでね。そんなわけで、あなた方のおいでを、ちっとも知らなかったんでさ。家じゅう、すっかりお調べになったんですね、いえ、いえ。かまいませんとも。規則でおやりになるんでしようからね。だけど、何をまたお捜しになっとるんです?」

「その品は、きみの細君が、見せてくれるだろうよ」

レジーはそういって、彼の腕をぐっとつかんだ。

「そんなことをなさらないで」

細君は泣きながらわめいた。

「騒ぐんじゃない。ばかなまねをするんじゃないぞ」ブライトマンは妻をたしなめていった。

「おまえだって、窖になんにもないことは知ってるじゃないか。みなさんに、ご自由にお調べ願うんだ。それがいい。おれもいっしょに行ってやろうか」

「懐中電灯は？」レジーは警視にきいた。

「持っています」ベルはさらに部屋に戻って、「それより、このランプを使おう」

そういって、火をともした。

レジーは、震える女を引っ張って、廊下に出た。

「あのドアが地下の入り口だね。開けるんだ。さあ？」

ベル警視はランプを頭上に掲げて、あとに従った。レジーに手をつかまれて、細君はよろめきながら階段を降りていった。夫のブライトマンも、すぐそのあとについていった。

かび臭い、湿ったにおいがただよっていた。ランプの光が、大きな窖を照らし出した。煉瓦の壁に土はだむき出しの床、片隅《かたすみ》に石炭の山がすこし見えるだけで、あとは袋とか、荷造り箱や樽だとかがころがっていて、薄暗い場所の大部分はなにもなかった。ランプの炎が、湿気の上できらりと光った。

「粘土だな」レジーはつぶやきながら、ブライトマンに笑いかけた。「ちゃんと符合するじゃないか」

「何をおっしゃってんだか、さっぱりわかりませんが——」ブライトマンはいった。

「そうだろう。きみにはわからんかもしれんね。ベル君、懐中電灯だ！」

彼は警視から電灯を受け取って、窖のすみずみに光を当てた。

「ああ、これだ」彼はベルに向かって、指で教えた。なめくじの這った痕が、ところどころに光ってみえた。

「わかる、わかる」ベルはつぶやいた。

とつぜん、ブライトマン夫人は、声も立てずに笑いだした。ヒステリックな形相だった。

レジーはまたその辺を歩きまわった。しゃがみこむと、紙入れから、一枚の紙を取り出して、樽の側板から、なにかかき落とし、次に粘土の床から、またかき落とし、その上に載せた。そして、満足そうな叫びをもらした。

それから立ちあがると、またも懐中電灯の光をあちこちと動かしていたが、最後に、その光の輪を、階段の下の地面に固着させた。

「ここだ!」

とたんにブライトマン夫人が、するどい悲鳴をあげた。

「そうだ。ぼくにはわかっていたのだ。女をおいたのは、やはりここなんだ。ベル君。ほら、これを見たまえ」

彼の指は、光の輪に照らし出された、なめくじの這った痕をさしていた。

「やはり、この虫は、這って動いていたんだ。飛んでなくなったわけではない」

彼はぐるりとブライトマン夫人に向き直って、その面前に、手にした紙をグッと差し出した。黄色いなめくじが、二匹載っていた。

女ははっと飛びさがって、嫌悪と恐怖の叫びをあげた。

「ま、まあ、み、みなさん、お待ちになって」ブライトマンは、どもりながらいった。「それはあんまり、かわいそうです。やめてもらいてえ。女をそんなにいじめるもんじゃねえ。さあ、フローリイ、こんなところは出よう」

彼は、妻の手を引っ張った。

「どこへ行くんだ?」

レジーは例の低い声でいった。女は動こうともしなかった。目は、二匹の黄色いなめくじに吸いつけられたままだった。

「彼処《かしこ》にては、その蛆《うじ》つきず……」

レジーはゆっくり、そんな言葉をつぶやいた。

女はふたたび、ヒステリックな笑い声を立てた。と見ると、夫の手を振りもぎって、身をよじるようにして、倒れた。なにか、わけのわからぬことをわめきながら……

「そういうわけなんだよ、ブライトマン」

レジーは男に振り向いていった。

「あなたは残酷なひとだ!」ブライトマンは悲痛なうめきをもらした。そして、妻のかたわらにひざまずくと、彼女の贖罪《しよくざい》を祈りはじめた。

「おい、だれかおらんか!」

ベル警視は大声に部下を呼びながら、階段を駆け上がっていった。

しばらくして、刑事をひとり店番に残して、レジーはその家を出た。

道路の反対側では、弥次馬が大ぜい、がやがや騒ぎ立てている。その群れからすこし離れて、彼の運転手は、超然としてたばこをふかしていた。彼の姿を見ると、吸い差しを捨てて、そのあとを追ってきた。並んで運転台にすわると、

「さっきの私はどうでした？　じょうずにやれましたかしら？」称賛の言葉を待っているのだった。

「うまかったよ。りっぱな出来だ。あれで、たいへん役に立ったよ。あっ、横が危いぜ、ぶつかるよ。壊すのは、われわれ名人だからな。今も、おなじようなことをしてきたばかりだ。われわれの仕事ときては、塵芥《じんかい》焼き場の焼却炉みたいなものだ。性能は優秀だが、仕事としてはくだらぬものだ。ほかになにか効能があるかといわれても、偉そうな顔で、ありますともいえんのさ。だが、世の中をよくするための努力——そう思って慰めるとしよう。サム、とりあえず、玩具屋へ行きたいんだ」

「え？」サムはけげんな顔をした。

「玩具屋だよ。なるたけ大きな玩具屋へつけてくれ。早くしてもらいたい」

太陽の光が、エディ・ヒルの病室に、いっぱい射しこんでいた。ベッドの上には、金属板で組み立てて、ボルトで留めるようになっている橋梁《きょうりょう》が置いてあった。りっぱな模型だった。彼とレジーはいっしょになって、その支柱を組み立てている最中だった。

ドアをノックして、ベル警視がはいってきた。彼は、ベッドの上のようすに驚いて、非難す

るような目で、レジーを見た。

「なにをしてるかと思ったら、こんなことですか」

「そうさ。これがきみ。いつかまた役に立つことがあるのさ」レジーは、少年を振り向いて、

「きょうはこれで止めておこう、きみはじっさいじょうずだよ。だけど、あまり精を出して、疲れるといけないぜ」

「疲れちゃいないよ」少年はやっきになって抗議した。「ほんと。ぼく、ほんとうに疲れちゃいないんだよ」

「そうだ、きみはそれほど疲れてはいない。だんだん元気になってきている。でも、明日という日もあることだ。それに、きみはもっと重大な仕事を控えているんだ。それに備えて、からだをたいせつにしなくてはだめだぜ」

「だいじょうぶだよ」

少年はそれでも素直に横になって、橋梁の模型をながめ、レジーを見た。「これ、ここへ置いといていいの?」

「いいとも、ベッドのわきのテーブルに置いとくよ。目がさめたら、いつも見ているがいい。そうやって、物を造り上げるってのは、楽しいことだろう。これからも、たくさん造り出すんだな。では明日、またね。さようなら」

彼はベルといっしょに外に出た。

「なんだね、どうかしたの?」

「ええ。先生にちょっとお話があるんです。というのは、この事件は、そう簡単には片づきそうもないんです。先生に死体置場までご足労願って、解剖に立ち会っていただきたいんです」

「大したことじゃないよ。単純な事件さ。死者が死体を埋めたというだけだ。少年のほうは熱心だった。生命を救うという仕事だったからな」

「先生のおっしゃることが、まちがっているとは申しません。しかし、事件はまだ、解決ずみというわけじゃないんです。すっかりこじれてしまったんです。検察医は、ブライトマン夫人は気が狂ったと報告しているのです」

「そうだ。狂ったろう。で、どうした?」

「つまり、先生が狂わせてしまったんです。あのなめくじを持ち出して!」

「わかったかね。ぼくはエディが、彼処《かしこ》にては、その蛆《うじ》つきずと聖書の文句を口走っているのを聞いた。で、あの子は窖を見たのだと判断した。あるいは、夢に見たのかも知れない。だが、いずれにしても、ぼくがあの女を狂人にしたわけではない。あの女が狂人になったのは、もっとずっとまえからのことだ。医学的には、狂人といえぬかも知れぬ。法律上も、そういえぬかも知れぬ。だが、倫理的には、りっぱな狂人なのだ。それもみな、あのブライトマンという男のためだった。ぼくはただ、その状況を明らかにしただけのことさ。あの男は、少年に対しても、おなじ手を用いていた。この計画はさいわいにも防ぐことができたので、二度と実現できなくなった。これが問題のポイントなんだ。われわれはこれで勝ったのだ。うまく成功したんだよ。だが、かなりいやなおもいもさせられた。われわれながら、人でなしといわれるかと思ったくらいだよ」

彼はそこで、ベルの腕をやさしく握って、

「きみにもずいぶん骨を折らせたね」

「いいや、わたしなんぞ」とベルはいった。「でも、こういう事件にかかりあうと、わたしも年を取ったものだと思いますよ。しかも、こいつはまだ、糸がもつれたままですからね」

「まあ、まあ、そう騒いでもしかたがない。なにか食べたいな。きみも空腹だろう。ぼくの家へいっしょに来たまえ」

サムの運転で帰宅のあいだ、ふたりともなんの口もきく気がしなかった。レジーは車の隅にからだを伸ばして、軽く目を閉じた。ベルにも同じようにすることを勧めた。家へ戻って、エリーズの調理する辛味のきいたしたびらめと最高級のステーキ肉《アントルコート》で腹を満たして、そこでやっと、たがいにしゃべりだすことができた。エリーズというコックの腕前、いま目の前にしたロマネ・コンティの味、そして、ベルが好きだというのでわざわざ供したものなのだが、スティルトンのブルーチーズをラズベリーの皿といっしょに出したのが、たがいの味をこわしてしまうではないかというのが議論の焦点であった。

しかし、書斎へ引きさがって、ベルの前にはブランディ、レジーの前には炭酸水がおかれ、ふたりともパイプに火をつけたとなると、例の事件の話がまた始まった。

「さっき、事件がこじれたといったね」レジーはいいだした。「それはきみ、まちがってるぜ。今はもう、ちっともこじれてなんかいないんだ。あとは極まりきった手続きが残っているだけだ。きみの部下と、弁護士とのやる仕事だ。ごくかんたんに片づくことばかりさ。

事件の経過はきみにもわかっていると思うが、ブライトマン夫人が、小さな店を残されて、最初の夫に死別した。そこへ、信心深いので有名なブライトマンが、彼女を狙って現われて、後釜《あとがま》にすわることに成功した。

店は小さいだけに、収入もわずかしかなかった。いつか、ブライトマンに欲が出てきた。子どもたちには、ろくなものもやらなかった――早くベッドにもぐりこめばいい、早くどこかへ消え失せればいい――そう思っているうちに、子どもの養育という重荷が、一刻も早くなくなることが望ましくなった。

それとともに、ワイヴン夫人という老婦人を同居させた。ブライトマン夫人は、同情心からだといえと夫から教えられていたが、決してそんなものからではなかった。小金を持っていると睨んだからなのだ。きみの部下は、その間《かん》の消息を調べあげることだろう。同時に、ブライトマンがその小金をまきあげて、古道具屋の店を開くのに利用したことも判明するだろう。こういった話はよくあることなんだ。きみだって、これが初めてというわけでもなかろう」

「じっさい、よくあるやつですね。信心深そうに見せかけた男に、まんまと陥落させられた未亡人――小金を持っている老婦人」

「そうなんだ。考えれば不愉快なゲームさ。だが、男は最初のゲームに勝つことができた。しかし、小さなふたりは、未亡人を陥落させるほどかんたんにはいかなかった。局面はよほど異常になってきた。いくら子どもだって、神罰の恐ろしさでおどしたぐらいで、そうたやすく不良になるものではない。あの子は、なかなかしっかりした理性と感情を持っている。それに、ワイヴン夫人は手強《てごわ》かった。憐れな細君のように、いちずにブライトマンを信じこむような相手ではなかった。計画は思うように進まない。老婦人は、投資した金をやかましくいいだした。ベッシイの話でもわかるように、金銭にはうるさい女なのだ。きみの部下に、あの界隈《かいわい》を調査させてみたまえ。あの老婦人がどんなにぐちをいって歩きまわったことか。きっと、噂が乱れ飛んでいる。そのあるものは、真実だ。ほかの噂だって、公判廷で充分役立つはずだ。裁判の空気を作り出すには、それに越すものはないのだから——」

「それを公判廷へもちだすとおっしゃるんで？」

「いや、いや。公判廷では正々堂々と戦うよ。第一、子どもを公判に使うなんて、卑怯《ひきよう》なまねはしたくない。エディを証人台に引っ張り出して、憐れな狂った母親が、殺人の共犯だなんていわすような残酷さは、ぼくは持ち合わせていないんだ。そんなことをしてみたまえ。あの子どもの一生は台なしさ。エディはもう充分苦しみ抜いているんだ。そのかわり、いまはもう、あの残忍なブライトマンでも、あの子を苦しめることはできないのだ。

だいたいぼくは、年のいかぬ者を証人に申請することには反対なのだ。イギリスじゅうの医学者を動員しても、その不適格性を呼号《こごう》したいと考えている。なにも、エディを証人台に立たせなくても、ブライトマンの罪を証明するぐらい、なんのぞうさもないことなのだ。

それはとにかく、事態は進展して、ブライトマンはワイヴン夫人を殺す必要に迫られた。彼女の口を封じなければ、彼女のほうからブライトマンを刑務所にほうりこむことだろう。根が狡猾《こうかつ》な男だから、エディの窃盗の前科をここに利用することを思いついた。それに、きのうの朝、ベッシイがワイヴン夫人の物を盗もうとしたことも役に立つ。ブライトマンは、これも犯罪を子どもの肩に押しつける種にした。それにしても、ワイヴン夫人が、この家の者は、みんな泥棒だと叫んだとき、いちばん衝撃を受けたのは、ほかならぬブライトマン自身だと思えるね。

こんなことが、彼に凶行を促す原因となった。準備のほうは、とうに調《ととの》っていたにちがいない——蓚酸苛里《ソールト・オブ・レモン》を老婦人の大好きなお茶のなかに入れた。ところが、そこに、予想もしなかったエディの事件がおきた。ワイヴン夫人から泥棒とののしられたばかりに、妹を堕落の淵から救ってやらねばならぬという、なにかこう崇高《すうこう》な使命に駆られて、この少年は意外な行為に出た。ところが、悪辣《あくらつ》なブライトマンは、このニュースを聞くと、すぐにまたこれも利用してやろうと考えた。妹の一命を奪おうとするくらいの不良児であれば、もっとひどい犯罪でも、平気で犯すことだろう。

ワイヴン夫人は、お茶を飲むとすぐに気持ちがわるくなった。部屋へ帰って吐いた。汚したのは上っ張りと下着だった。それだけでも証拠は充分だ。そのほかきみはあの部屋の床が濡れていたのに気がついているだろう。ブライトマン夫人は、きょうもまたそれを雑巾《ぞうきん》で拭いていたにちがいない。掃除というと、夢中になる女だったのだ。

こうして、ワイヴン夫人は死んだ。蓚酸苛里の効果は早いものだ。そのほうが、あの老婦人のためにも、苦しみがなくてよかったわけだ。夫婦は死骸を窖に隠した。計画は周到なものだった。夜、人が寝静まるのを待って、共有地へと運び出した。そばに、毒茶の入った魔法壜を捨てておくのも忘れなかった。——それに、ハンドバッグ。場所はいつもエディが遊んでいる隠れ場所——あとは警察が全部あばいてくれるのを待つだけだった。恐ろしい不良児の犯行。老婦人を殺して、金を盗み、それを妹に発見されて、その口を塞ぐために溺死させる。じじつ、きみたちも、一時はそう信じていた。巧みに考え抜いた計画ではないか。昨夜までは、それでまんまとわれわれを欺《あざむ》きおおせた——」

「でも先生は、最初からあやしいとにらんでおられたのじゃありません?」

「そうだ。ぼくははじめから変だと思っていた。第一にあの死体の臭いだ。湿っぽくて、かびくさいにおい。そこで、まず窖を感じた。それからブライトマン家のようすを見ると、精神的に明るいところが少しもない。そこまでは感じたが、自分に自信がもてなかった。しばらくようすを見ているより手段がなかった。ぼくの欠点だった。重大な失敗だった。これに反して、敵の計画は巧妙なものだった。ブライトマン夫婦にもあせりはあった。そこで、敵も意外な失策をやった。致命的な失策だった。汚れた上っ張りだけは脱がしたが、下着まで取り除くのを怠ったのだ。それに、リマクス・フラバスの習性を考慮に入れなかった」

「何です、それは?」とベル警視はたずねた。

「黄色いなめくじの学名さ。これが、最後の、決定的な証拠になった。なめくじがこんなに役に立ってくれるとは、ぼくもこれまで知らなかった。きみたちはこの捜査を仕上げるために、ブライトマンの道具店を調べてみるがよい。きっと、荷車をもっているにちがいない。昨夜、それを使用したということがわかれば、それでもう、証拠は完全だ。あとはきわめて、簡単な手続きだけだ。それにしても、いやな事件だったな」

彼は、大きな、厳粛な目で、ベルを見つめた。

「不憫な存在は彼の妻さ！　ブライトマンは、自分の意のままに妻を仕込んだ。あの女が腹を痛めたかわいいわが子と、気のどくなワイヴン夫人とを、夫の意向ひとつのために、どんな取り扱いをせねばならなかったか……こんな悲惨な、残酷な立場が、この世の中にまたとあろうか！」

「それにしては、先生の処置は冷酷でしたね」

「いや、いや、決してそうじゃない。ぼくだって、慈悲の心で対処したつもりだ。しかし、あの女は、救う余地がなかったのだ。ぼくに残された仕事は、子どもたちを救うことだった。そして、あの女も——あの人非人が彼女の頭脳《あたま》を狂わせてさえいなければ、子どもたちを救うために、どんなことでもしたと思われるね。あれもまた、一度はやさしい心の持ち主だったのだ。ぼくの彼女にしたことを恨んでとやかくいうはずはないのだ」

「え？　なぜまたそんな——気が狂った女が先生を……」

ベルは驚いていった。

「いや、なに。ぼくは、最後の審判の日のことをいっているのさ」レジーはつぶやくようにいった。「解剖はあすの朝だったね。もしぼくに立ち会わせたければ、さっきの病院に迎えにくればよい。ぼくは、エディのために、橋梁の模型を完成してやっているだろう。それがすんだら、次は船を組み立ててやることになっている。あの子は、船が大好きだそうだ」

短編推理小説の流れ4

戸川安宣

本アンソロジーが、S・S・ヴァン・ダイン、ドロシー・L・セイヤーズ、そしてエラリー・クイーンがそれぞれ編んだ三つの偉大なアンソロジーを主な底本に作られていることは、これまでも再三述べてきたところである。ここで少し詳しくこの三つのアンソロジーについて書いておきたい。

まずヴァン・ダインが、『ベンスン殺人事件』（一九二六）以下の長編を刊行したチャールズ・スクリブナーズ・サンズ社から、本名のウィラード・ハンティントン・ライト名義で一九二七年に上梓した *The Great Detective Stories: A Chronological Anthology*。これは一九三一年、ブルー・リボン・ブックス社から *The World's Great Detective Stories* と改題の上、S・S・ヴァン・ダイン名義で再刊された。

このヴァン・ダイン本の巻頭には英米を中心に、広い視野で推理小説の歴史を概観した 'The Detective Story' と題する論文が載っている。これは本文庫『ウインター殺人事件』の巻末にヴァン・ダインの著名な「推理小説作法の二十則」とともに「推理小説論」の訳題で井《いの》上勇《うえいさむ》氏の手で訳載されている。

ヴァン・ダイン本は英米編と欧州編の二部構成で、前者にはポオ「モルグ街の殺人」からH・C・ベイリーの「小さな家」までの十三編、後者にはモーリス・ルブランの「雪の上の足跡」(『八点鐘』所収)など四編、計十七編の作品が収められている。

本アンソロジーにはこの本から、「人を呪わば」、「医師とその妻と時計」、「レントン館盗難事件」、「三死人」、そして「安全マッチ」と「奇妙な跡」の計六編が採録されているが、「人を呪わば」を除く作品はセイヤーズ本、クイーン本には入っていない。ヴァン・ダインの独自性が発揮された名アンソロジーである。

つづいてセイヤーズの編著は *Great Short Stories of Detection, Mystery and Horror* のタイトルで一九二八年にヴィクター・ゴランツ社から刊行された。タイトルが示すとおり、本文庫で言えばこの『世界推理短編傑作集』と『怪奇小説傑作集』を合体したような内容である。これにもセイヤーズの"Introduction"という長文の論文が載っている。これは本文庫『顔のない男』に「探偵小説論」の訳題で宮脇孝雄《みやわきたかお》氏の翻訳が収められている。

このアンソロジーは推理編と怪奇編の二部構成で、六十六編の作品が収録されている。これが好評だったとみえて、三年後の一九三一年には同じゴランツ社から *Great Short Stories of Detection, Mystery and Horror: Second Series* が上梓され、やはり推理編と怪奇編の二部構成で六十七編が、そしてさらにその三年後の一九三四年に *Third Series* が同社から刊行された。これも推理編と怪奇編に分かれ、六十二編が収録されている。三冊合わせて百九十五編を収録した大アンソロジーである。この二、三集にも'Introduction'が付いている。それは「犯罪オムニバス第二集・第三集 序」として田中《たなか》純蔵《じゅんぞう》氏の翻訳が『推理小説の詩学』（研究社）に載っている。

三冊のセイヤーズ本から本アンソロジーには、一集から「イギリス製濾過器」、「放心家組合」、「茶の葉」、「キプロスの蜂」、「堕天使の冒険」、「ギルバート・マレル卿の絵」の六編、二集から「偶然の審判」、「奇妙な足音」、「窓のふくろう」、「人を呪わば」、「急行列車内の謎」、「密室の行者」の六編、計十二編が採られていて、第三集からは一編も採られていない。

因みにセイヤーズはもう一冊、推理小説のアンソロジーを編んでいる。それが一九三六年、エヴリマンズ・ライブラリから上梓された *Tales of Detection* という小ぶりなハードカバーの一冊である。セイヤーズ本の中から選りすぐった作品を集めたもの、かと思っていたらそうではなく、収録作十九編のうち、*Great Short Stories of Detection, Mystery and Horror* 三冊と重複しているのは七編で、あとはC・デイリー・キングなど新しく加えた作家の作品や、同じ著者でも違う作品を採録したものだった。これにも'Introduction'が付いていて、これはなぜか「人間性の必要」という訳題で、鈴木《すずき》幸夫《ゆきお》編の『殺人芸術』（荒地出版社）に宇野《うの》利泰《としやす》氏の部分訳がある。そこでセイヤーズは detective story という言葉をより厳格に規定して、「犯罪とその捜査をとりあつかった小説のうち、謎の設定とその解決が、もっぱら論理的操作によってのみ行われるもの」としている。そしてフェアプレイの重要性を説いているのが注目に値する。セイヤーズ本が怪奇小説を含む広範なミステリ短編集だとすると、こちらには探偵小説を集めてみた、ということだろう。

それはこの *Tales of Detection* 所収作のうち、本アンソロジーに収録されている作品をみると明瞭である。「盗まれた手紙」、「人を呪わば」、「茶の葉」、「オッターモール氏の手」、「密室の行者」、「夜鶯荘」、「偶然の審判」、「急行列車内の謎」、そして「黄色いなめくじ」の九編、すべて探偵小説である。

さて最後にクイーン本だが、これは *101 Years' Entertainment: The Great Detective Stories, 1841-1941* のタイトルで一九四一年にリトル・ブラウン社から刊行された。この書名は、推理小説の始まり、と言われるポオの「モルグ街の殺人」が発表された一八四一年から百一年目の一九四一年に出した傑作選、というしいかにもクイーンらしい洒落た命題である。ただし収録作を見ると一番新しい作品はカーター・ディクスンの「見知らぬ部屋の犯罪」で、これは一九四〇年の作である。ひょっとしてクイーンは百年間の名作を集める、という意図で編集をしていて、何らかの事情で刊行が一年ズレたため、それなら百一年目の傑作選、というのも面白いじゃないか、ということになったのでは——と、あくまでこれはぼくの推測である。ただし、多少の根拠はある。ドイルの遺族と契約を巡って拗《こじ》れたようなのだ。ふつうならなにか一編、ホームズ譚を収録するところだが、ドイルの 'The Science of Deduction' と題する箇所を開いてみると、『四人の署名』の冒頭部分、「ボール箱」の枕の部分でワトスンの思考の中にホームズがいきなり割り込んでくる有名な一節、『バスカヴィル家の犬』の冒頭で、前夜の来客が置き忘れていったステッキをもとにしたワトスンとホームズの推理比べ、そして『恐

ガーデン・シティ・
パブリッシング社版

ランダム・ハウス社版

クイーン本初版

怖の谷』の冒頭、ポーロックからの暗号文の解読部分、を切り貼りして構成したものだった。この扱いが逆にドイルの遺族に不信感を抱かせたからだろうか。初版のリトル・ブラウン社版は絶版となり、ドイルの部分をニック・カーターの作品に差し替えたヴァージョンを別の版元から出し直したのだ。

　ぼくが初めてこのクイーン本を手に入れたのは今から半世紀前の大学生の頃だった。学校近くの古書店で分厚いハードカバーを見かけた時には興奮したものだが、それは一九四三年にランダム・ハウス社のモダーン・ライブラリから出されたこのアンソロジーの第二ヴァージョンだったのである。そうとは知らずに矯《た》めつ眇《すが》めつしているうちに、推理短編の一世紀を俯瞰《ふかん》する一大アンソロジーだというのにホームズ譚が入っていないことに気づいたのだ。

　それから色々と調べて、このアンソロジーにまつわる事件を知り、慌ててリトル・ブラウン社版を探した。そのときランダム・ハウス社版の後に、一九四五年に刊行された第三ヴァージョンとも言うべきガーデン・シティ・パブリッシング社版の存在を知り、纏《まと》めて買い求めたのである。面白いことに、この三つの版は日本流に言えば同じ紙型《しけい》を使って刷ったらしい。三冊とも、まったく同じ組版なのである。
初版と第二ヴァージョン以降の目次を見比べていただくとおわかりのように、ポオの「盗まれた手紙」の次はドイルに代わってニック・カーターの「ディキンスン夫人の秘密」（邦訳は『名探偵登場①』早川書房、所収）が収録されているのだが、その次のモリスン「レントン館盗難事件」が第二ヴァージョンでも45ページから始まっている。

CONTENTS

初版目次

ドイルの占めていたページに比べてニック・カーターの作品は八ページ少ない。このままでは一千ページ近いノンブルをすべて差し替えなくてはならない。そこで一計を案じ、初版の本文が始まる前の'Introduction'から目次までの二十二ページ分のノンブル表記がiからxxiiだったのに目をつけ、目次のあとに、初版では一番最後997ページから載せていた'Acknowledgments'を持ってきて1から8ページとし、初版では3ページ始まりだった「盗まれた手紙」を11ページ始まりとした。こうして「レントン館盗難事件」からは初版のままの45ページ始まりとなり、「完全犯罪」の終わり995ページま

CONTENTS

第二ヴァージョン以降目次

でノンブルを変える必要がなくなったのである。

　このクイーン本は名探偵編、女性探偵編、ユーモア探偵編、怪盗編、犯罪小説編、そして推理小説で終わる推理小説編の六部構成になっていて、それぞれ二十八編、三編、三編、五編、十編、一編の全五十編が収録されている。怪盗編まではそれぞれのキャラクターの登場順に作品が並べられ、犯罪小説編は作品の発表順になっている。従って、最初のポオの作品からは「盗まれた手紙」が採られているが、名探偵デュパンの初登場として「モルグ街の殺人」の一八四一年と表記され、次のドイルは前述したように'The Science of Deduction'という形で掲載されているが、ホームズ初登場の『緋色の研究』が発表された一八八七年になっている。こういうやり方と、本アンソロジーのように作品発表順に並べる方法の、どちらが適切であるか、難しいところだ。例えば本アンソロジーでベントリーの作品から一九三七年の「好打」を選んだため、推理小説を長編時代へと転換し、本来なら本アンソロジーの二巻に収めるべきベントリーが、最終巻に収まっている、といったことになる。推理小説の史的な流れを重視したクイーンの主張が表れた編集、と考えるべきだろう。

　閑話休題。五十編を収録したこのクイーン本からは、「盗まれた手紙」、「レントン館盗難事件」、「ダブリン事件」、「十三号独房の問題」、「放心家組合」、「赤い絹の肩かけ」、「ズームドルフ事件」、「好打」、「ブルックベンド荘の悲劇」、「窓のふくろう」、「キプロスの蜂」、「密室の行者」、「偶然の審判」、「ボーダー・ライン事件」、「二壜のソース」、「スペードという男」、「いかれたお茶会の冒険」、「茶の葉」、「夜鶯荘」、「信・望・愛」、「オッターモール氏の手」、「疑惑」、「銀の仮面」、「完全犯罪」と実に二十四編——ほぼ半数が本アンソロジーに採録されているのである。

ところで、このクイーン本にはヴァン・ダイン本やセイヤーズ本にない特色がある。それは好意的な言い方をするとあくまでこのアンソロジーを独立した短編集として愉しんでもらうためのクイーンの工夫、とでも言ったら良いだろうか、作品に手を加えているのである。

同じ主人公の登場する連作やシリーズ作品の場合、その作品では特に役割のない人物名が出てくることがよくある。クイーンはそういう箇所をカットしたり、もっと大胆に書き出しの部分を丸ごと削除したりしているのである。

本アンソロジーの既刊にもそういう例がいくつかあって、適宜判断し、クイーン本にしたがった場合と、原典に則《のっと》ってカット部分を復元した場合とがある。本巻で言うと、「オッターモール氏の手」の冒頭一ページがクイーン本では削除されていたが、バークの主張が描かれているることに鑑《かんが》み、原典から復元した。

以下に本巻収録作品の解題を付す。

オッターモール氏の手

イギリスの〈ストーリー・テラー〉誌一九二九年二月号に発表された。その後ロンドンのコンスターブル社から刊行された短編集 *The Pleasantries of Old Quong* に収録された。

一九四九年、エラリー・クイーンの呼びかけに応えて十二人の作家、評論家――ジェームズ・ヒルトン、ハワード・ヘイクラフト、ジョン・ディクスン・カー、アントニイ・バウチャー、ヴィンセント・スターレット、ジェイムズ・サンドー、オーガスト・ダーレス、ヴィオラ・ブラザーズ・ショア、リー・ライト、ルウ・D・フェルドマン、チャールズ・ホンス、そしてエラリー・クイーン――がポオ以来の推理短編のベスト12を各自選び、それを集計して黄《ゴー》金の十二《ルデン・ダズン》を選び出した。その結果は以下の通りである。

八票	トマス・バーク	オッターモール氏の手
六票	E・A・ポオ	盗まれた手紙
同	コナン・ドイル	赤毛組合
同	アントニイ・バークリー	偶然の審判
五票	ロバート・バー	放心家組合
同	ジャック・フットレル	十三号独房の問題
三票	G・K・チェスタトン	犬のお告げ

同　M・D・ポースト　ナボテの葡萄園
同　オールダス・ハックスレー　モナ・リザの微笑
同　H・C・ベイリー　黄色いなめくじ
同　E・C・ベントリー　ほんものの陣羽織
同　ドロシー・L・セイヤーズ　疑惑

というわけで、本作はポオ、ドイルを抑え、堂々の第一位に輝いたのである。*The Pleasantries of Old Quong* 巻頭の紹介によると、この短編集はロンドン東部のライムハウスに住むクォン老が語る話を集めた、という設定になっている。

先述のように、この作品の冒頭一ページほどは、クイーン本ではカットされている。それを今回、訳者・中村能《なかむらよし》三《み》氏の令嬢・凪子《なぎこ》氏にお願いし、能三氏のお弟子さんでもある成川裕子《なりかわひろこ》氏にも手伝っていただいて補填《ほてん》したことをお断りしておく。

因みにQuongという名前に漢字を

The Pleasantries of Old Quong
(Constable, 1931)

宛てるとするとどんな字が適当だろうか、と数人の知人にたずねてみた。台湾の大学で日本語と日本文学を教えている西行《さいぎょう》研究家の蔡佩青《さいはいせい》氏によると、十九世紀にオーストラリアで活躍した華僑の商人、梅光達（Mei Quong Tart）などから「光」を宛てるのではないか、という。面白いことに、同じ台湾の推理作家、既晴《きせい》氏にうかがうとまったく同じ答えが返ってきた。クォン老のフルネームはQuong Lee、従って漢字を宛てると李光ではないか、とは既晴さんのご意見。中国の推理作家で二〇一八年の翻訳ミステリ界で評判を呼んだ『元年春之祭』の著者、陸秋槎《りくしゅうさ》氏にうかがってみると、『聊斎志異』を英訳した中国系オーストラリア人Rose Quongは中国語で鄺如絲と表記するので「鄺」ではないか、という。将来、クォンものが纏《まと》めて翻訳されるような時には「光」のほうが馴染みやすいのではないか。そう思ってここでは「光」の字を宛てることにした。

著者のトマス・バークはイギリスの作家で、一九一六年に刊行した短編集*Limehouse Nights*で一躍人気作家となり、ロンドンのイースト・エンドを舞台に数多くの作品を遺した。そういう意味では、ロンドンの下層階級の人たちを描きつづけたマーチン・ヒューイットの生みの親、アーサー・モリスンに通じるところのある作家と言えよう。

本作はジャック・ザ・リッパーの事件を想起させるが、バークも実在の犯罪事件に興味があるとみえて、作中、著名犯罪事件の名が頻出する。医師で「ランベスの毒殺魔」と異名をとったネール・クリームをはじめ、「覆面男」と呼ばれた警官殺しのジョン・ウィリアムズ、ダニエル・クラークを殺したユージーン・アラム、妻殺しのクリッペン医師と弟殺しのコンスタンス・ケント、そしてジョージ・ジョジフとウィリアム・パーマーにチャールズ・ピースといった具合だ。イギリス人の凶悪事件好きは夙《つと》に名高い。ロンドンにあるタッソー夫人の蠟人形館に行くと、それが良くわかる。

信・望・愛

〈コスモポリタン〉誌一九三〇年四月号に掲載された。その後、一九四二年九月にワールド・パブリッシング社より *Faith, Hope and Charity* のタイトルで刊行された短編集に収録されている。

Faith, Hope and Charity (World, 1942)

扉裏の著者紹介にあるように、アーヴィン・S・コッブはアメリカの著名なジャーナリストである。戯曲や短編小説も書いていて、その中にはH・P・ラヴクラフトに影響されたホラー作品が少なからずある、というのも面白い。

本作はミステリにとどまらず、短編小説の見本のような作品である。なおこの短編のタイトル、「信・

望・愛」はコリント前書十三章十三節に「げに信仰と希望《のぞみ》と愛と此の三つの者は限りなく存《のこ》らん」とあるように、キリスト教の三大美徳である。

密室の行者

ロナルド・A・ノックスはローマン・カトリックの僧侶で、ディテクション・クラブに参加し、「ノックスの十戒」と呼ばれる、推理小説でやってはいけない十の戒《いまし》めを説いて有名になった。その作品は正統的な謎解きであるが、それと同時に、一筋縄ではいかないプロットが特色である。本編も密室の中に食べるものがいくらでもあるのに餓死していた、という密室ミステリの中で最も変わった設定の作品として知られている。

本アンソロジーの旧版では、この作品は一九二五年の作品として、第三巻に収録されていた。セイヤーズ本では第二集に本編が収録されているが、出典も年も明記されていない。セイヤーズ本に出典情報がまったく記されていない作品は、第三集までざっと見たところノックスの本編だけのようである。そのセイヤーズ本第二集は前にも書いたように一九三一年に刊行されている！　ひょっとして、この作品はセイヤーズのアンソロジーのために書きおろされたのだろうか？　ノックスとセイヤーズがディテクション・クラブなどを通して交流のあったことは間違いない事実である。そしてセイヤーズがこのアンソロジーの第一集を出した時点（一九二八）では、ノックスは短編のミステリを書いていなかったのではないか。それが第一集にノックス作品のなかった理由だとすれば、納得がいく。であれば、第二集を編むということになった時、ねえ短編を書きなさい、とセイヤーズがノックスをけしかけた、とすれば……。これは夢想が過ぎるだろうか？　少なくとも、海外のサイトで本編の発表年が一九三一年となっている根拠は、このセイヤーズ本ではないか、と思うのである。
というわけで、本アンソロジーでは、本編を一九三一年発表とした次第である。

スペードという男

一九三二年七月号の〈アメリカン・マガジン〉に発表された。一九四四年に雑誌サイズのペイパーバック判で、ハメット最大の理解者、エラリー・クイーン（フレデリック・ダネイ）の編集による短編集 *The Adventures of Sam Spade and Other Stories* に収録された後、一九四五年、デル・ブックの *A Man Called Spade* に収められた。

デル・ブックの裏表紙に描かれた「スペードという男」の舞台図

ダシール・ハメットはピンカートン探偵社に勤めた経験を基に推理小説を書くようになり、長編『血の収穫』（一九二九）、『ガラスの鍵』（一九三一）などの作品で知られるハードボイルドの巨匠である。

コンティネンタル・オプと並ぶハメットの創造した探偵サミュエル（サム）・スペードは、長編『マルタの鷹』（一九三〇）に登場する。これはハンフリー・ボガード主演の映画でも名高いが、短編は本編を入れて三編しかない。

お読みになって吃驚《きっきょう》されたかも知れないが、本編はアリバイトリックをメインにした謎解き譚である。だが、ハメットにもチャンドラーにも、ロス・マクドナルドにも、謎解きの要素は不可欠である。whodunit のハードボイルドも howdunit のハードボイルドも、そして whydunit のハードボイルドもある。ロス・マクドナルドのデビュー長編『暗いトンネル』は密室ミステリだ。ハメットに代表されるハードボイルド作品は、ヘミングウェイを祖とするように、文体の問題なのである。日本で言う本格とハードボイルドの違いは書き方の違いなのだ。そのことがはっきりとわかる佳品である。

二壜のソース

イギリスの週刊誌〈タイム・アンド・タイド〉一九三二年十一月十二日号に発表された後、翌々年にロンドンのフィリップ・アラン社から上梓された *Power of Darkness: A Collection of Uneasy Tales* というアンソロジーに収録された。ダンセイニの単行本としては一九五二年、ロンドンのジェロルズ社より *The Little Tales of Smethers and Other Stories* という書名の短編集に収録され（これは二〇一六年に *Two Bottles of Relish: The Little Tales of*

Smethers and Other Stories のタイトルでコリンズ社のクライム・クラブ叢書に入って復刊されている。邦訳は早川書房より『二壜の調味料』として刊行された）、一九六九年に増補改訂された *Queen's Quorum* の109番に登録された。

著者のロード・ダンセイニは本名をエドワード・ジョン・モートン・ドラックス・プランケットといい、一般には幻想・怪奇作家としてのイメージが強い。

ナムヌモというソースを売り歩いているスミザーズが、ひょんなことからロンドンの「身分不相応なくらいの、たいしたフラット」で共同生活をすることになったリンリイ氏。

ふたりの共同生活に至るエピソードなど、ホームズ譚を意識したと思われるが、全九編を通読してみると、安楽椅子探偵タイプ、というよりレックス・スタウトのニーロ・ウルフ譚に通じる推理短編である。自らは犯行現場に赴いたり、証人尋問をしたりせず、そういう仕事はワトスン役（ニーロ・ウルフであれば、アーチイ・グッドウィン、このリンリイ氏ならスミザーズ）に任せて、話を聞いただけでたちどころに絵解きをしてみせるのだ。

コリンズ・クライム・クラブ版のダンセイニ短編集

銀の仮面

一九三二年の〈ウィンザー・マガジン〉に発表後、一九三三年、マクミラン社から刊行された短編集 *All Souls Night* に収録された。

ブロードウェイで'Kind Lady'と題し上演され、その後、同題で映画化もされた。

著者のヒュー・ウォルポールはニュージーランドの牧師の子として生まれ、イギリスで小説、戯曲、評伝等、多彩な作品を遺した。

この「銀の仮面」を江戸川乱歩は「奇妙な味」と評しているが、実に怖い話である。知らず知らずのうちに見知らぬ他人に日常が侵蝕されていくという本編のような物語を、ぼくは「銀仮面テーマ」と呼んでいる。その走りとも言うべき一編である。ハーバート・リーバーマンの『地下道』(一九七一)は典型的な「銀仮面テーマ」の長編だが、ひところ話題になったハリー・クレッシングの『料理人』(一九六五)なども、このジャンルに入れて良いかもしれない。

疑惑

一九三三年十月、〈エラリー・クイーンズ・ミステリ・マガジン〉の前身〈ミステリ・リーグ〉誌の創刊号に、クイーンの依頼に応えて書きおろされた。

ドロシー・L・セイヤーズは、『ナイン・テイラーズ』など、ピーター・ウィムジイ卿の活躍する推理譚を書く一方、アンソロジーの編集や古典文学の研究などにも業績を遺し、クリスティと並んでミステリの女王の座に君臨しつづけている。

クイーン本にはピーター・ウィムジイ卿ものの「趣味の問題」（本文庫『顔のない男――ピーター卿の事件簿Ⅱ』所収）とともにこの「疑惑」が採られているのだが、クリスティと同様、サスペンスものの本編が採られているのは、本アンソロジーの一つの特色と言えるかもしれない。

いかれたお茶会の冒険

一九三四年十月号の〈レッドブック〉誌に掲載後、同年ストークス社から刊行されたエラリー・クイーンの第一短編集『エラリー・クイーンの冒険』に収録された。

エラリー・クイーンはマンフレッド・B・リーとフレデリック・ダネイといういとこ同士による共同ペンネームである。『ローマ帽子の謎』以下の作者と同名の探偵を主人公にした国名シリーズを発表するかたわら、バーナビー・ロス名義で元シェイクスピア俳優のドルリー・レーンを主人公にした『Xの悲劇』に始まる四部作を書いた。さらに、アンソロジーおよび〈エラリー・クイーンズ・ミステリ・マガジン〉の編集や評論活動でも数多くの業績を残した。本作は、ルイス・キャロルの『不思議の国のアリス』に材をとったクイーンらしい本格編である。

黄色いなめくじ

〈ウィンザー・マガジン〉一九三五年三月号に発表され、同年、ゴランツ社刊の *Mr. Fortune*

Objects に収録された。

本人の言によると、「生粋《きっすい》のロンドン子」というヘンリー・クリストファー・ベイリーは、オックスフォードを卒業後、〈デイリー・テレグラフ〉紙のスタッフに加わった。劇評の筆を執り、従軍記者を経て、のちに論説委員を務めた。第一次大戦中から推理小説を書きはじめ、本編に登場するフォーチュン氏やジョシュア・クランクなどの探偵を創造し、膨大な数の著作を遺した。

レジナルド（レジー）・フォーチュンは文学の修士に医学と化学の学士、それに王立大学外科医師会の会員という肩書きを持ち、やがてスコットランド・ヤードの顧問格となって活躍する。ブロンドの髪で丸顔、美食家というキャラクターは、本編でも存分に光彩を放っている。クロフツやクリスティと同様、一九二〇年に推理文壇に登場し、ホームズの影響下から抜け出た現代派としての性格を持つ新しい型の探偵と言える反面、ブラウン神父の流れを汲む直観派の探偵でもあった。

フォーチュン氏の物語は九長編と十二冊の短編集に収められた八十四の短編のほかに、オリジナルの短編集に収録されなかった 'The Thistle Down' という短編がある。これは第二次大戦中の一九三九年十一月、赤十字基金の援助のためにエリザベス女王の名を戴《いただ》いて、T・S・エリオットなど五十人の作家と画家が参加しホダー＆スタウトン社より刊行された *The Queen's Book of the Red Cross* というアンソロジーのために書きおろされた作品である。したがって短編は全八十五編ということになる。

本書収録作には、表現に穏当を欠くと思われる部分がありますが、作品成立時の時代背景および古典として評価すべき作品であることを考慮し、原文を尊重しました。（編集部）

検印
廃止

編者紹介　1894年三重県生まれ。1923年の〈新青年〉誌に掲載された「二銭銅貨」でデビュー。以降、「パノラマ島奇談」等の傑作を相次ぎ発表、『蜘蛛男』以下の通俗長編で一般読者の、『怪人二十面相』に始まる少年物で年少読者の圧倒的な支持を集めた。1965年没。

世界推理短編傑作集4

1961年4月7日　初版
2016年9月16日　53版
新版・改題　2019年2月15日　初版

著者　トマス・バーク他

編者　江《え》戸《ど》川《がわ》乱《らん》歩《ぽ》

発行所　(株)東京創元社
代表者　長谷川晋一

162-0814/東京都新宿区新小川町1-5
電話　03・3268・8231-営業部
03・3268・8204-編集部
URL　http://www.tsogen.co.jp
工友会印刷・本間製本

乱丁・落丁本は、ご面倒ですが小社までご送付ください。送料小社負担にてお取替えいたします。

Printed in Japan

ISBN978-4-488-10010-0　C0197

貴族探偵の優美な活躍

THE CASEBOOK OF LORD PETER◆Dorothy L. Sayers

ピーター卿の事件簿

ドロシー・L・セイヤーズ
宇野利泰 訳　創元推理文庫

◆

クリスティと並び称されるミステリの女王セイヤーズ。
彼女が創造したピーター・ウィムジイ卿は、
従僕を連れた優雅な青年貴族として世に出たのち、
作家ハリエット・ヴェインとの大恋愛を経て
人間的に大きく成長、
古今の名探偵の中でも屈指の魅力的な人物となった。
本書はその貴族探偵の活躍する中短編から、
代表的な秀作７編を選んだ短編集である。

収録作品＝鏡の映像,
ピーター・ウィムジイ卿の奇怪な失踪,
盗まれた胃袋，完全アリバイ，銅の指を持つ男の悲惨な話,
幽霊に憑かれた巡査，不和の種、小さな村のメロドラマ

幻の初期傑作短編集

The Doll and Other Stories◆Daphne du Maurier

人 形

デュ・モーリア傑作集

ダフネ・デュ・モーリア

務台夏子 訳 創元推理文庫

◆

島から一歩も出ることなく、
判で押したような平穏な毎日を送る人々を
突然襲った狂乱の嵐『東風』。
海辺で発見された謎の手記に記された、
異常な愛の物語『人形』。
上流階級の人々が通う教会の牧師の俗物ぶりを描いた
『いざ、父なる神に』『天使ら、大天使らとともに』。
独善的で被害妄想の女の半生を
独白形式で綴る『笠貝』など、短編14編を収録。
平凡な人々の心に潜む狂気を白日の下にさらし、
普通の人間の秘めた暗部を情け容赦なく目前に突きつける。
『レベッカ』『鳥』で知られるサスペンスの名手、
デュ・モーリアの幻の初期短編傑作集。